Horst Christian Bracht
Der Klosterbrauer

Horst Christian Bracht

Der Klosterbrauer

Limburg-Krimi

SOCIETÄTS VERLAG

Satz: Nicole Ehrlich, Societäts-Verlag
Umschlaggestaltung: Nicole Ehrlich, Societäts-Verlag
Umschlagabbildung: © autofocus67 – Fotolia.com
Druck und Verarbeitung: freiburger graphische betriebe
Printed in Germany 2014

ISBN 978-3-95542-080-2

1

Sein zweiter Tod kam um Mitternacht. Gnadenlos, leise, ohne Vorwarnung und endgültig. Der schlafende Knabe neben dem Toten drehte sich auf dem Strohlager ruckartig um und mummelte sich tiefer in die wollene Decke, als habe er einen frostigen Schauder verspürt. In seinen kindlichen Träumen weilte er in einer heilen, glücklichen Welt. Dass sein Vater, wie er den Mann neben sich nannte, soeben das Zeitliche gesegnet hatte, hatte er gottlob nicht bemerkt.

Ein eiskalter Hauch durchfuhr das dunkle Dormitorium, als die barfüßigen Franziskaner in Zweierreihe von der nächtlichen Vigil zurückkehrten. Sie hatten die Kapuzen tief über die Ohren gezogen und die kalten Hände in die weiten Ärmel ihrer braunen Kukulle geschoben. In der schummrigen Klosterkirche Sankt Sebastian zu Lympurg hatten sie einen Psalm, den Hymnus und zwei Nocturnen gesprochen. Ein eingeübtes, gespenstisch wirkendes, monotones Ritual. Guardian Johannes schritt mit einem funzeligen Talglicht in der Hand und tiefen Kummerfalten im Gesicht voran. Mit Sorge hatte er verspürt, dass die schlaftrunkenen Brüder den Herrn nicht mit der gebotenen Frömmigkeit lobgepriesen hatten. Bei Tagesbeginn würde er ihnen in der Laudes wieder einmal den Levitikus lesen lassen und erwarten, dass seine Brüder die Strafpredigt richtig zu deuten verstünden. Das nächtliche Stundengebet war keine lästige Pflichterfüllung, sondern eine demütige Herzensangelegenheit zur Ehre und zum Lob des Allmächtigen. Die Fratres legten sich schweigend auf das Strohlager nieder in der Hoffnung, schnell wieder Schlaf zu finden. Doch die Nachtruhe sollte ein abruptes Ende finden.

Mit strenger Miene versicherte sich Johannes, dass die Arme der Brüder sittsam keusch auf den wollenen Decken lagen. Dann erst zündete er mit dem Kerzenlicht den Docht der alten Ölfunzel aus Steingut an, die in einer verbeulten Blechschüssel auf dem Steinfußboden stand und den Schlafsaal in ein fahles Nachtlicht tauchte.

Bruder Ansgar warf einen kurzen Blick auf seinen greisen Schlafnachbarn und das schlummernde Kind, das sich wie ein Embryo im Mutterleib zusammengekauert hatte. Ein sonderbares, frostiges Gefühl beschlich den Klostermedicus Ansgar. Hatte er sich getäuscht? Starrte Bruder Ludolf mit offenen Augen gegen die Decke? Er richtete sich beunruhigt auf und betrachtete im schwachen Licht der Öllampe das faltige, bärtige Gesicht seines Ordensbruders. Schreckerfüllte, aufgerissene, glasige Augen. Ein offener Mund, als wolle er noch etwas sagen. Ansgars Hand tastete nach der Halsschlagader. Kein Puls. Dann beugte er sich über den Mund. Kein Atem. Er legte sein Ohr auf die Brust seines Bruders. Kein Herzschlag.

„Bruder Ludolf ist im Herrn entschlafen", flüsterte Ansgar sich bekreuzigend dem Guardian zu, der die Unruhe des Medicus mit einem Stirnrunzeln wahrgenommen hatte. Es war der 16. September A. D. 1683, zur Zeit der Vigil.

Der zweite Tod hauchte dem Mönch die Seele aus. Bei seiner Aufnahme in den Franziskanerkonvent wurde er – wie jeder Novize beim Eintritt in den Orden – schon einmal für tot erklärt. Mit dem Klostertod verlor der Ordensbruder die weltliche Rechtsfähigkeit. Von da an hatte er sich nur vor Gott und dem Guardian zu verantworten. Seine eventuell vorhandenen, persönlichen Besitztümer gingen an die möglichen Erben über, meist jedoch an das Kloster. Ab diesem Zeitpunkt war es dem Mönch untersagt, privates Eigentum zu besitzen oder gar zu erwerben. Er schwor dem profanen Leben ab und lebte nun mittellos in der Vita communis, in der jegliches Gut dem Bettelorden gehörte.

Noch in der Nacht wuschen die Brüder den Toten, schnitten ihm die Fingernägel kurz und hüllten ihn in seine Kutte ein, so dass nur noch der blutleere Kopf und die wachsfarbenen Hände herausschauten. Später bei der Sarglegung – das Kloster hielt für den Fall der Fälle immer eine recht armselige Totenlade bereit – wurde auch die Kapuze über das Gesicht gezogen und vernäht. Sie legten den Leichnam auf den steinernen Boden vor den Altar der Sebastianskirche. Die Ordensbrüder wechselten kein einziges Wort, sie verständigten sich mit Blicken und Zeichen wie in einem Schweigekloster. Es herrschte eine gespenstische Ruhe im dunklen, kalten Gotteshaus des Klosters, die jedem Kirchenbesucher einen Schauder den Rücken hinunterlaufen lassen hätte. Sie banden einen Rosenkranz um die zum Gebet gefalteten, von Altersflecken übersäten Hände. Ein junger Novize eilte ins Lavatorium und holte eine zerbeulte Waschschüssel, den einzigen Gegenstand, der ausschließlich Bruder Ludolf vorbehalten war. Sie würde bei der Beerdigung dem Grab beigelegt werden. Ängstlich vermieden die Fratres, in die starren, glasigen Augen zu schauen – aus Furcht, der Tote könne einen von ihnen mit auf die letzte Reise nehmen. Der Tod verbreitete Angst, Schrecken und ließ in seiner Gegenwart alle tröstenden, beschwichtigenden Sprüche der Heiligen Schrift vergessen machen.

Sie legten einen Catechismus Romanus unter das bärtige Kinn, um es zu stützen und den aufgerissenen Mund zu schließen, sowie zwei Münzen auf die Augen, um die Lider zu fixieren. Vielleicht waren die Geldstücke aber auch als Obolus für den Fährmann gedacht, der seine Seele über den Totenfluss zum Hades schiffen sollte. Der Guardian zündete zwei Altarkerzen neben dem Kopf des Leichnams an, salbte das Haupt und gab dem Verstorbenen den Friedenskuss auf die kalte, bleiche Stirn. Nun sprachen die Barfüßer Bittgebete für den verschiedenen Bruder im Herrn und teilten sich die Totenwache mit stillen Gebeten. Das Gotteshaus, in dem noch vor wenigen Stunden Lobpreisungen gesprochen wurden, hatte sich mit einem Schlag in eine schaurige Totenkirche verwandelt, der man am liebsten entfliehen mochte.

Bruder Johannes bestimmte noch in dieser Nacht, Klostermedicus Ansgar sei ab sofort für die christliche Erziehung des Knaben verantwortlich. Er solle neben dem noch schlafenden Felix ruhen und ihn am Morgen in die Geschehnisse einweihen.

2

Bruder Ludolf hatte den kleinen Felix in sein Herz geschlossen, ebenso wie Felix seinen ‚Vater'. Dabei hätte der greise Klosterbruder sein Großvater sein können. Aber was wusste Felix schon von einer normalen Familie. Der Konvent war seine Familie. Einfühlsam, nahezu zärtlich kümmerte sich Ludolf um seinen Schützling, und Felix dankte es ihm mit Zuneigung und fröhlichem Kinderlachen.

Ludolf verstand es, mit seinem Zögling väterlich umzugehen, ihn auf den christlichen Pfad zu führen. Er hatte darin Übung. Vor über 30 Jahren waren schon einmal zwei Knaben unter seiner liebevollen Fürsorge im Kloster aufgewachsen.

Der Ältere der beiden elternlosen Buben war Hennes, der unfreiwillige Sohn einer frommen Schwester des Klosters Bethlehem. Sie war im Krieg brutal von einem schwedischen Soldaten vergewaltigt worden. Hennes erwies sich als ein heller Kopf, fromm und schreibgewandt. Die Kommunität hatte später den klugen, allseits geschätzten, jungen Franziskaner zum Guardian bestimmt. Eine weise Entscheidung, wie sich herausstellte, denn Pater Johannes strotzte voller Tatendrang und führte das Kloster zu einer Blüte, die dem Konvent eine gesicherte Zukunft bescherte.

Sein zweiter Zögling, das vor dem Nonnenkloster Bethlehem ausgesetzte Findelkind Francis, hatte mit Bruder Ludolf gemeinsam den Kräutergarten gepflegt. Der aufgeweckte Junge zeigte eine ausgesprochene Begabung für die Heilkunde und war beim Medicus Ansgar in die klösterliche Lehre gegangen. Im Gegensatz zu Hennes war Francis nicht für das Klosterleben bestimmt. Der Guardian steckte ihn in eine Lympurger Gerberfamilie. Schließlich wurde er zum rechtschaffenen, zünftigen Gesellen geschlagen und in die ehrbare Gesellschaft aufgenommen. Jedoch reizte ihn der Gestank des Gerbereigewerbes nicht sonderlich. Er besann sich auf sein klösterliches Wissen über die Heilkunst. Bald unterhielt Francis eine Badstube in Lympurg und übersiedelte später nach Dietz. Als anerkannter Wundheiler genoss der Bader Francis eine Wertschätzung, die weit über Dietz hinausreichte. Selbst viele Lympurger begaben sich über die kurtrierische Grenze auf Nassau-Dietzer Gebiet, um seine Stuffa aufzusuchen.

Felix war im Alter von zwei Jahren in klösterliche Obhut gegeben worden. Von diesem Zeitpunkt an wich er nicht von Bruder Ludolfs Seite. Sie nahmen nebeneinander sitzend die Mahlzeiten ein, teilten sich einen Strohsack im Dormitorium und beteten gemeinsam die Horen. Nur von der mitternächtlichen Vigil waren der über Achtzigjährige – er hatte aufgehört, seine Jahre zu zählen – und der Jüngste des Konvents suspendiert. Felix erwies sich als ein sensibles, neugieriges, anhängliches Kind mit einem ausgeprägten Sinn für Ordnung, Harmonie und Gerechtigkeit. Jede Grobheit, jeder unberechtigte Tadel, jedes Durcheinander waren ihm zutiefst zuwider. Bei einer Schelte oder wenn ihm etwas nicht gefiel, zuckte er kurz mit dem linken Auge oder reagierte trotzig und bockig, was ihm aber nachgesehen wurde. Eine ungewöhnliche Fähigkeit fiel den Klosterbrüdern schon früh auf: Felix verfügte über ein erstaunliches Gedächtnis. Er konnte sich an jedes Wort erinnern, das einmal gesprochen worden war. Selbst die bei den Mahlzeiten von Novizen vorgelesenen Homilien in lateinischer Sprache vermochte der Knabe nachzuplappern.

Die freie Zeit hatten sie normalerweise im weitläufigen Hortus verbracht, den einst Bruder Ludolf angelegt hatte. Während der greise Mann auf der Bank vor seinem Schuppen saß, genüsslich eine Tonpfeife schmauchte und den selbst angesetzten Kräuterlikör schlürfte, wässerte Felix eifrig den Kräutergarten. Vornehmlich seine Pflanzen, die ihm Bruder Ludolf in einem kleinen Beet zugestanden hatte. Dem giftigen Fingerhut schenkte er seine besondere Aufmerksamkeit und betrachtete die roten Blüten mit ehrfürchtigem Argwohn und Grausen. Ludolf hatte ihn immer wieder vor der krankmachenden Wirkung der Pflanze gewarnt. Wie konnte Gott es zulassen, wunderte sich Felix, dass eine solch betörend schöne Blume eine tödliche Wirkung für Menschen besaß? Ludolf ermahnte ihn: Die äußerliche Erscheinung sei oft trügerisch und verführerisch. Schönheit könne mit einer gefährlichen Versuchung gepaart sein. Er solle sich nicht von den Sinnen täuschen lassen.

Als der Guardian Bruder Ludolf auf das Altenteil geschickt hatte, machte sich dieser, vom Zipperlein geplagt, vornehmlich in der Küche nützlich. Felix folgte indes einem wohl ausgedachten Ausbildungsplan seines Ziehvaters. So wurde er in die Geheimnisse der Kräuterkunde eingeführt, in die Viersäftelehre von Galen sowie in die nach wie vor gültigen Heilmethoden der Hildegard von Bingen. In der Schneiderei lernte er, mit Nadel und Faden umzugehen. Im Skriptorium übte sich Felix unter Anleitung von Bruder Sartorius in der Linierung des Schreibgrundes, im Abschreiben und dem kunstvollen Ausschmücken der prunkvollen Initialbuchstaben. Die Kunst des Buchdrucks mit Holzblöcken hatte Felix besonders in Bann gezogen. Der Armarius Sartorius begeisterte ihn von der ‚Potestas liberorum', der ‚Macht der Bücher', wie er sich ausdrückte. Diese Macht übte einen besonderen Reiz auf Felix aus.

Endlich erlaubte ihm der Guardian, die Klosterschule zu besuchen. Felix freute sich mächtig darauf. Doch bald stellte er mit Ernüchterung fest, dass das Lernen beim strengen Schulmeister kein Zuckerschlecken war, wenn er die Schüler bei Unachtsamkeit, Faulheit oder ungebührlichem Betragen mit Schlägen züchtigte. Mit seinem biegsamen, spanischen Stock malträtierte er die Finger der angstvollen Schüler, bis ihnen das Wasser in die Augen getrieben wurde. Kein Wunder, dass Felix dem Unterricht mit Bangigkeit und Schrecken folgte. Mit der friedlichen Beschaulichkeit des Klosterlebens war es vorbei. Zucht, Ordnung und Gehorsam waren verlangt und zudem eine übertriebene Frömmelei, da jede Schulstunde mit einem

Gebet eingeleitet und abgeschlossen wurde. Das nervte zusätzlich.

Nachdem Felix wie besessen das Lesen erlernte und unzählige Male die Strophen der Lobgesänge in lateinischer Sprache auf die Schiefertafel kritzelte, war er fortan fast ausschließlich in der Bibliothek anzutreffen. Meist suchte er nach bebilderten Büchern medizinischen oder mystischen Inhalts. Die Klosterbibliothek war sein unerschöpflicher Quell. Sein Wissensdrang war kaum zu stillen. Zwischen den aus ungehobelten Brettern zusammengenagelten Regalen suchte er sich ein helles Plätzchen am Fenster und versäumte so manches Stundengebet. Bruder Ludolf wusste, wo er seinen Schützling finden konnte und riss ihn regelmäßig aus seiner Bücherwelt. Auch er müsse die Observanzen beachten, sonst setze es empfindliche Strafen des strengen Guardians.

In jener Zeit wuchs Felix behütet und glücklich innerhalb des Franziskanerklosters auf. Bruder Ludolf hatte stets ein Auge auf seinen Schützling, befürchtete er doch, dass so mancher Bruder allzu gern seine warme Hand unter die Kinderkutte schieben würde. Der reichliche Alkoholkonsum ließ das strenge Keuschheitsgelübde zuweilen vergessen und gab den lüsternen Trieben freien Lauf. Die Sorge war unberechtigt. Felix wusste über die sinnlichen Gefahren Bescheid, hatte er doch insgeheim in den verbotenen Büchern viel über die lüsternen Begierden gelesen. Er würde sich zu wehren wissen, sollte es zu einem unsittlichen Versuch kommen.

Noch verspürte Felix keinen Drang, die Stadt zu erkunden, sondern vergrub sich lieber in seine Bücher. Ludolf war es durchaus recht. Für eine Begegnung mit der profanen Welt war der empfindsame, feinsinnige Felix noch nicht bereit.

Eines Tages forderte der Guardian Bruder Ludolf auf, den Felix als Ministrant zu schulen. Normalerweise wurden die Messdiener aus den Klosterschülern rekrutiert. Bockig widersetzte sich

Felix. Er wolle nichts mit den fremden Kindern zu tun haben, er gehöre schließlich zum Kloster. Daraufhin führte Ludolf den kräftigen Jungen zum Organisten auf die Empore der Sankt Sebastiankirche. „Wenn du den Dienst am Altar nicht willst, dann trittst du eben den Blasebalg der Orgel! Du bist stark genug. Bei uns Franziskanern kann sich niemand vor der Arbeit drücken."

Durch den Kontakt mit den gleichaltrigen Schülern aus Lympurg realisierte Felix schließlich seine ungewöhnliche Situation. Erst daraufhin packte ihn die Neugierde, erst dann stellte er die von Ludolf lang erwartete Schicksalsfrage: „Vater, wo ist meine Mutter? Warum kenne ich sie nicht?"

„Mein Sohn, das ist eine sehr traurige Geschichte. Deine Mutter ist ins himmlische Reich Gottes heimgegangen. Komm, ich will dir etwas zeigen." Ludolf führte ihn zur Sebastiankirche hinaus auf den davor liegenden, kleinen Friedhof und hielt an einem Grab unweit der Kreuzigungsgruppe aus rotem Sandstein inne, welche die Leyendecker dem Kloster gestiftet hatten.

„Schau, die Muttergottes Maria links vom Kreuz blickt traurig auf dieses Grab, als wolle sie nicht nur um ihren Sohn Jesus trauern, sondern auch um deine Mutter, die hier begraben ist." Er wies auf ein schlichtes Holzkreuz: „Anno 1673, den 3. Oktober, ist im Herrn Annemarie Diezinger ihres Alters 36 Jahr gottselig verschieden. R.I.P."

Felix verharrte wie zu Stein erstarrt vor der Grabstätte seiner Mutter. Sein linkes Augenlid zuckte. Dann krallte er sich in die Hand Ludolfs, vergrub sein Gesicht in dessen braune Kutte, schluchzte jammervoll und weinte sich die Augen aus. Unbekannte Emotionen überwältigten ihn, die er weder zu ertragen noch zu deuten vermochte. Beim Anblick des Grabkreuzes empfand er eine aus tiefem Herzen kommende Liebe zu seiner verstorbenen Mutter. Einer Mutter, die er sich nicht vorstellen konnte, deren Stimme er nicht kannte, die ihn viel zu früh verlassen hatte. Die erste, so schreckliche Begegnung mit dem Tod sollte sich tief in seine Seele graben, ihn verändern und ihn an der Barmherzigkeit Gottes zweifeln lassen.

„Weine nur, mein Sohn. Es ist schrecklich, seine Mama zu verlieren. Aber zum Trost sei dir gesagt: Unser allmächtiger Gott hat sie zu sich in den Himmel gerufen. Von dort schaut sie nun von Engeln behütet auf dich herab. Wir werden für sie beten und sie immer in unserem Gedächtnis behalten."

„Was bedeutet R. I. P.?"

„Requiescat in pace, sie möge in Frieden ruhen."

„Hatte sie keinen Frieden? Warum ist sie so früh gestorben? War sie krank?"

„Nein, Felix. Sie war nicht krank. Es war ein schreckliches Unglück, dass sie starb. Ich werde dir später davon erzählen, wenn du älter bist."

„Hast du meine Mutter gekannt?"

Gewiss, Bruder Ludolf kannte sie. Er hatte Annemarie zum ersten Mal beim Gerbermeister Emmerich gesehen, wo sie als Dienstmagd gearbeitet hatte. Später erkor ihn die junge Ehefrau zum Beichtvater. Ludolf wusste um ihre schwerwiegende Sünde und das grausame Schicksal, das sie letztlich mit dem Tod bezahlt hatte. Aber davon wollte er seinem Ziehsohn nichts erzählen, noch nicht. Glücklicherweise konnte er den Guardian nach dem Tod der Mutter überreden, ihren kleinen Sohn Felix in das Kloster aufzunehmen. Bruder Johannes stand seinem Ansinnen anfangs mit berechtigter Skepsis gegenüber. Zwar hatte der Junge seine Mutter verloren, jedoch lebte der Vater noch. Ludolf hatte freilich gute Gründe, sich für den Knaben so vehement einzusetzen. Er hatte den Klostervorsteher nicht in das folgenschwere Geheimnis eingeweiht, das ihm einst die Annemarie gebeichtet hatte.

Gottes Fügung wollte es, dass Ludolf sein Wissen über das grausame Schicksal der Mutter mit ins Grab nehmen sollte.

3

Die Öllampe flackerte an jenem dunklen Septembermorgen, als wollte sie an die unruhige, todbringende Nacht erinnern, und warf bedrohliche Schatten auf die gekalkten Wände des Dormitoriums. Ein heller Glockenschlag kündigte das Ende der kurzen Nachtruhe an. Schweigend erhoben sich die Brüder vom Strohlager und warfen einen kurzen, mitleidvollen Blick zum schlafenden Knaben. Der neunjährige Felix hatte sich in der warmen Wolldecke zusammengerollt und spürte eine Hand, die liebevoll seinen Rücken streichelte. Zunächst rieb er sich die Augen, dann drehte er sich um und sah zu seinem Erstaunen nicht in das vertraute Gesicht Ludolfs, sondern in das ernst dreinschauende Antlitz von Bruder Ansgar.

„Felix, du musst jetzt sehr tapfer sein."

Erschrocken richtete er sich auf. Warum hatten sich alle Brüder um seine Schlafstelle versammelt? Was hatten die finsteren Mienen zu bedeuten? Warum stand selbst der gestrenge Guardian mit gefalteten Händen vor ihm?

„Mein Junge, heute Nacht ist etwas Schreckliches geschehen. Gott hat es gefallen, unseren Bruder Ludolf zu sich in den Himmel zu rufen."

„Vater Ludolf ist tot?", schrie Felix hellwach in panischem Entsetzen, dass es markerschütternd durch den Saal schallte. Ein Schrei von Angst, Wut und Verzweiflung. „Warum hat es Gott gefallen, meinen Vater Ludolf sterben zu lassen? Mir gefällt das gar nicht. Will Gott mich strafen? Erst nimmt er mir meine Mama weg, dann auch noch Vater Ludolf."

„Felix beruhige dich. Wir alle sind in Gottes Hand", versuchte Ansgar den Jungen zu besänftigen. „Komm, wir wollen in der Laudes gemeinsam für Ludolf beten."

Der Guardian Johannes reichte Felix die Hand, half ihm vom Bettlager auf und sodann schritten die Fratres stumm zum

Morgengebet in die kalte Klosterkirche. Ansgar legte dem verstörten, verängstigten Jungen tröstend seinen Arm um die Schulter. Schon von der Holzpforte aus erblickte Felix den auf dem blanken Steinboden liegenden, toten Bruder Ludolf. Er riss sich von Ansgar los und stürmte zum Altarraum. Das aschfahle Gesicht ließ ihn erzittern. Ein kalter Schauder lief ihm den Rücken hinunter. Sein linkes Augenlid zuckte. Behutsam berührte er die bleichen Hände und spürte die Kälte des Todes. Sofort zog er seine Hand zurück – so, als habe er sich verbrannt. Tränenvoll stand er da. Ratlos sah er die Brüder an. Dann faltete auch er die Hände und begann leise zu beten. Nicht zum Herrgott, dem war er gram ob seiner Entscheidung, seine Mutter und auch den Bruder Ludolf zu sich gerufen zu haben. Er betete zur Muttergottes, der gütigen Jungfrau Maria, die seine tiefe Trauer sicher besser verstand. Die Heilige Maria hätte es niemals zugelassen, ihm seine Mutter und nun auch Bruder Ludolf wegzunehmen. Plötzlich streckte Felix seinen Arm aus, um die Münzen von den toten Augen zu nehmen. Ansgar hielt ihn davon ab.

„Das ist gemein, er kann nichts sehen. Er soll doch im Himmel nach meiner Mama suchen."

Ansgar zog ihn sanft, aber bestimmt vom Leichnam weg und hielt ihn fest. Das war zu viel für den überforderten Felix. Weinend riss er sich los, zog eine Brutsche, stürmte zur Kirche hinaus und kniete vor dem Grab seiner Mutter nieder. Wut keimte auf. Wut auf die Brüder, die Ludolfs Augen verschlossen hatten, Wut auf Gott, dem es gefallen hatte, seine Mutter und Ludolf abzuberufen und ihn mutterseelenallein zurückzulassen. Wirre Gedanken packten ihn. Er fühlte sich einsam, von Gott geächtet und sann auf Rache. Rache auf wen?

„Mutter, hilf mir doch. Alle sind gegen mich, selbst der liebe Gott. Ludolf wollte mir doch von dir erzählen, später, wenn ich größer bin. Jetzt ist er tot. Was wollte er mir sagen? Warum musstest du so früh sterben? Die Barfüßer schweigen auf meine Fragen. Aber ich schwöre dir, ich werde die Wahrheit herausbekommen. Und sollte irgendjemand schuld an deinem Tod haben, dann finde ich ihn. Ich gelobe Rache."

Das war kein naiver Schwur. Vielmehr hatte sich die Idee der Rache in seine Seele eingebrannt, so wie der Henker dem Betrüger mit dem Brandeisen ein Feuermal auf die Stirn prägt. Von diesem Zeitpunkt an hatte er sich ein festes Ziel gesteckt, das er unbeirrt verfolgen sollte: Er würde die Wahrheit über die mysteriösen Umstände in Verbindung mit dem Tod seiner Mutter herausfinden. Ludolf hatte mit wohlüberlegtem Bedacht von einem schrecklichen Unglück gesprochen, nicht von einem Unfall oder von einer Krankheit. Hätte das Unglück vermieden werden können? Würde seine Mutter dann noch leben? Wer hatte dieses Unglück zu verantworten? Mit jedem weiteren Gedanken verstärkte sich seine Entschlossenheit, sein fester Wille, das Geheimnis um den Tod seiner Mutter zu ergründen und Rache zu üben.

Der schwere Schock jenes Tages veränderte Felix. Er vermisste die väterliche Liebe seines Ziehvaters Ludolf. Bruder Ansgar fand kaum Zeit, sich mit ihm zu beschäftigen. Zu viele, arme Menschen suchten seinen medizinischen Rat. Die Krankenstube platzte aus allen Nähten, die Heilsuchenden mussten vor der Infirmaria im Freien warten. Allein auf sich gestellt, empfand sich Felix als unerwünschter Fremdkörper, den man am liebsten loswerden wollte. Kein Bruder beachtete ihn. Selbst ein freundliches Wort, Lob oder brüderliche Zuneigung wurden ihm versagt. Zu viele Fratres sprachen dem Bier, dem Wein und dem Tobak im Überfluss zu. Immer wieder kam es untereinander zum Streit. Das passte so gar nicht zu einem gesitteten Klosterleben. Die Liebe zum Nächsten wurde mit Füßen getreten. Felix widerten die Streitereien im Konvent an. Er empfand sich als Ausgestoßener, als unwillkommener Gast in einer rauen Männerwelt, deren einziger Lebenssinn darin lag, zu arbeiten und zu beten. Und er fühlte sich missbraucht. Immer wenn die Spenden an das Kloster spärlich flossen, besann sich der Guardian darauf, dass die Franziskaner einem Bettelorden angehörten. Vor allem an den städtischen Markttagen sandte er dann seine Brüder zum Betteln aus. Er hatte Lympurg in Bereiche eingeteilt: den Kornmarkt, die Fleischgasse, den Klattermarkt, den Fitz- und Leinenmarkt, die Brotgaden, den Milchmarkt, den Fischmarkt, den Rossmarkt und den Schuhmarkt. Jedem Bruder wurde ein Ort zugewiesen. Das war der einzige Anlass, zu dem der junge Felix von den Brüdern umworben wurde. Jeder wollte ihn an seiner Seite haben, denn eine kindliche Hand eignete sich besser, barmherzig zu machen als ein dickbäuchiger Franziskaner. Doch meist endete die Bettelei für Felix damit, dass er sich eine schmerzliche Kopfnuss oder ein Ohrzwicken einhandelte. Manche milde Gabe verteilte er auch an die in Lumpen gehüllten, ausgehungerten Männer, die klagend vor den Ständen im Staub oder gar in der Gosse hockten und auf ein Almosen hofften. Die meisten von ihnen, krank, verstümmelt, blind und kaum bei Kräften, entstammten fremder Söldnertruppen, die nach dem Krieg verbannt und sich selbst überlassen wurden. Mittellos und fern der Heimat fristeten sie ein bedauernswertes Dasein. Felix empfand ein tiefes Mitgefühl.

Kein Wunder, dass der brave, fröhliche Klosterjunge mit Gott, den Mönchen und der Kirche haderte und eine gewisse Abneigung gegen die Barfüßer entwickelte. Trotzig widersetzte er sich den strikten Klosterregeln und fügte sich nur unter Androhung von Strafen. Bruder Ansgar hatte seine liebe Mühe, Felix zur Einhaltung der klösterlichen Observanzen zu bewegen:

„Nur mit Gottgefallen und dem Gehorsam zur Kirche wird dir der Schlüssel zum Himmel gewährt.“

Nach dem Unterricht zog sich Felix meist still ins Skriptorium und die angrenzende Bibliothek zurück. Immer öfter begegnete ihm Bruder Sartorius mit Argwohn. Denn der Armarius ertappte ihn häufig in der verbotenen Abteilung, wenn er gerade ein Buch über Teufelsspuk in den Händen hielt. Sartorius tadelte ihn zwar, machte aber keine Meldung an den Guardian und beließ es bei klerikalen Drohungen:

„Das Lesen der verbotenen Bücher ist Sünde. Der liebe Gott sieht alles, selbst die kleinste Sünde. Ihn kannst du nicht täuschen. Wenn ich dich noch einmal hier erwische, setzt es Schläge ad posteriora – auf das Hinterteil!“

„Warum sind dann die Bücher im Kloster?“

„Sie sind ausschließlich dem Guardian vorbehalten für den Fall, dass er einen Bruder der Ketzerei, der Häresie, der Magie oder der Hexerei verdächtigt.“

An der nächtlichen Vigil – der Guardian hatte nun darauf bestanden – nahm er mit sichtlichem Widerwillen teil, vor allem im Winter, wenn ihn selbst zwei wollene Decken nicht wärmten. Aber der Guardian zeigte sich unerbittlich bei der Beachtung der Klosterregeln. Eines Nachts auf dem Weg in die eiskalte Sebastianskirche erwischte Bruder Ansgar den störrischen Jungen, wie er in das Weihwasserbecken an der Pforte spuckte. Er beließ es dabei, ihm einen Klaps auf seinen Blondschopf zu geben. Noch schrieben die Brüder seine eigenwilligen Ausrutscher der tiefen Trauer über den schmerzhaften Verlust des Ziehvaters zu.

4

Bald hatte Felix einen stillen Ort entdeckt, an dem er ungestört lesen konnte. An den Klostergarten grenzte die verfallene Laurentiuskapelle. In der Ruine fand er einen regengeschützten Raum, von dem er das Kloster einsehen konnte. Dahin zog er sich nach der Schule zurück und verschlang die mystischen Bücher, die er sich heimlich aus der Bibliothek ‚ausgeborgt' hatte. Die Abhandlungen über boshafte Hexen und gruselige Teufel, über den legendären Misteltrank der Druiden, über die giftigen Kräuter und die verbotenen Wahrheiten der Natur faszinierten ihn. Bald wusste er mehr über totbringende Elixiere, schwarze Magie und Hexenrituale als seine Mitbrüder. Felix ging sehr geschickt vor. Nie verspätete er sich in der Schule. Sein Ludimagister war sogar voll des Lobes über seinen Lerneifer. Nie versäumte er ein Stundengebet und achtete sehr genau auf die Glockenschläge der Kirchturmuhr von Sankt Georg. Zu den Horen war er zwar körperlich anwesend, was der Guardian mit Genugtuung vernahm, aber er sprudelte die Psalmen ohne innere Frömmigkeit herunter, ebenso die Lobpreisungen Gottes, als sei das Sprechen der Gebete eine Gegenleistung für die Beköstigung und das Schlaflager im Dormitorium.

Kurz vor Felix' dreizehntem Namenstag beriet sich Guardian Johannes mit dem Klostermedicus Ansgar, ob die Zeit gekommen sei, den Knaben endgültig als Novizen in den Konvent aufzunehmen:

„Entweder wir weisen dem Jungen eine klösterliche Aufgabe zu, oder wir suchen für Felix geeignete Zieheltern in der Stadt. Er ist alt genug zum Arbeiten, belesen und kräftig dazu. Bruder Sartorius empfiehlt, ihn in der Buchdruckerei einzusetzen."

„Gewiss, Felix ist reif für das Klosterleben", antwortete Ansgar. „Dennoch werde ich aus ihm nicht schlau. Er sondert sich ab, verschließt sich und zeigt keine besonderen Präferenzen. Manchmal habe ich den Eindruck, er ist bei den Orationen nicht mit vollem Herzen dabei. Seine einzige Leidenschaft scheint die Pflege der Gräber seiner Mutter und von Bruder Ludolf zu sein. Die Trauer hat er noch immer nicht überwunden. Wir sollten abwarten und ihn beobachten. Noch bin ich mir nicht sicher, ob Felix seine Zukunft in der Kommunität finden wird."

Felix sollte das Kloster eher verlassen, als es dem Vorsteher in den Sinn kam. Auslöser war eine unselige Begegnung mit dem unehrbaren Abdecker.

Es war schon später Nachmittag an einem drückend schwülen Augusttag, als der Wasenmeister mit einem Pferdefuhrwerk zum Armesünderfriedhof vor die Laurentiusruine am Huttig zog. Auf dem Karren lag ein Toter, eingehüllt in ein schmutziges Leichentuch. Felix beobachtete, wie der verlotterte Totengräber schwitzend eine Grube aushob. Neugierig näherte er sich dem schmächtigen Mann, der über einer zerschlissenen Hose ein verschwitztes blaues Hemd trug, auf dem Blutflecken zu sehen waren.

„Was habt Ihr vor?"

Erschrocken sah der knöchrige Mann auf. Erst schien es, als wolle er den allzu Neugierigen vertreiben. Dann aber zog ein fratzenhaftes Grinsen über sein bärtiges Gesicht. Ohne ein Wort zu sagen, reichte er dem Jungen die Schaufel. Felix sah sich kurz um, dann begann er zu graben. Der Abdecker sah es mit Freude, hockte sich hin und begann zu plaudern.

„Ei, ich muss einen Selbstmörder im ungeweihten Acker verscharren. Der Mann war angeklagt, es mit dem Teufel getrieben zu haben. Ein Hexenpfeifer soll er gewesen sein. Aber genau weiß ich es nicht. Der Kerl hat sich noch vor der Folter erhängt."

„Was hatte er mit dem Teufel gemein?"

„Man hat wohl Satanszeichen bei ihm gefunden, und er soll einen Pfaffen verflucht haben."

„Das reicht, um ihn anzuklagen?“ Felix blickte erschrocken zum Kloster hinüber. Sofort kam ihm das Buch über den Satanskult in den Sinn, das er sich wieder einmal ausgeborgt hatte. Sein schlechtes Gewissen regte sich. Wie oft hatte er das Kloster verdammt. Hatte er sich versündigt und gar strafbar gemacht?

„Auf Ketzerei steht normalerweise die Todesstrafe am Scheiterhaufen“, fügte der Schinder hinzu und erhob drohend seinen Finger.

Auch bei ketzerischen Gedanken? Sein Puls raste, sein linkes Auge zuckte. Schweißnasse Hände, blasse Flecken im Gesicht. Vielleicht sollte er doch lieber seine Sünden beichten? Nein, nicht im Kloster. Die Brüder würden ihn verachten und wahrscheinlich den Teufel mit Knoblauch und mysteriösen, peinlichen Ritualen austreiben wollen.

„Und jetzt verscharrt Ihr ihn hier ohne kirchlichen Segen? Kommt dann seine Seele noch in den Himmel?“

„Keine Ahnung. Vielleicht springt sie gerade noch ins Fegefeuer, wenn wir ihn beerdigen. Frag doch deine barfüßigen Kapuzensäcke.“

Nein, das käme nicht infrage. Der Guardian würde ihn abstrafen, sollte er ein solch heikles Thema ansprechen. Oder gar erfahren, dass er sich mit dem gottlosen Schinder abgebe. Lieber das Thema wechseln, schoss es ihm durch den Kopf.

„Ihr seid der Helfer des Scharfrichters?“

„Eigentlich bin ich Abdecker. Normalerweise sammle ich die Luder in der Stadt ein und ziehe das Fell von den Kadavern ab. Die Gerber nehmen die Tierhäute gern, natürlich gegen bare Münze. Der Scharfrichter ist mein Meister. Wenn es ums Henken oder Köpfen geht, muss ich ihm helfen. Auch beim Foltern.“

„Ist das nicht grausam?“

„Ei, alles wird irgendwann zur Gewohnheit. Außerdem wird es gut bezahlt. Aber jetzt muss die verdammte Leiche in die Grube, bevor es regnet. Packst du mit an?“

„Ohne Sarg? Ihr wollt ihn einfach so in die Erde legen?“

„Ei, wer sollte denn den Sargmacher bezahlen? Die Stadt gibt dafür kein Geld aus."

Zu seinem Erstaunen tastete der Abdecker das Leichentuch ab, als ob er etwas zu finden trachtete.

„Was sucht Ihr? ", fragte Felix.

„Nach dem Kopf. Der Kerl muss mit dem Gesicht nach unten im Grab liegen. Selbstmörder und Ketzer werden wie verendete Esel begraben. Man fürchtet, von ihren Visagen gingen noch teuflische Kräfte aus. Die sollen in die Erde fahren."

5

Sie hatten das Grab zugeschaufelt und eingeebnet. Dunkle Gewitterwolken zogen auf. Eilig wollte sich der Abdecker davon machen, um noch vor dem drohenden Regen heimzukommen, als er sich noch einmal an Felix wandte:

„Junge, du hast dich nicht ungeschickt angestellt. Ei, ich könnte einen kräftigen Gehilfen gebrauchen. Hast du nicht Lust, bei mir in die Lehre zu gehen? Es soll dein Schaden nicht sein."

Felix lachte und beschied dem Henkersknecht, er lebe drüben im Kloster. Es gehe ihm dort gut, auch wenn er die strengen Klosterregeln verabscheue. Doch als ihn der Schinder fragte, ob er sich nicht eingesperrt fühle, ob er denn den scheinheiligen Kapuzensäcken vertraue, ob er nicht das wahre Leben erfahren wolle, ob er nicht die Gängelei satt habe, brachen Zweifel auf. Plötzlich spürte Felix den Drang, das Kloster zu verlassen und die weltliche Freiheit zu genießen. Er witterte seine Chance.

„Kannst bei mir wohnen. Zu essen haben wir genug. Was brauchst du mehr? Oder vermisst du etwa die Gebetsstunde zur kalten Nacht? Man kann auch außerhalb des Klosters beten, wann immer du willst, ohne unsinnige Rituale. Also kommst du mit? Was hält dich im Bettelorden? Dir steht die Welt offen."

Es kam ihm vor, als ob er von einem Dämon getrieben werde. Insgeheim haderte er nach dem Tod von Bruder Ludolf mit dem Klosterleben, den scheinfrommen Barfüßern und dem allzu gestrengen Guardian. Lag sein Lebenssinn in Arbeit und Gebet? Ihm schoss der Schwur durch den Kopf, den er am Grab seiner Mutter geleistet hatte. Er wollte die ganze Wahrheit über ihren Tod in Erfahrung bringen. Von den Klosterbrüdern konnte er da nichts erwarten, auch kein Verständnis für seine Rachegedanken. Die Wahrheit konnte er nur außerhalb der Klostermauern finden. Ergreif die Chance beim Schopfe, riet ihm eine teuflische, innere Stimme.

Er möge sich noch einen Moment gedulden und warten, sagte er zum Abdecker, verschwand flugs in der Ruine der Laurentiuskirche und stieg schließlich mit einem Buch in der Hand auf den Kutschbock. Der verlotterte Mann neben ihm gönnte sich einen großen Schluck aus der Branntweinflasche, als wolle er dem Toten nach der Beerdigung gedenken. Vielleicht aber auch, um die übel riechenden Ausdünstungen seiner Kleider mit einer Alkoholfahne zu überdecken.

„Wie heißt du eigentlich?"

„Felix und Ihr?"

„Man nennt mich den Schinderstoffel. Also sag Stoffel zu mir und ‚du', schließlich sind wir jetzt Kameraden."

Gemächlich zogen sie die Barfüßerstraße hinunter. Felix warf noch einen letzten, kurzen Blick auf das Kloster und die Sankt Sebastianskirche. Ob man nach ihm suchen würde? Egal. Wie mit Scheuklappen blickte er die Barfüßer- und Salzgasse hinunter. Der Schinderstoffel lenkte sein Fuhrwerk mit dem klapprigen Gaul entlang der Fahrgasse auf die Lahnbrücke. Am Brückentor winkten ihnen die Wachen zu und ließen sie ohne Fragen und ohne das übliche Wegegeld von zwei Weißpfennigen passieren. Sie folgten der Landstraße bis zum Creucher Tor am Ortsausgang der Koblenzer Vorstadt in Richtung Offheim. Kurz bevor sie die letzten armseligen Häuser passierten, wies Felix fragend auf ein Strohbündel, das an einem Haus herabhing.

„Da siecht ein Kranker dahin. Pestilenz. Siehst du das Pestloch in der Tür?", fragte Stoffel. „Durch das schieben mitleidige Nachbarn auf einem langen Brett Brot hinein. Nur keinen Kontakt mit dem Aussätzigen! Die Offheimer bauen aus Angst gerade eine Pestkapelle. Der Heilige Rochus soll sie beschützen. Ei, ob es hilft? Andere meinen, die Pest sei ein Werk des Teufels, daher müsse man sich gut mit dem Satan stellen. Aber die enden dann bäuchlings am Armesünderfriedhof."

Sie bogen in einen unbefestigten, matschigen Weg ab, der gerade die Breite ihres Fuhrwerks maß, und steuerten eine einsam gelegene, kleine Hofreite an, eine heruntergekommene, windschiefe Bauernkate, die den Eindruck erweckte, als würde sie jeden Moment lautlos in sich zusammenfallen.

„Das ist meine Bleibe. Recht einfach, aber du wirst dich bei mir wohlfühlen."

Schwere Gewitterwolken verdunkelten den Himmel. Geschwind spannten sie den Gaul aus, führten ihn in den Stall und gaben ihm Hafer.

„Übrigens, neben dem Stall findest du das Scheißhaus. Dahinter ist die Puddelgrube. Da schütten wir den Abtritt hinein, den wir in der Früh in Lympurg einsammeln werden."

„Was sind das für schwere Eisen an der Hauswand?"

„Ei, Wolfsfallen. Manchmal werden sie von den Bauern verlangt, wenn die Wölfe ihr Vieh gerissen haben. Viele besprengen ihre Tiere mit Weihwasser, um die Wölfe fernzuhalten. Aber das scheint nicht immer zu helfen. Zudem wird das Taufwasser jetzt in den Kirchen weggeschlossen ... hast du Hunger?"

Felix hatte Hunger. Im Kloster war die Vesper bereits gebetet. Die Ordensbrüder hatten sich wohl schon im Refektorium zum Abendessen versammelt. Ob man sich um ihn sorgte? Bruder Ansgar tat ihm leid. Sicherlich würde ihn der Guardian tadeln, wenn er seine Obhutspflicht nicht mit der erforderlichen Sorgfalt wahrgenommen hatte.

Felix sah sich im einzigen, tristen, schummrigen Raum der Kate um. Ein klobiger Holztisch, davor eine grob zusammengezimmerte Bank, ein ausgedienter Küchenschrank und eine Feuerstelle, das war es schon. In der Ecke ein Strohsack. An das winzige, mit Tierhaut bespannte Fensterloch prasselte der Regen. Auf dem kalten Herd stapelten sich eine verrußte Pfanne, ein klebriger Topf und Tonschalen mit vergammelten Essensresten. Da lobte er doch die penible Sauberkeit seiner gewohnten Klosterküche. Mit Reinlichkeit hatte der Schinderstoffel wahrhaft nichts im Sinn. Die Stube strotzte vor Dreck, Unflat, heilloser Unordnung und einem muffigen Gestank nach Rauch, Schweiß, stinkenden Hemden und Branntwein. Aber das schien nur ihn zu stören.

„Nun glotz nicht so. Horch emol, wenn dir mein Saustall nicht passt, dann räum eben auf und mach hier sauber“, grunzte Stoffel mürrisch. Der Tonfall gefiel Felix nicht, aber er fügte sich und säbelte eine dicke Ranke Brot ab.

„Greif ruhig bei der Schwarzwurst zu. Eigene Schlachtung, luftgetrocknet. Übrigens, das Bierfass steht dort drüben am Fenster, bedien dich.“

Im Kloster hatte man ihm Bier verboten. Das sei nur etwas für gestandene Männer. Sofort sprang Felix auf. Ab sofort wollte er auch zu den gestandenen Männern gehören. Schinderstoffel quittierte es mit einem breiten Grinsen. Unschlüssig saß der Junge vor seinem Holzbrett und wartete.

„Fang an, oder willst du vorher beten? Mach nur, aber verlange es nicht von mir.“

Felix bekreuzigte sich und sprach in Gedanken ein Tischgebet, wie er es gewohnt war.

Nach wenigen Tagen sollte es ihm nicht mehr so wichtig sein …

6

Das stark gewürzte Dünnbier schmeckte ihm nicht. Inzwischen nahm der Schinderstoffel einen gehörigen Schluck aus einer Branntweinflasche. Felix lehnte dankbar ab, das wäre doch zu viel für den Anfang. Blitze erhellten den einzigen Raum der Kate. Felix schwitzte in seiner Kinderkutte.

„Zieh das verdammte Mönchskostüm aus. Das bringt dich noch um.“ Stoffel reichte ihm ein zerknittertes Hemd und eine verschlissene Hose.

„Kann ich mir die Hosenbeine abschneiden?“

„Ei, mach doch, was du willst. Übrigens kannst du dort drüben unter dem Fenster deinen Strohsack hinlegen. Warte, ich hole ihn aus der Scheuer.“

Während Felix geschickt die Hosenbeine kürzte und in den zu weiten Hosenbund seine Kordel einzog, kam Stoffel mit einem klammen Strohsack zurück. Dann setzten sie sich an den Tisch. Schinderstoffel prostete ihm zu:

„So, hiermit ernenne ich dich zu meinem Gehilfen.“

Felix empfand eine stille Freude. Er war dem Kloster entwischt, hatte einen Kameraden, der sich um ihn sorgte, und eine neue Aufgabe. Innerhalb von wenigen Stunden hatte sich sein behütetes Leben drastisch verändert. Kam er vom Regen in die Traufe? Er wischte den Gedanken aus dem Kopf. Nicht ohne Grund hatte er sich entschieden, das strenge Klosterleben gegen eine neue Aufgabe einzutauschen, auch wenn diese als anrüchig galt. Ob er auch beim Richten eines armen Sünders helfen würde?

„Hast du schon einmal mit dem Henker eine Hexe geköpft?“

„Bei uns in Lympurg? Nein. Hexen werden nicht geköpft, sie werden verbrannt.“

„Bei lebendigem Leib?"

„Ja, bei schweren Vergehen. Nur wenn der Kurfürst gnädig gestimmt ist, wird die Hexe vorher erdrosselt. Oder wir verwenden für den Scheiterhaufen frisches Holz, das qualmt, und die Hexe erstickt im Rauch, bevor die Flammen am Leib hochkriechen."

„Standen in Lympurg auch Hexen vor Gericht?"

„Sicher. Ich erinnere mich an eine Frau, die der Hexerei angeklagt war."

„Ehrlich? Eine Hexe bei uns in Lympurg?"

„Genau. Dabei sah sie gar nicht aus wie eine Zaunreiterin. Sie war die Frau eines Fischmergers. Das muss wohl vor zehn Jahren gewesen sein."

„Echt? Warst du dabei?"

„Ja. Damals war ich noch Gehilfe des Wasenmeisters Gustav, so wie du jetzt. Der Schultheiß Opper hatte die Folter befohlen. Gustav konnte oder wollte an dem Tag nicht dabei sein. So habe ich ihr die Foltergeräte gezeigt. Die Hexe sollte gestehen. Dabei wusste jeder, dass sie niemals eine Hexe war."

„Hat sie denn gestanden?"

„Nein, die hat alles abgestritten."

„Und dann ist sie freigekommen?"

„Nein, nein. Der Scharfrichter Nagel ist bei der peinlichen Befragung nicht gerade zimperlich mit ihr umgegangen. Sie lag nackt auf der Streckbank. Ich sage dir, das war eine schöne Frau, jung, volle Brüste und gertenschlank. Der geile Bock hat sie nach Hexenmalen untersucht. Aber die Tortur war wohl zu schmerzhaft. Plötzlich verdrehte sie ihre schönen Augen und war dahin. Schade eigentlich."

„Dann hat sie der Scharfrichter zu Tode gequält?"

„Das hat der Schultheiß Opper ihm auch vorgeworfen."

„Und hat er ihn bestraft?"

„Dazu ist es nicht mehr gekommen. Da gab es später noch eine andere Folter an einem Angeklagten. Und der hat dem Scharfrichter Nagel während der Befragung das Genick gebrochen. Es sah ganz nach Rache aus."

Die erste Nacht in neuer Umgebung bescherte dem Felix wirre Hexenträume und einen zerstochenen Körper. In der Morgendämmerung wachte er durch einen Lärm auf und sah von der Tür aus dem Schinder zu. Er hatte bereits das Pferd angespannt.

„Ei, ich muss in der Stadt meine Runde drehen, die Abortkübel leeren, die verendeten Hunde und Katzen einsammeln und den Pferdekot vom Pflaster kratzen. Du kannst heute noch hier bleiben. Sieh dich bei mir um und füttere die Hühner."

Zunächst suchte Felix den Brunnen. Er fand ihn neben der Scheuer. Sein Blick fiel auf einen kleinen Kräutergarten und er entdeckte zu seiner Freude auch Thymian und Lavendel. Damit ließen sich die Plagegeister in seinem Strohsack vertreiben. Als er an den Wolfsfallen vorbeiging, reizte es ihn, den Mechanismus zu prüfen. Mit letzter Kraft spannte er die starke Feder, nahm einen langen Stock und ließ die Falle zuschnappen. Bei solch gewaltiger Kraft hatte wahrlich kein Wolf eine Chance. Dann machte er sich an die Arbeit. Die stickige Luft im Haus war unerträglich. Er riss die Tür auf, die schief in den Angeln hing, und schaute in die Landschaft. Über den Dächern von Creuch zog bereits die Sonne auf. Es würde ein warmer Tag werden.

Gewohnheitsmäßig faltete er die Hände, dankte Gott für die ruhige Nacht und bat um einen schönen Tag. Ob seine Brüder auch gerade die Laudes beteten? Aber das Kloster war weit weg, auch in seinen Gedanken. Es schien, als habe er mit dem Ablegen seiner Kutte das Kloster aus dem Sinn verloren, als habe er sein früheres Leben abgestreift. Entschlossen wandte er sich dem Geschirr auf der kalten Feuerstelle zu. Mit Scheuersand und Wurzelbürste kratzte er die verkohlten Essensreste von der Pfanne und dem einzigen Topf, den Stoffel besaß. Dann nahm er sich die schmierigen Schalen, die verrußten Feuerringe und den klebrigen Küchentisch vor. Er wollte sich erkenntlich zeigen und seine neue Bleibe aufräumen.

Zufrieden mit seiner Arbeit, erkundete er danach zunächst den Schuppen. Über seinen Rücken lief ein seltsamer Schauder, als verberge der Ort etwas Mystisches. Ein unangenehmer Gestank schlug ihm entgegen. Es roch garstig nach Leder, ranzigem Fett, Schimmel und getrockneten Kräutern. In einer Ecke lag ein Haufen mit Rosshaaren. An den krummen Dachsparren hingen frische, seltsame Kräuterbüschel und zu seinem Erstaunen eine große Anzahl getrockneter Schwarzwürste. Nachdenklich blickte er noch einmal auf das Rosshaar. Waren die Würste aus dem Fleisch verendeter Pferde gemacht? Egal, sie hatten ihm geschmeckt. Auf einer überquellenden Werkbank standen kleine Fläschchen mit verschiedenen, streng riechenden Tinkturen. In größeren Tontöpfen waren sorgfältig getrocknete Kräuter sortiert. Felix roch verwundert an den ranzigen Salben und erschrak beim Anblick kleiner, halb gegerbter Hautfetzen. Waren es nur die absonderlichen Mittel, die ihn schaudern ließen, oder überkam ihn das fröstelnde Gefühl, sich an einem unheimlichen, gottverlassenen Ort zu befinden?

Schon rumpelte der Schinderstoffel mit dem Abort und einigen Kadavern auf dem Wagen der Hofreite zu.

„Felix, es gibt Arbeit!“

Inzwischen war die Sonne hoch aufgezogen und brannte mit ganzer Kraft. Erst verscharrten sie die verendeten Luder im Schindkaut, wobei der Abdecker ihn belehrte, das Luderfleisch würde häufig als Köder für die Wolfsfallen verwendet, aber heute kämen sie in den Schindacker.

Danach schöpften sie den ekelhaft stinkenden Abtritt in die Puddelgrube. Felix fasste eifrig mit an. In der sengenden Hitze zog er sich das verschwitzte Hemd vom Leib. Der Schinderstoffel stutzte plötzlich, legte die langstielige Schöpfkelle zur Seite und betrachtete Felix’ Rücken.

„Was ist los? Ja, ich bin zerstochen von den Flöhen.“

„Ei, du hast ein Feuermal am Hals. Mein Vorgänger, der Gustav, hatte auch so einen Blutflecken am Rücken. Wenn das kein Zufall ist!“

„Und wer war dieser Gustav?“

Stoffel erzählte darauf eine gruselige Geschichte, die Felix erschauern ließ. Man habe erst nach seinem Tod erfahren, dass Gustav als schwedischer Soldat im Dreißigjährigen Krieg in Lympurg desertiert war. Der greise, kränkliche Abdecker hatte Gustav damals als Gehilfen aufgenommen. Dieser habe sich rasch so fleißig eingearbeitet, dass er nach dem Tod des alten Schinders seine Stelle einnahm. Er ging auch dem Scharfrichter Nagel zur Hand, wenn es um peinliche Befragungen ging oder jemand vom Leben zum Tod zu befördern war. Eines Tages jedoch habe er sich geweigert, einen jungen Angeklagten zu foltern. Und das sei genau der Mann gewesen, der dem Scharfrichter Nagel während der Folter das Genick gebrochen hatte. Als hätte Gustav das Unheil geahnt. Aus unerfindlichen Gründen habe sich Gustav im Schuppen erhängt und einen Abschiedsbrief hinterlassen.

„Schade um Gustav. Ich mochte ihn sehr. Vielleicht gehörte er zu deiner Familie? Der war auch so blond wie du und dann der Blutfleck ...“

„Du meinst, er war mein Vater?“

„Sag nur, du kennst deinen Vater nicht? Nein, Gustav hätte höchstens dein Großvater sein können. Ich kann ihn dir zeigen, wenn wir am Morgen durch das Brückentor in die Stadt ziehen.“

Felix runzelte die Stirn.

„Ich denke, der ist gestorben?“

„Ja, schon. Aber ein Steinmetz hat sein Gesicht als Vorlage für eine Maske genommen, die er ins Brückentor eingemeißelt hat. Sie soll den schwedischen Soldaten zeigen, dass sie in Lympurg unerwünscht sind. Die haben im Krieg fürchterlich in der Stadt gewütet. Die Fratze sieht ziemlich wild aus, aber ich kann den Gustav darin noch erkennen. Jetzt müssen wir uns aber gründlich waschen. Das habe ich auch von Gustav gelernt. Der meinte, wenn ich mir nach der Arbeit nicht die Hände wasche, werde ich krank.“

Hatte der Abdecker tatsächlich von seinem Großvater gesprochen? Floss in seinen Adern schwedisches Blut? Felix würde sich die Fratze sehr genau ansehen.

7

Zur Freude des Schinderstoffels stellte sich Felix sehr geschickt als Gehilfe an. Gottlob gab es in jener Zeit keine Todesurteile, bei denen Felix anpacken sollte. Er verabscheute den Tod. Ob er überhaupt eine Hinrichtung ertragen könnte? Der schreckliche Gedanke schnürte seine Kehle zu.

In diesen ersten Tagen beim Wasenmeister blieb es bei täglichen Fuhren in die Stadt, und die nutzte Felix, um seiner Mutter einen kurzen Besuch am Grab abzustatten. Dabei achtete er sehr genau auf die Zeit, in der die Franziskaner in der Klosterkirche die Laudes beteten. Mit einem Stoßgebet legte er eine Rose auf das Grab, die er unterwegs von einem wilden Strauch gepflückt hatte. Rosen huldigen der Gottesmutter Maria, hatte er von Bruder Ludolf gelernt. Und was der Muttergottes gefalle, das gefalle auch seiner Mama.

Der Klostervorsteher hatte den Schultheiß Johann Simon Schupp gebeten, nach Felix Ausschau zu halten. Schupp lachte nur ob seines Ansinnens. In der Stadt verschwänden viele Kinder, die sich in Rotten in die Wälder zurückzögen und als Bettelkinder wieder in Lympurg auftauchten. Meist waren sie von der Not getrieben, wenn die arbeitslosen Väter nicht mehr die Familie ernähren konnten. Warum habe es der Junge vorgezogen, das Kloster zu verlassen? Er hatte doch sicher genügend zu essen? Oder habe man ihn gar geschlagen, dass der Knabe Reißaus genommen habe? Der Guardian Johannes hatte keine Antwort auf diese Fragen parat. Schließlich bot er ihm zwanzig Gulden als Kopfgeld an, so man den Ausreißer dem Kloster wieder zuführe.

Beim Schinder eröffnete sich für Felix eine neue Welt. Hatte er beim Medicus Ansgar die Heilkunde nach dem Stand der medizinischen Künste erfahren, eröffnete ihm Stoffel die Heilkünste aus der Sicht von Aberglauben und magischen Kräften.

„Ich habe das Recht, einem Gehängten die Haut abzuziehen wie bei einem verendeten Tier. Die fetten Bäuche mag ich besonders. Da sondere ich das Schmalz ab und bereite davon meine allseits beliebten Salben. Die bringen viel Geld ein. Die Haut reibe ich mit Alaun ein und gerbe sie in einem Steintopf, etwa so, wie es der Lohgerber mit der Kuhhaut macht. Nach einigen Tagen wasche ich sie aus, klopfe sie weich und reibe sie mit Kreide ein."

„Wofür braucht man sie?"

„Du hast doch im Kloster viele Bücher gesehen, die in feines Leder gebunden waren. Ich bin sicher, so mancher Einband stammt von Menschenhaut. Aber man schweigt darüber. Die Hebammen binden den Gebärenden Riemen aus Menschenleder zur Erleichterung und gegen Krämpfe um den Leib. Hauptabnehmer sind aber die Apotheker. Sie bieten Menschenhautfetzen als magische Heilmittel an."

Auch sein Wissen über Kräuter konnte Felix erweitern. Stoffel zeigte ihm das Drudenschwindkraut, die Tollkirsche, den Stechapfel, die Alraune, das Bilsenkraut sowie einige Gewürzpflanzen, die richtig angewendet Linderung verschafften, aber bei zu hoher Dosierung höchst unbekömmlich waren.

„Der Alraunwurz wird eine besondere Teufelsmacht zugeschrieben. Man nennt sie auch Galgenmännchen, da sie unter dem Galgen wachsen, wenn der Gehenkte seinen letzten Tropfen Urin und Lendensaft von sich gegeben hat. Um die geheimnisvolle Macht nutzen zu können, muss man einen Pakt mit dem Teufel schließen. Als mystisches Zeichen wird sie dann an die Haustür genagelt. Manche Menschen sind begierig darauf, eine Alraune als Amulett zu tragen oder sie trinken ihren Saft als Liebestrank. Sie zahlen verdammt gut dafür."

„Glaubst du an den Teufel?"

„Natürlich, wenn es Gott gibt, gibt es auch den Teufel. Wo Licht ist, ist auch Schatten. Wo Glück ist, gibt es auch Elend."

So ging fast ein Jahr ins Land, in dem Felix seine Freiheit genoss. Allmählich sehnte sich der Junge zurück nach den Büchern und schließlich nach der Schule. Der leseunkundige Schinderstoffel besaß keine Schriftstücke. Der hatte nie eine Schule von innen gesehen. Felix hatte nur den Folianten aus der verbotenen Klosterbibliothek zur Hand. Er trug den Titel Opus diaboli, ein fatal ketzerisches Werk des Teufels. Er kannte es fast auswendig.

Als sie eines regnerischen Oktobertages früh am Morgen ihrer Arbeit in der Stadt nachgingen, begegneten sie dem Scharfrichter Johann David Busch.

„Gut, dass ich dich treffe, Stoffel. In der nächsten Woche steht eine Folter an. Sie haben einen Betrüger erwischt, der standhaft leugnet. Schultheiß Schupp hat als Termin den Montag festgesetzt. Also finde dich Schlag zehn im Rathaus ein ... Seit wann hast du denn einen Gehilfen?"

„Das ist Felix, der hilft mir schon seit Monaten. Ein sehr geschickter Junge und kräftig dazu."

„Ich kenne dich nicht. Bist du aus Lympurg?"

Felix verschloss seinen Mund. Nur nicht auffallen.

„Ei, der Junge hat es halt bei den Barfüßern nicht mehr ausgehalten. Er ist getürmt."

„Stoffel, du bist so blöd wie ein Schlammbeiser. Du kannst doch nicht einfach einen aus dem Kloster anwerben. Das gibt Ärger. Der Schultheiß hat mir erzählt, dass ein Novize getürmt ist. Junge, auf dich hat der Guardian ein Kopfgeld ausgesetzt."

Felix wollte davonrennen, doch Busch hielt ihn am Arm fest.

„Verflucht, ich will mit den Braunröcken keinen Ärger kriegen. Stoffel, wir sprechen uns noch."

Bald stand Felix angsterfüllt vor dem Guardian und erwartete eine gewaschene Strafpredigt. Doch Bruder Johannes tadelte ihn mit keinem Wort. Was er denn die ganze Zeit gemacht habe, warum er denn davon gelaufen sei, wollte er wissen.

„Junge, alles hätte ich erwartet, nur nicht, dass du beim Schinder landest. Man sagt, der Schäfer und der Schinner, das sei'n Geschwisterkinner, und der Säuhirt noch dabei, das sein die Schinner alle drei. Da gehörst du einfach nicht dazu. Wozu haben wir dich lesen und schreiben gelehrt? Wir wollen aus dir einen ehrbaren Bürger machen. Wenn dir unser monastisches Leben nicht gefällt, werde ich für dich eine andere Lösung finden. So, und nun geh dich gründlich waschen, auch die Haare. Sonst schleppst du uns noch die Pestilenz ein. Lass dir eine neue Kutte geben und schau bei Bruder Ansgar vorbei, ob du gesundheitlichen Schaden genommen hast."

Bruder Johannes verhandelte zu jener Zeit mit dem alten Bierbrauer Johann Müller oder Johann Molitor, wie er sich hochtrabend nannte. Die Bierbrauer gehörten zur Bäckerzunft, da die Bäcker normalerweise auch die Braukunst beherrschten. Sie fühlten sich besonders mit dem Bettelorden verbunden, stellten für den Muttergottesaltar das Geleucht und Kerzen, und lieferten den Barfüßern alle Quatember und zu allen Muttergottesfeiern ein Weck von jedem Meister. Die meisten Brauer gehörten der bei den Lympurgern sehr beliebten Gürtelbrüderschaft an, jener Laienbruderschaft, die den Geist des Heiligen Franziskus unters Volk bringen wollte. Unter den Kleidern trugen sie den Strickgürtel der Franziskaner und beteten sechsmal am Tag das Vaterunser. In letzter Zeit hatte es jedoch trotz der Glaubensgemeinschaft wiederholt heftigen Streit zwischen den Stadtbrauereien und dem Kloster gegeben. Erst kürzlich hatten aufgebrachte Brauer einem Fass Bier wütend den Boden ausgeschlagen, das aus dem Kloster geschmuggelt worden war. Die findigen Franziskaner hatten eine neue Einnahmequelle entdeckt. Das Kloster war von jeglichen Abgaben befreit, da ließ sich das Klosterbier mit beachtlichem Reibach verhökern. Als der Handel zu schwunghaft blühte, eskalierte der Streit. Der Guardian Johannes sah sich genötigt, zu handeln.

„Hennes, du hast deine Truppe nicht im Griff. Oder willst du etwa zugeben, dass der klösterliche Bierhandel mit deiner Zustimmung erfolgte?“, fragte Molitor.

Der Guardian hatte darauf den Küchenmeister und die Klosterbrauer zur Rede gestellt. Sie beteuerten unter heiligem Schwur, die Einnahmen nicht für sich behalten zu haben, sondern dem Bursarius zugeführt zu haben. So wie es Bruder Ansgar auch für seine medizinischen Dienste mache. Dies sollte ein Beitrag zur Verschönerung der Franziskanerkirche sein.

„Allmächtiger Gott, nein, ich habe davon nichts gewusst“, antwortete der Guardian. „Allerdings fiel mir die gestiegene Biermenge auf. Unter mancher Kutte steckt halt so manches Schlitzohr. Der Stadtrat ist auch schon vorstellig geworden. Entweder ich frage nach einer Braulizenz nach und zahle die Bierakzise, oder ich soll die Klosterbrauerei schließen.“

„Ich mache dir einen Vorschlag. Du lieferst mir den Hopfen aus eurem Klostergarten und die Sommergerste von euren Ländereien im Goldenen Grund. Im Gegenzug bezahle ich den Mahlscheffel, beschaffe mir die behördliche Genehmigung, den Bierausstoß zu erhöhen, und versorge dein Kloster mit meinem Bier. Über die Verrechnung werden wir uns sicher einig. So ist beiden Parteien geholfen.“

Bruder Johannes schmunzelte. Insgeheim hatte er auf einen solchen Handel gehofft. Er wusste, dass Molitor ihm helfen würde. Schließlich kannten sie sich seit seiner Jugend. Zwei der Molitortöchter, Katherina und Anna, heirateten die engsten Freunde von Bruder Johannes: Katherina lebte mit dem Glöckner Georg und dem fünfzehnjährigen Sohn Peter im südlichen Turm der Stiftskirche. Die Anna hatte seinen anderen Freund Francis geheiratet. Francis und Johannes waren einst wie Brüder im Kloster aufgewachsen. Nun lebte dieser mit seiner Familie in Dietz und betrieb dort eine gern besuchte Badstube. Oft hatten sich die Jungen in der Gaststube im Müllerschen Brauhaus getroffen und Bier getrunken, natürlich auf Kosten des Hauses.

„Meister Molitor, darf ich Euch noch um einen Gefallen bitten? Ich habe vor einigen Jahren einen Knaben in den Konvent aufgenommen. Vielleicht könnt Ihr Euch noch an das schreckliche Schicksal der Annemarie Diezinger erinnern, der Frau des Fischhändlers Anton? Der Fischhändler hatte deswegen seinen zweijährigen Sohn Felix in die Obhut des Klosters gegeben. Der Junge ist jetzt vierzehn Jahre alt, kräftig gebaut, klug, belesen, aber er fühlt sich bei uns nicht wohl. Könnt Ihr ihn als Braulehrling aufnehmen?"

„Das fügt sich gut. Wenn ich den Ausstoß erhöhe, muss ich auch genügend Gehilfen zur Hand haben. Aber wenn er bei mir Ärger macht, dann nimmst du ihn wieder zurück. Und für das erste Jahr kleidest du den Jungen angemessen ein, einverstanden, Hennes?"

Zwei Monate später hatte der Guardian die kleine Klosterbrauerei zum Verdruss der Mitbrüder geschlossen. Mit der geregelten, limitierten Anlieferung der Fässer hatte er den Bierkonsum in den Griff bekommen und den illegalen Handel gestoppt. Zu jener Zeit eröffnete Bruder Ansgar dem Felix aus heiterem Himmel, dass die Zeit gekommen sei, das Kloster zu verlassen. Felix erschrak. Gerade erst hatte er sich wieder mit dem Klosterleben arrangiert, und jetzt solle er die gewohnte Umgebung aufgeben? Sein linkes Auge zuckte ...

8

Johann Molitor wies ihm im Obergeschoss des Brauhauses in der Barfüßergasse eine dunkle Kammer zu, die er sich mit dem Gesellen Conrad teilte. Felix fiel sofort die Unordnung auf, so wie er sie auch beim Abdecker erlebt hatte. Der raubeinige, meist trunkene Brauer beachtete ihn nicht, sprach nur im Befehlston und gab ihm mürrisch zu verstehen, dass er ihn nur zwangsweise bei sich dulde.

„Kamerad, wir müssen keine Freunde werden. Aber ob es dir gefällt oder nicht, ich werde mich bei dir einrichten. Zunächst reicht mir der Schlafplatz hier am Fenster. Und wage es nicht, deine Sachen auf meinen Platz zu werfen. Ich werde sie auf der Stelle wegschmeißen. Hast du mich verstanden?“ Felix hatte gelernt, seinen Standpunkt entschieden durchzusetzen.

Die Fronten waren geklärt. Conrad fügte sich. Er wollte keinen Ärger mit seinem Meister provozieren. In der folgenden Zeit ging ihm Felix aus dem Weg. Zunächst hatte der Meister den Lehrjungen in die Mälzerei gesteckt, wo ihn der alte, gutmütige Mälzer mit Freude aufnahm und froh war, endlich einen Gehilfen zu haben. Der Tagesablauf schliff sich schnell ein. Am frühen Morgen schleppte Felix eimerweise Wasser vom nahe gelegenen Brunnen heran und füllte den Weichkessel. Der Mälzer warf zuvor einen Blick auf das Wasser und ermahnte Felix, nur klares Wasser ohne jegliche Verunreinigung in den Bottich zu gießen.

„Unser Wasser ist ziemlich hart. Es führt zu einer kratzigen Bitterkeit, die wir beim Mälzen in den Griff bekommen müssen. Aber unsere Kunden sind an den herben Biergeschmack gewöhnt.“

Unter der Aufsicht des Mälzers schüttete Felix die Gerste aus Säcken in den Weichkessel. Der Mälzer drückte ihm die Lochkelle in die Hand. Er sollte rühren, das war recht anstrengend.

Zum Feierabend ließ der Mälzer das Wasser wieder ab für die Luftweiche in der Nacht. Am nächsten Tag wiederholten sie den Vorgang. Hatten sich Keimlinge gezeigt, verteilten sie die Gerste auf den flachen Darrboden und wendeten von Zeit zu Zeit das Keimgut. Schnell lernte Felix, wann die Weiche zum Mälzen bereit war. Jetzt hieß es, die Malzpfanne zu füllen und den Ofen auf Temperatur zu halten.

„Junge merke dir: Das Mälzen bestimmt den Geschmack und die Farbe des Bieres. Lassen wir die Gerste zu lange darren, gibt es süßliches Dunkelbier. Doch wir wollen goldfarbenes, würziges Bier. Also müssen wir den richtigen Zeitpunkt für das Abdarren finden. Jetzt sind sowohl deine Nase als auch deine Augen gefragt."

Felix war mit voller Begeisterung dabei. Der Meister lobte ihn ob seiner Gelehrigkeit und Felix dankte es ihm mit einem zufriedenen Lächeln und großem Eifer.

An einem kühlen Frühjahrstag tauchte urplötzlich ein Junge in der Mälzerei auf. Er war etwa im gleichen Alter wie Felix, zog erkennbar sein linkes Bein nach und war bei Weitem nicht so kräftig wie Felix.

„Ihr habt einen neuen Gehilfen, Geselle?", fragte der Bursche den Mälzer.

„Ihr kennt euch nicht? Das ist Felix, mein neuer Lehrjunge. Habt ihr euch nicht in der Schule gesehen?"

Der Mälzer stellte Peter als Sohn des Glöckners und als Enkelsohn vom Meister Molitor vor. Die Lympurger nannten ihn Türmerspeter.

„Wir wohnen im südlichen Kirchturm der Stiftskirche. Willst du mich mal besuchen? Oder du kommst gleich mit."

„Peter, schwänzt du etwa wieder bei deinem Oheim? Du solltest deine Lehrzeit beim Tuchmacher Ölp schon ernst nehmen, aber mir kann es egal sein. Felix, schnapp dir noch einen Krug", meinte der Mälzer. „Peters Vater wird sich freuen, wenn ihr ihm zwei Kannen Bier bringt. Ich komme schon allein zurecht. Eine Arbeitspause hast du dir verdient. Und grüße deinen Vater von mir, Peter."

Das war der Beginn einer innigen Freundschaft. Felix zog es an den arbeitsfreien Tagen immer wieder hinauf zur Sankt Georgskirche zu seinem neuen Freund. Stolz führte ihn Peter über die enge, steinerne Treppe in den nördlichen Turm der Kirche, in ‚sein Reich', wie er die luftige Wachstube hoch oben über den Dächern von Lympurg nannte. Die Glöcknerwohnung befand sich gegenüber im südlichen Turm. Beim Aufstieg erzählte Peter, dass er als kleiner Bub einmal die steinerne Treppe hinuntergepurzelt sei und sich das Bein gebrochen habe. Die Knochen seien schief zusammengewachsen.

„Schau dir die Schweinerei hier oben an. Hier haben im Winter französische Soldaten gehaust. Der Franzosenkönig war wieder einmal auf Beutezug."

Begierig wollte Felix wissen, warum sich französische Söldner in Lympurg einquartiert hatten. Dem gemeinen Volk wurde zu Kriegszeiten in der Regel nur erklärt, wer Feind, wer Freund war, von welchen Soldatenröcken Gefahr drohte. Da gab es die Blau- und Rotröcke, viele fantasievolle Uniformen sowie die bunten Heerfahnen, die Feind und Freund markierten. Daran sollten sich alle orientieren. Das reichte. Warum ein Krieg ausgebrochen war, interessierte nur wenige, man konnte doch nichts mehr daran ändern. Peter klärte ihn auf. Er hatte in der Dietzer Badstube seines Oheims den Grund für die neuen Feindseligkeiten erfahren. Die Stuffa diente nicht nur zur Reinlichkeit, sondern war vor allem ein Umschlagplatz für die neuesten Ereignisse.

Der Franzosenkönig Ludwig XIV. hatte den Vorstoß der Türken auf Wien genutzt, um sich zahlreiche deutsche Gebiete einzuverleiben. Er verbündete sich mit den Türken, um die Reichstruppen an der Ostgrenze zu binden, und überrannte die wehrlose Pfalz, eroberte Mainz und Trier sowie weite Gebiete Schwabens und Frankens. Aber König Ludwig hatte sich verkalkuliert. Die Türken wurden geschlagen, die Reichstruppen marschierten gen Westen. Schließlich musste das französische Heer vor der Übermacht der deutschen Truppen fliehen. In ihrer Wut hinterließen die Franzosen verbrannte Erde. Viele Städte waren so Raub der Flammen geworden.

„Erst vor einem Monat sind die Franzmänner aus Lympurg abgezogen und haben hier oben einen Saustall hinterlassen. Hilfst du mir beim Aufräumen?"

Wenn die Abende nicht allzu kühl waren, nächtigten die Freunde oben im Turm hoch über den Leyendächern von Lympurg. Felix flüchtete gern zum Peter, zumal er in seiner Kammer beim Molitor kaum Schlaf finden konnte. Zu laut schnarchte sein Kamerad Conrad. Anfangs schreckte Felix bei jedem dumpfen Schlag der Turmuhr auf. Auch das schrille ‚Kikiki' eines Turmfalken raubte ihm den Schlaf. Wie konnte es die Glöcknerfamilie nur im Turm aushalten? Peter lachte. Er habe sich daran gewöhnt und lasse sich von den Uhrschlägen nicht mehr in der Nachtruhe stören. So plauderten sie oftmals die Nacht hindurch in dicke Decken gehüllt, und Felix vertraute seinem neuen Freund seine geheimsten Gedanken an.

„Also deine Mutter liegt am Klosterfriedhof, hast du gesagt. Warum ist sie gestorben? Und du kennst deinen Vater nicht? Ist er tot oder lebt er gar noch? Warum bist du überhaupt im Kloster gelandet?"

„Genau das würde ich auch gern wissen. Die Mönche haben auf meine Fragen immer nur ahnungslos mit den Schultern gezuckt. Irgendwie habe ich das Gefühl, es gibt ein großes Geheimnis um meine Eltern. Aber das werde ich noch herausfinden, das schwöre ich dir."

„Wollen wir meinen Vater fragen? Der weiß doch über alle in der Stadt Bescheid."

Lympurg war in mancherlei Hinsicht ein kleines Dorf. Jeder kannte jeden. Die alteingesessenen Patrizierfamilien flochten ein dichtes Netz von Verwandtschaften und sicherten sich so den Einfluss auf die Geschicke der Stadt. Reine Vetternwirtschaft. Die Ratsherren wurden sogar auf Lebenszeit bestellt. Fremde hatten es schwer, in diese Phalanx einzubrechen. Es war daher nicht verwunderlich, dass bei den jährlichen Bürgermeisterwahlen im Dezember immer wieder dieselben Namen genannt wurden. Einzig die Geistlichen durchschauten diesen Klüngel, weil sie im Rahmen der Beichte von so mancher Intrige erfuhren. Klerus und Patrizier hatten das Sagen in der Stadt und spielten sich die Bälle zu. Eine verschworene Gemeinschaft.

Peter hatte zu Recht vermutet, sein Vater könne etwas über den Felix und seine Eltern wissen. Zu dritt saßen sie in der ehemaligen Wachstube über den Schieferdächern der Fachwerkhäuser. Mit roten Ohren hörte Felix zum ersten Mal vom grausamen Schicksal seiner Mutter ...

9

„Mein Junge, die Wahrheit zu ertragen, ist manchmal sehr schmerzhaft. Aber die Wahrheit ist nicht ohne Trost. Du musst jetzt recht tapfer sein, Felix. Das Schicksal hat es wahrlich nicht gut gemeint mit deiner Mutter. Als junges Mädchen arbeitete sie beim Gerbermeister Emmerich in der Löhrgasse als Magd. Dort habe ich die Annemarie kennengelernt, denn ich war mit dem Ziehsohn des Gerbers befreundet. Später hat deine Mutter den Fischhändler Anton Diezinger geheiratet. Dem war seine erste Frau weggestorben. Annemarie gebar ihm einen Sohn. Deine Eltern waren voller Freude und tauften dich auf den Namen Felix, den Glücklichen. Annemarie hat dich von Herzen geliebt und mit voller Hingabe umsorgt. Doch das grausame Schicksal wollte es, dass ihr Glück von einem Tag auf den anderen dahin war."

„Was ist passiert?", fragte Felix ungeduldig.

„Du musst wohl zwei Jahre alt gewesen sein, als genau vor deinem Elternhaus am Fischmarkt ein schrecklicher Unfall geschah. Ein Fuhrmann war mit seinem Gespann auf dem Weg zum Oberamtmann ins Schloss. Er sollte ihm den Deputatwein vom Trierer Kurfürsten bringen. Plötzlich scheuten die Pferde. Ein Fass Wein purzelte von der Ladefläche und verletzte einen Jungen schwer, aber er hat überlebt. Der verlogene, feige Fuhrmann hat frech behauptet, eine schwarze Katze sei zuvor aus eurem Kellerfenster gesprungen und zwischen die Pferdefüße gefahren. Dreist bezichtigte er deine Mutter, sie habe die Katze verhext, sie sei schuld am Unglück. Daraufhin klagte der verruchte Schultheiß Johann Opper deine Mutter der Hexerei an. Nein, wir alle waren uns darin einig, nie und nimmer war sie mit dem Teufel im Bunde. Annemarie war eine herzensgute und gottesfürchtige Frau. Ich nehme an, der feige Schultheiß wollte den Fuhrmann verschonen, weil der in Diensten des Kurfürsten stand. Einer vermeintlichen Hexe die Schuld am Unfall in die Schuhe zu schieben, war einfacher, als sich mit dem Landesfürsten anzulegen. Deine Mutter hat natürlich alles abgestritten. Eine Katze hatte sie auch nicht im Haus. Trotzdem hat Opper eine Folter angeordnet, obwohl nach geltendem Recht eine junge Mutter keiner peinlichen Befragung unterzogen werden durfte. Der Scharfrichter Nagel sollte ihr nur drohen, verteidigte er sich später gegenüber dem Oberamtmann. Deine Mutter hat die Qualen und die Demütigung nicht verkraftet. Sie ist während der barbarischen Tortur verstorben."

Felix riss seine Augen auf, als habe er soeben einem Schauermärchen gelauscht. Zunächst konnte, wollte er den Ausführungen keinen Glauben schenken. Doch es war seine Geschichte! Real und grausam. Er zitterte vor Angst und Abscheu. Tränen liefen ihm über die Wangen. Der Glöckner strich ihm tröstend über den blonden Haarschopf. Schließlich nahm er den schluchzenden Felix in den Arm wie einen Sohn, der um seine verstorbene Mutter trauerte.

„Felix, niemand in Lympurg glaubt, du seiest das Kind einer Hexe. Deine Mutter wurde mit kirchlichem Segen auf geweihtem Friedhof bestattet. Der Kurfürst persönlich hatte es so angeordnet. Das macht man nicht mit Hexen. Die werden verbrannt. Eine große Trauergemeinde hat damals Abschied von der Annemarie genommen. Das Grabkreuz hat mein Freund, der Zimmermann Klas Emmerich, gestiftet. Annemarie war für ihn wie eine Schwester. Alle gaben dem Schultheiß Opper und dem Scharfrichter Nagel die Schuld am Tod deiner Mutter. Der Oberamtmann hat den Opper sofort abberufen. Seit diesem Tag ist er verhasst in der Stadt. Und der Henker hat seine gerechte Strafe erhalten. Er wurde gemeuchelt."

„Und mein Vater?", schluchzte Felix unter Tränen.

„Der Anton war zu jener Zeit nicht in Lympurg. Er kam erst zur Beerdigung von Cölln zurück. Er hatte dort Fisch für die Fastenzeit eingekauft."

„Und warum hat mich mein Vater ins Kloster gesteckt?"

„Die genauen Gründe kenne ich nicht. Vielleicht hat er den Verlust seiner geliebten Annemarie nicht verschmerzen können. Vielleicht überstieg das schwere Los auch seine Kräfte. Jedenfalls hat er überstürzt Lympurg verlassen.“

„Ihr meint, er lebt noch?“

„Kann sein. Aber ich weiß es nicht.“

„Wo war mein Elternhaus am Fischmarkt? Vielleicht kann ich mich dort umhören.“

In der Nacht kuschelten sich die Freunde stumm aneinander. Felix schluchzte unentwegt. Seine Gefühle schwankten zwischen Trauer, Hass und tiefem Mitleid. Er malte sich das Geschehen im Folterkeller aus und spürte körperlich die fürchterlichen Qualen, die seine Mama hatte ertragen müssen. Sein Hass auf den Schultheiß stieg ins Unermessliche. Wie konnte er es zulassen, dass seine Mutter zu Tode gequält wurde? Felix musste die zum Himmel schreiende Ungerechtigkeit vergelten, denn auf Gottes Gerechtigkeit konnte er nur am Jüngsten Tag hoffen. Der kindliche Schwur, den er am Grab der Mutter geleistet hatte, hatte also seine Berechtigung. Er werde Rache üben, Rache für seine Mutter. Dann schoss es ihm siedend heiß durch den Kopf: Hatte der Abdecker nicht von einer Hexe erzählt, die während der Folter starb? Hatte er ihr nicht die Folterwerkzeuge gezeigt? Auch die offene Frage nach seinem Vater ließ ihn nicht mehr los. Er würde sich auf die Suche nach ihm begeben. Aber noch wusste er nicht, wo er ihn aufspüren sollte.

Am nächsten Tag zogen die Freunde zum Fischmarkt. Das schmale Elternhaus linker Hand neben dem Rathaus war schnell auszumachen. Es gab wahrhaft kein Zeugnis von Reichtum ab. Am Fachwerk waren keine Verzierungen erkennbar. Der Lehmputz bröckelte. Hinter dem einzigen Fenster im ersten Stock – die geringe Breite der Hausfront ließ kein zweites Fenster zu – war ein vergilbter Vorhang zu erkennen. Ein bärtiger Fischhändler in blauer Schürze hatte den Laden heruntergeklappt, seine Ware ausgelegt und wartete gelassen auf Kundschaft.

„Darf ich Euch etwas fragen?“, sprach ihn Felix an. „Wer hat vor Euch in diesem Haus gewohnt?“

„Ei, das war der Diezinger. Anton hat Hals über Kopf seinen Laden samt der Möbel und den Fischen verschleudert. Ein gutes Geschäft für mich. Der Diezinger wollte nicht viel dafür haben. Der wollte nur schnell weg aus Lympurg.“

„Wohin ist er gegangen?“

„Keine Ahnung. Er meinte, er will wieder heim.“

10

Es folgte ein strenger Winter mit viel Schnee und derart eisiger Kälte, dass die Lahn bis zum Grund zugefroren war. Die Kinder hatten ihren Spaß, mit klobigen Schlittschuhen, die sie sich unter die Schnürstiefel geschnallt hatten, auf der Eisfläche herumzutollen. Die Kufen waren aus Schweinsknochen, den ‚Eisbeinen', geformt. An den Fenstern der Fachwerkhäuser zeigten sich malerische Eisblumen. In jener Zeit war es ratsam, beim Gang durch die Stadt den Blick auf die Dachtraufen zu lenken, um plötzlichen Schneelawinen oder herabfallenden Eiszapfen aus dem Weg zu gehen. Fröstelnd harrten die Menschen in ihren Wohnungen aus, meist am heißen Küchenherd, dem einzigen Wärmespender, und erwärmten sich an heißen Getränken, an aufgekochtem Schlehensaft mit Branntwein, Melissenaufguss mit Korn oder Milch mit Honig für die Kleinen. Alle Schornsteine rauchten Tag und Nacht, spuckten den schwefligen Ruß auf die schneebeladenen Dächer der Stadt und überzogen den Neuschnee mit einem schmutzigen Grau, das der Farbe der Schieferdächer im Sommer entsprach. Ein dichter, ätzender Rauch zog durch die Gassen und löste so manchen Hustenreiz oder Atemnot aus. Aber die Städter waren den beißenden Qualm gewohnt und nahmen die schwere Luft als gottgegeben hin. Über Lympurg schwebte eine permanente, unheilvolle Dunsthaube, so dass das Landvolk die Stadt in dieser Zeit mied und lieber die frische Luft und die blütenweißen, schneebedeckten Felder genoss.

Felix war noch immer der Mälzerei zugeteilt. Die Arbeitsschritte hatte er inzwischen so eingeübt, dass ihm der alte Mälzer völlig vertraute und es vorzog, den Schlaf nachzuholen, zu dem er in der Hochsaison nicht gekommen war. In jener Zeit war an ein geregeltes Arbeiten nicht zu denken. Es mangelte an

Holz, an Gerste und Hopfen. Felix nutzte die freie Zeit, um endlich seine quälenden, nach Rache sinnenden Gedanken zu befriedigen.

In aller Herrgottsfrühe machte er sich, dick in seine schwere, wollene Schaube gemummt, auf den Weg zum Brückenturm. Der sonst so rege Fahrverkehr war zum Erliegen gekommen. Nur einige streunende, ausgehungerte Köter machten auf sich aufmerksam und zerrten an einem steinhart gefrorenen Katzenkadaver. Sein Weg führte ihn hinaus in die Koblenzer Vorstadt und weiter den eisglatten Pfad entlang zur einsamen Kate des Abdeckers. Er blickte kurz auf die Schnee verheißenden Wolken, die sich von Westen heranschoben, und klopfte dann an die ramponierte Holztür. Ohne eine Antwort abzuwarten, trat er in die Stube. Wie sieht es denn hier aus, erschrak er. Auf dem Tisch lagen vergammelte Essensreste, die Küchenregale quollen von dreckigen Dippes über. Unrat stapelte sich neben dem Herd und Stoffel lag laut schnarchend auf seinem Strohsack, eingerollt in eine Ziegenhaut. Die beißende, stickige, alkoholgeschwängerte Luft raubte Felix den Atem.

„He Stoffel, aufwachen. Besuch“, machte er sich hustend bemerkbar.

Der noch trunkene Abdecker drehte sich auf dem Schlaflager kurz um, starrte mit seinen geröteten Augen den überraschenden Besucher an, hustete und prustete, als wolle er sich auf der Stelle übergeben, und fauchte Felix an, als habe er ihn beim Stehlen ertappt.

„Kerle, du? Was willst du? Bist wohl wieder getürmt, oder?“

„Nein, ich will mir nur mein Buch holen. Das muss hier noch irgendwo liegen. Und außerdem bekomme ich noch meinen Lohn.“

„Such dein verdammtes Buch. Nimm dir meinetwegen drei Gulden aus der Geldkatze, aber nur drei, sonst holt dich der Teufel. Und dann verschwinde, lass mich schlafen.“

„Moment noch, Stoffel. Du hast mir doch einmal von einer Hexenfolter in Lympurg erzählt. Kannst du dich vielleicht noch an den Namen der Frau erinnern? Hieß sie vielleicht Annemarie Diezinger?"

„Annemarie? Warte ... genau. Die war die Frau des Fischhändlers Diezinger. Jetzt hau aber ab. Ich will meine Ruhe."

„Die sollst du haben, du hundsverdammter Folterknecht", presste Felix leise hervor, ohne dass Stoffel es hören konnte. Dann suchte er in der heillosen Unordnung sein Buch, nahm sich seinen Lohn und verschwand wieder. Stoffel schnarchte schon und verschlief das Unheil, das auf ihn warten würde.

Inzwischen hatte es heftig zu schneien begonnen. An der Haustür legte er kurz das Buch ab und bediente sich im Schuppen an den mystischen Kräutern, die im klösterlichen Hortus nicht zu finden waren. Auch eine Alraune steckte er ein. Dann sah zu den Wolfsfallen hinüber und machte sich spornstreichs an die Arbeit ...

Zwei Wochen später trug ihm der Meister auf, den Scharfrichter Johann David Busch in der oberen Böhmergasse aufzusuchen. Die Jauchegrube liefe schon über. Der Abdecker sollte sie längst geleert haben. Aber der faule Kerl sei nicht aufgetaucht. Busch solle umgehend für die Leerung sorgen. Der Gestank sei kaum mehr auszuhalten.

„Du bist doch der Junge, der dem Kloster entwischt ist", fuhr ihn der Scharfrichter an. „Der Vorsteher hat dir sicher eine deftige Strafe aufgebrummt. Was willst du von mir?"

Der vollbärtige, dickbäuchige Busch verbreitete eine Kälte, die ihm Angst und Bange machte. Felix wusste, dass niemand dem Henker die Hand reichen würde. In der Gaststube saß er stets abseits, allein wie ein Aussätziger. Selbst in der Kirche musste er einen einzelnen Stuhl einnehmen, auf den sich kein anderer zu setzen wagte. Dennoch zählte er in Lympurg zu den ehrbaren Bürgern. Die Carnifexfamilie Busch stellte seit Generationen die kurfürstlichen Scharfrichter zu Camberg und Lympurg. Man sagte ihr eine geheimnisvolle Macht nach. Die Buschs könnten eine Hexe auf den ersten Blick erkennen. Mit stockender Stimme und klopfendem Herzen übermittelte Felix die Botschaft seines Meisters.

„Sag dem Molitor, dass ich mich um seine Grube kümmere. Der Abdecker Stoffel, du kennst ihn doch, trägt keine Schuld. Der arme Kerl liegt im Hospital. Der war in ein scharfes Fangeisen getreten, als er das Scheißhaus aufsuchen wollte. Das hat ihm fast das Bein abgerissen. Wahrscheinlich hat der verdammte Saufkopf beim Umgang mit der Wolfsfalle nicht aufgepasst. Jetzt haben sie dem Stoffel den linken Unterschenkel amputiert. Und ich muss mir nun einen neuen Abdecker suchen. Hast du Interesse?"

Felix schüttelte energisch den Kopf und machte sich von dannen. Sein Plan war aufgegangen, ohne dass jemand Verdacht geschöpft hatte. Die Strafe war gerecht. Nein, töten wollte er den Stoffel nicht. Vielmehr sollte er noch eine Chance bekommen. Er hätte ja auch die gespannte Falle rechtzeitig entdecken können. Wahrscheinlich war sie zugeschneit. Felix verspürte keine Schuldgefühle, kein Mitleid und verneinte die drängende Frage, ob er sich versündigt habe. Nein, er werde sich nicht geißeln wie die Flagellanten. Warum auch? Das Schicksal wollte es so mit dem Stoffel. Deus lo vult – Gott will es. Gott hat es gefallen, ihn zu bestrafen. Stumm stand er mit einem Ausdruck von Stolz im Gesicht vor dem Grab seiner Mutter.

Sein erster Racheakt war ohne Auffallen gelungen. Felix hatte eine Tür geöffnet, die sich nicht mehr schließen ließ. Es sollten noch weitere Racheakte folgen ...

11

Im nächsten Jahr änderte sich Felix' Leben abrupt. Meister Molitor versetzte ihn ins Sudhaus. Unter der rigorosen Aufsicht des ungehobelten, schwachbrüstigen Gesellen Conrad sollte er das Brauen lernen. Conrad erwies sich als grober, muffliger Lehrherr und gab sein Wissen über die Braukunst nicht freiwillig preis, vielmehr lernte Felix allein durch Beobachten und Fragen. Die schlechten Launen des Gesellen waren nur mit viel Bier zu ertragen. Und weil es einem gestandenen Mannsbild anstand, besorgte sich Felix eine Tonpfeife der Kannenbäcker und übte sich fleißig im Schmauchen des Kräuter-Tobaks trotz anfänglich kümmerlichen Hüstelns.

Als ihm einmal ein Fehler unterlief, holte der zornige Geselle zu einer Maulschelle aus. Doch Felix hielt den erhobenen Arm mit fester Hand und fauchte ihn an, er solle niemals wagen, seine Hand gegen ihn zu erheben. Felix war zu einem kräftigen, couragierten Mann mit einem starken Willen herangereift, hoch aufgeschossen mit breiten Schultern. Auf eine körperliche Auseinandersetzung wollte es der schmächtige Conrad lieber nicht ankommen lassen. Er wäre dem furchtlosen Lehrbuben unterlegen gewesen.

Eines Tages befahl der Geselle, Felix solle die Säcke mit Malz zum Schroten in die Untermühle am Katzenturm schaffen. Ohne zu zaudern, lud Felix diese auf ein Fuhrwerk, spannte einen altersschwachen Gaul an und zog das Tier am Halfter zur Mühle des Müllers Heinrich Seipel am Lahnufer. Der Kurfürst Johann Hugo von Orsbeck hatte ihm erst kürzlich die Niedermühle am Katzenturm gegen die Verpflichtung verpachtet, der Kellerei des Oberamtmanns jeweils zu Weihnachten 36 Malter Korn und neun Malter Weizen zu liefern. Müller Seipel wies ihn mürrisch an, zu warten.

„Ist der Müller immer so schlecht gelaunt?“, fragte Felix einen jungen Bäckerlehrling, der auf sein Mehl wartete.

„Immer und nicht ohne Grund. Du musst wissen, dass der Stadtrat ziemlich sauer reagiert hat, als der Seipel den Zuschlag für die Mühle erhalten hat. Wollten die Ratsherren sie doch dem Magnus Zimmer verpachten, aber der Kurfürst hat anders entschieden. Wer weiß, wie sich der Seipel die Pacht erschlichen hat. Nun wird er von den wichtigen Kunden geschnitten. Und dann ist im Frühjahr sein Sohn Moritz beinahe im Lahnhochwasser ertrunken. Die Seipels haben als Dank für die Errettung einen Heiligenstock mit dem Sankt Christophorus gestiftet, der nun am Philippsdamm steht. So mancher glaubt, Gott habe den Seipel strafen wollen.“

„Wofür strafen, der kann doch nichts dafür, dass der Kurfürst ihm die Mühle verpachtet hat?“

„Allen ist bewusst, dass er als Pachtzins Weizen und Korn ins Schloss liefern muss. Traue niemals einem Müller! Irgendwie zweigt der doch heimlich die fällige Pacht vom Getreide der Bauern ab. Müller, Müller, Roggenstehler, Kernenbeißer, Hosenscheißer.“

„Bengel, das habe ich gehört. Halt deine Gosche und mach dich fort“, schrie Seipel den Bäckerjungen an. „Und du kommst vom Brauhaus Molitor? Warum lässt sich der Geselle nicht blicken? Hat er dir etwas für mich mitgegeben?“

„Mitgegeben? Nein. Worauf wartet Ihr? Ich bringe das Malz zum Schroten.“

„Und du hast kein Fass dabei? Sag dem Conrad, das nächste Mal soll er sich wieder sehen lassen.“

Auf dem Heimweg nahm er sich vor, den Conrad zu beobachten. Machte er etwa mit dem Müller krumme Geschäfte? Seine Hauptaufgabe in der Brauerei bestand darin, Wasser heranzuschleppen und das geschrotete Malz in den befeuerten Maischebottich zu schütten. Beim Maischen kam es wieder auf die richtige Temperatur an. Ein schwieriges Unterfangen. Zu heißes

Maischen verdarb den Geschmack des Bieres. Mit einem großen Tuch fischte Felix die Spelzen und Keimlinge aus der warmen Brühe und verfütterte sie an die Schweine im angrenzenden Stall. Das Halten von Schweinen war den Bürgern in der Stadt erlaubt, brauchten doch die Bäcker das Fett zum Backen. Die verbliebene Würze wurde in der Sudpfanne etwa zwei Stunden gekocht, nachdem der Geselle Conrad Hopfen hinzugefügt hatte.

„Warum hast du dem Hopfen noch ein Büschel Kräuter untergemischt?"

In seinem Lerneifer blieb Felix nichts verborgen. Er wollte über alles Bescheid wissen, selbst über die kleinsten Geheimnisse des Braugesellen.

„Ganz schön neugierig, Kerle. Also gut, das ist Gundermann. Früher haben wir das Kraut statt Hopfen verwendet, um das Bier haltbar zu machen. Außerdem hat das etwas mit dem Geschmack zu tun. Und jetzt nimm das Braupaddel und rühre, bis ich dir sage, es reicht, verstanden?"

Die Arbeit mit dem breiten Holzpaddel war kräftezehrend und schweißtreibend, ebenso das anschließende Läutern mit dem Leinentuch. Conrad löste ihn nicht ab, kommandierte nur und sah ihm schadenfroh schmunzelnd zu. Felix ließ sich nichts anmerken. Schwäche zu zeigen, war unter seiner Würde. Erst am Abend, wenn der Geselle den Sud schmeckte, zeigte sich, ob die Maische gelungen war. Gnade ihm Gott, wenn Hopfen und Malz verloren waren. Dann setzte es Schelte vom Meister. Und nicht nur das. Der Geselle musste mit einem Teil seines Lohns für den Verlust haften.

Zum Feierabend warf der Geselle Hefe in die Sudpfanne. Das Feuer wurde gelöscht und das Gebräu in den nächsten Tagen zur Gärung in Ruhe gelassen.

Die freie Zeit verbrachte er wieder im Turm bei seinem Freund Peter. Sie machten es sich bei Bier und Tobakgenuss hoch über den Dächern gemütlich.

„Heute hat doch wieder einmal einer versucht, zu den Glocken aufzusteigen“, schimpfte Peter.

„Warum? Was gibt es dort zu holen?“

„Du ahnst nicht, wie abergläubig die Menschen sind. Seitdem wir das Weihwasser weggeschlossen haben, suchen sie sich andere Wundermittel. Sie meinen, die Glockensalbe schützt vor Schwerhörigkeit, deswegen sind sie ganz scharf auf das Fett im Lager des Glockenjochs. Sie feilen sogar das Glockenmaterial ab oder rubbeln am Glockenseil, weil die Fasern das Zahnen der Kleinkinder erleichtern sollen.“

„Warum habt ihr das Weihwasser weggeschlossen?“

„Wir holen das Wasser doch auch nur aus dem Brunnen. Du weißt, was alles darin schwimmen kann. Schon am Mittag war der Zuber am Taufstein leer. Mein Vater musste dreimal am Tag Wasser schleppen. Du kannst dir nicht vorstellen, was die Leute mit dem Weihwasser anstellen. Am liebsten würden sie im Taufbecken baden, zusammen mit den Säuglingen und sogar mit ihren Tieren. Ganz zu schweigen davon, dass sie es trinken, sich die Augen auswaschen oder mit Kräutern zu seltsamen Heilwässerchen anrühren. Aus Vorsicht hat mein Vater den Weihwasserzuber weggenommen, damit kein Schindluder getrieben wird.“

An einem blauen Montag tauchte überraschend ein Schulfreund von Peter im Turm auf. Peter nannte ihn ‚Emma‘, denn er war der Sohn des Zimmermeisters Klas Emmerich, der im Löhrviertel wohnte, wo sein verstorbener Großvater eine Gerberei betrieben hatte. Jacob Emmerich hatte bereits die Prüfung als Zimmermannsgeselle abgelegt. Er war der Älteste in der Runde, gab den Ton an und brachte die Jüngeren mit seinem angeberischen Geprahle zum neidvollen Staunen. Natürlich wollte er ein Bier schnorren und natürlich kam er sofort auf sein Lieblingsthema: die Weibsleute.

„Felix, warst du schon bei den Hübschlerinnen in der Rosengasse? ... Nein? Haben dich die Bettelmönche zum Weiberfeind gemacht?“, frotzelte Jacob den verunsicherten Jüngsten an. Dem Felix war das Thema peinlich. Im Kloster war jedes Gespräch über das weibliche Geschlecht sündhaft, so als würde man die Frauen ignorieren, sie als Feinde der Kirche ansehen, sie gar verdächtigen, mit dem Teufel im Bunde zu stehen.

„Das nicht gerade, Emma. Aber sie predigen, alles, was unterhalb des Nabels ist, ist Sünde. Darum müssen die Ordensbrüder die Hände beim Schlafen auf die Decke legen."

„So ein Schwachsinn! Hat Gott die Hälfte der Menschheit schlecht geformt? Hat er schlampig gearbeitet? Felix, glaub den scheinheiligen Kapuzensäcken nicht alles, was sie so daherreden. Wisst ihr, wen ich im Frauenhaus getroffen habe? Den jungen Vikar des Georgenstifts! Der besteigt erst ein Weib und dann die Kanzel."

„Emma, lass den Felix in Ruhe. Der ist noch zu jung", mischte sich Peter ein.

„Wollt ihr nun wissen, was im Hurenhaus los war? ... Mein Vater hat mich vor zwei Wochen dorthin geschickt. Ich sollte meine Erfahrungen mit dem anderen Geschlecht machen, mir die Hörner abstoßen, wie er sagte", protzte Jacob. „Es war recht aufregend, sage ich euch. Der Hurenwirt hat mir ein Mädchen zugeteilt. Marlene heißt sie und hat wunderschöne blaue Augen, und sie tat mir sehr leid."

„Du darfst nicht schönen Augen trauen, den schwarzen nicht und nicht den blauen", lachte Peter. „Und warum hattest du Mitleid mit ihr?" Die Freunde bestürmten ihn mit tausend Fragen. Jacob erzählte wortreich, dass sein Mädchen aus dem hohen Westerwald stamme. Sie sei eines Tages in Begleitung ihrer jüngeren Schwester zu ihrem Oheim nach Dillenburg unterwegs gewesen, als sie von Landstreichern überfallen und brutal vergewaltigt wurden. Damals hatten sie noch befürchtet, schwanger zu werden. Eine Schande für die ganze Familie! Aus Scham trauten sie sich nicht mehr nach Hause, denn der Vater hätte sie verstoßen ob der Schmach. Gemeinsam beschlossen sie, sich nach Lympurg durchzuschlagen. Im Kloster Bethlehem suchten sie Schutz. Doch die Nonnen wiesen sie ab: Das Kloster sei kein Hort für gefallene Mädchen, und ohne Mitgift gäbe es keinen Platz für sie. Mittellos und hungrig suchten sie in der Nacht nach einer Schlafmöglichkeit. In den Häusern der Rosengasse brannte noch Licht ...

„Und wie war deine Marlene?"

„Liebevoll, zärtlich und atemberaubend. Wundervoll sage ich euch. Ich wollte ihr mehr Sündengeld geben, als sie verlangte, aber sie winkte ab. Sie müsse alle Einnahmen dem strengen Hurenwirt abliefern. Wenn ich ihr einen Gefallen tun wolle, dann sollte ich sie zu meiner Hochzeit einladen. So wäre es Brauch."

„Gehst du noch einmal hin, Emma?"

Jacob zierte sich, als wolle er nicht mit der Sprache heraus. Sein Schweigen deuteten die Freunde als eine klare Antwort.

„Ei, ich habe jetzt eine Freundin. Die würde das sicher nicht gern sehen. Sie ist die Tochter Elsbeth des Eisenkaufmanns Bertram Haag. Elsbeth ist wahrlich eine gute Partie, die mir große Vorteile bringt. Der Haag ist ein verdammt reicher Händler und Ratsverwandter dazu. Er bezieht das Roheisen aus Montabaur. Dort wird seit einiger Zeit immer mehr Eisen gegossen. Das Eisen lässt er vom Hadamarer Hammerschmied Johann Sick zu Radreifen, Hufstäben, Fassbändern, Schlosser- und Nageleisen verarbeiten. Das bringt ein Haufen Geld ein. Aber bitte, das muss unter uns bleiben mit meiner Marlene und der Elsbeth. Ich sage auch keinem, dass Peter der Tochter vom Bürgermeister Trippler schöne Augen macht. Welche ist es denn?"

„Woher weißt du denn das schon wieder?"

„Ei, ich habe euch gesehen am Steiger ... unten am Lahnufer ... beim Turteln."

„Deine Fantasie geht mit dir durch, Emma. So weit bin ich mit der Agnes noch nicht... Lass uns lieber das Thema wechseln. Felix, du hast ganz andere Sorgen, nicht wahr? Wir sollten überlegen, wie wir ihm helfen können."

Felix lauschte mit hochroten Ohren und schwieg. Als er schließlich mit stockenden Worten erzählte, dass er auf der

Suche nach seinem Vater sei und auch das traurige Schicksal seiner Mutter erwähnte, fiel ihm Emma sofort ins Wort.

„Die Annemarie hatte doch mal bei uns zu Hause in der Gerberei als Magd gearbeitet. Mein Vater hat mir viel über sie erzählt. Den musst du unbedingt ausfragen. Der kann dir vielleicht auch etwas über deinen Vater sagen."

„Hast du schon mal in das Taufregister geschaut, Felix? Da muss doch mehr über deinen Vater stehen", meinte Peter, als sei ihm urplötzlich eingefallen, wie man nach dem Vater suchen könnte.

Nein, auf die Idee war Felix noch nicht gekommen. Sogleich stiegen sie den Turm hinab und eilten zur Schreibstube des Sankt Georgenstifts. Der Eintrag war schnell gefunden;

‚Aus der Taufe wurde gehoben am Martinstag A. D. 1675 Felix, Sohn des Fischhändlers Anton Diezinger und seiner Frau Annemarie. Paten waren Aloisius Diezinger, Uhrmacher in Coblentz und Kristina, Frau des Lympurger Fischmergers Bartholomäus Kunze.'

12

Am nächsten Morgen, es war noch früh und schon drückend heiß, eilte Felix die Barfüßerstraße hinunter zum Fischmarkt. In den engen Gassen und auf dem Kornmarkt herrschten bereits hektisches Treiben und höllischer Lärm. Der Weg von der Sebstianskirche zum Rathaus war die Prachtstraße Lympurgs. Hier wohnten begüterte Patrizier, hier gab es die meisten Gasthäuser, hier pulsierte das Leben. Die prunkvollen Verzierungen der Fachwerke und die Breite der Straßenfronten zeugten vom Reichtum der Hausbesitzer. Nur sie konnten sich die hohen Anliegergebühren an die Stadt, die teuersten Zimmermänner und das kostbare Bauholz leisten. Felix kamen die Ausscheller entgegen, die ein Fuhrwerk nach dem anderen ankündigten. Der schmale, teils abschüssige und von Pferdeäpfeln übersäte Fahrweg durch die Stadt war bei den Fuhrleuten gefürchtet. Aber die Lahnbrücke und das Nadelöhr Lympurg mussten alle auf dem Weg von Franckfurt nach Cölln und umgekehrt passieren. Hastig zogen die Bauern ihre Eselkarren, vollgepackt mit Käfigen gackernder Hühner, zur Seite. Auch die zahlreichen Säcker, mit schweren Lasten auf den Schultern, stoben auseinander. Ängstlich quetschten sich die Hökerinnen mit ihren Obstkiepen an die Hauswände. Händler klappten emsig die Läden herunter und gaben den Weg für heranstürmende Fuhrwerke frei. Felix drückte sich in einen Hauseingang im Fischmarkt und warf einen wehmütigen Blick auf sein Elternhaus. Schließlich sprach er den Fischhändler an, den er schon einmal befragt hatte.

„Könnt Ihr mir sagen, wo ich den Bartholomäus Kunze antreffe?“

„Allmächtiger Gott!“, antwortete der und bekreuzigte sich. „Der Bartel und seine Frau Kristen haben doch schon längst das Zeitliche gesegnet.“

Das Haus der Emmerichs in der Löhrgasse war leicht zu finden, war es doch das einzige mit einem Zwerchhaus über dem Eingang, dessen Fachwerk aufwendig mit Ohrmuschelornamenten, Weintrauben- und Apfeldekorationen verziert war. Dort unten im Gerberviertel am nahen Lahnufer verstummte das geschäftige, laute Treiben der Stadt. Nur ein garstiger Gestank der Lohgerbereien und des zäh dahinfließenden, übel riechenden Stadtbachs lag in der Luft. Ein eintöniger Singsang von hellen Kinderstimmen drang an sein Ohr: „La – lo – ma – nu – sche – ti – ba – bu ..." Die unbekannten Laute stammten von den Schülern der kleinen Judenschule, die hebräische Silben einübten. Felix pochte an die Haustür der Emmerichs, stellte sich der Hausfrau vor und begehrte ihren Mann zu sprechen. Klas Emmerich hatte die Lohgerberei seines Vaters nicht übernommen. Er wurde vielmehr Zimmermann und nutzte das Elternhaus nun als Wohnhaus.

„Also du bist der Felix Diezinger, der jetzt beim Molitor in der Braulehre steht", begrüßte ihn Jacobs Mutter mit einem mitleidsvollen Gesichtsausdruck. Sie beschied ihm, dass ihre Männer auf der Baustelle in der oberen Böhmergasse anzutreffen seien. Der Oberamtmann ließe dort das neue Kurtrierer Amtshaus bauen.

In jener Zeit gab es reichlich Arbeit für die Handwerker der Stadt. Am Erbach in der Nähe der Lahnbrücke wurde der Be- und Entladehafen für die Lahnschifffahrt ausgebaut. Die Lastkähne landeten dort mit Basalt und Holz aus dem Westerwald an. Das Georgenstift ließ ein geräumiges Wohnhaus für die Stiftsgeistlichen errichten. Am früheren Eulenturm in der Auffahrt zur Georgskirche wurde das Haus „Zur Eule" geplant. Weitere Neubauten entstanden in der Barfüßergasse, am Kornsowie am Rossmarkt. Nach den entbehrungsreichen, schrecklichen Kriegsjahren blühte die Stadt endlich wieder auf, sowohl durch den schwunghaft einsetzenden Tuchhandel als auch durch neue, prachtvolle Bauten.

Zahlreiche Pferdegespanne hatten die enge obere Böhmergasse zugestellt, so dass ein Durchkommen kaum möglich war.

Übel gelaunt schrien sich die Fuhrleute gegenseitig an, wenn sie die Holz- oder Steinlieferung nicht abladen konnten und warten mussten. Die Baustelle war ein einziges Chaos. Zunächst konnte Felix seinen Freund Jacob in dem Durcheinander nicht ausmachen und wollte sich gerade enttäuscht abwenden, als er einen Zimmermann mit seinem schwarzen, breitkrempigen Obermann und der schwarzen Manchestertracht entdeckte. Die Zimmerleute seien im ersten Stock bei der Frühstückspause, meinte er kurz angebunden.

„Felix?", begrüßte ihn der Zimmermeister Klas Emmerich recht freundlich. „Mein Gott, ich habe dich das letzte Mal auf dem Arm von Annemarie gesehen. Was bist du für ein stattlicher, kräftiger Mann geworden! Jacob hat mir von dir erzählt. Was möchtest du wissen?"

„Alles. Alles über meine Eltern. Im Kloster hat man um sie ein Geheimnis gemacht. Der Türmer Georg Schmidt hat mir schon von dem Prozess erzählt, bei dem meine Mutter zu Tode kam."

„Die Anklage war eine Unverschämtheit und die Folter erst recht. Eine bodenlose Schweinerei. Der verfluchte Scharfrichter Nagel hat seine gerechte Strafe erhalten. Ihm wurde das Genick gebrochen. Möge er im Höllenfeuer schmoren und Puddel saufen. Die Annemarie war ein herzensguter Mensch und hat dich über alles geliebt. Deine Eltern waren damals so glücklich, als du das Licht der Welt erblicktest. Hatte sich doch der Anton so sehr ein Kind gewünscht, er war unheimlich stolz auf seinen Sohn."

„Warum hat er mich dann ins Kloster gesteckt?"

„Ei, das hat uns alle verwundert. Ich nehme an, er wollte nichts wie weg aus der Stadt, in der man seine Frau der Hexerei verdächtigt hatte. Aber genau weiß ich es nicht. Dein Vater ist Hals über Kopf verschwunden. Gott weiß wohin."

„Aber meine Eltern waren doch ehrbare Bürger, oder?"

„Natürlich. Deine Mutter hatte zunächst beim Anton als Magd gearbeitet. Dann haben sie geheiratet. Ihr Glück war mit deiner Geburt vollkommen."

„Und was ist aus dem Schultheiß geworden, der die Folter angeordnet hat?"

„Der Oberamtmann hatte den starrköpfigen, feigen Opper sofort seines Amtes enthoben. Alt und verbittert lebt er noch in der Stadt. Ab und zu sieht man ihn auf seinem Gaul durch Lympurg traben."

„Meine Mutter war früher bei Euch als Magd tätig? Erzählt mir mehr über sie."

„Ei, die Annemarie war irgendwie mit meiner Mutter verwandt. Sie war die einzige Tochter eines Köhlers im Westerwald und wuchs mit vier Brüdern in sehr ärmlichen Verhältnissen auf. Die spärlichen Einnahmen vom Holzbrennen reichten nicht aus, um alle hungrigen Mäuler zu stopfen. Meine Eltern haben die Annemarie in Lympurg als Küchenmagd aufgenommen. Aus Mitleid. Genauso wie den Francis. Der war als Findelkind im Kloster gelandet. Mein Vater hat ihm eine Gerberlehre ermöglicht. Annemarie, Francis und ich schliefen damals im kleinen Zwerchhaus unter dem Dach. Wir waren wie Geschwister und hatten eine sehr glückliche Zeit zusammen. Als mein Vater starb, hat sich Annemarie dann beim Fischhändler Anton als Magd verdingt ... Da fällt mir ein, dass ich damals die Annemarie gemalt habe. Das Bild habe ich sicher noch. Jacob wird es dir mal vorbeibringen."

13

Am späten Abend hockten Türmerspeter und Felix in der Schenke des Brauhauses ‚Zur Kanne' bei einem Krug Bier zusammen. Gerade hatte Felix sein übliches Abendessen eingenommen – meist gab es Pastinaken, Grütze, Hafermehlsuppe, Kappes oder an den Festtagen auch gesottenes Schaffleisch –, als sie ein handfester Tumult vor dem Brauhaus in der stockdunklen Barfüßergasse aufschreckte. Peter erkannte sofort, wer der Verursacher dieses nächtlichen Gezeters war: Der allseits für sein ewiges Lamentieren und Handgreiflichkeiten bekannte Vikar Moritz Trippler, das schwarze Schaf der angesehenen, alteingesessenen Familie Trippler, aus welcher die ehrenwerten Amtsträger der Stadt hervorgingen. Der Vikar war ein großer, untersetzter Mann von kräftiger Statur, mit harten Augen und einem schwarzen Bart, der fast bis auf die Brust fiel. Der eigensinnige Hilfspriester des Georgenstifts sah seine Bestimmung darin, die Verkommenheit der herrschenden Schichten und die verderbte Lebensweise der Menschen lauthals anzuprangern. Der Krakeeler führte sich auf wie der einsame Rufer in der Wüste. Anfangs belächelte man ihn, tat ihn als spinnerten Weltverbesserer ab. Doch dann wurden seine Schimpftiraden immer dreister, beleidigend, sogar so bedrohlich, dass Moritz Trippler bald mit dem Schimpfwort ‚der Tripper Gottes' verhöhnt wurde, was ihn noch mehr in Rage brachte. Zudem war er als Vollsäufer bekannt. Der Schultheiß hatte über ihn ein nächtliches Ausgehverbot verhängt, hatte er doch immer wieder des Nachts in den Wirtshäusern randaliert. Wie so oft setzte er sich darüber hinweg und verlangte lautstark zeternd Einlass zum Gasthaus. Er führte sogar eine Flinte mit sich, für den Fall, dass man ihm das Bier vorenthalten wollte. Wütend hatte er die Waffe auf den Wirt gerichtet und beschimpfte ihn unflätig.

„Ihr wisst, dass ich mich strafbar mache, wenn ich Euch Zutritt gewähre“, versuchte ihn der Wirt zu beruhigen. „Trippler, es ist eine Schande, dass Ihr mir mit einem Feuerrohr droht. Das schickt sich nicht für einen Pfaffen. Ihr macht Eurem Vater wahrlich keine Ehre. Und Euer Schwager, der Stadthauptmann Heinrich Wegmann, wird toben. Also macht Euch davon, bevor es zu spät ist.“

„Ich lasse mir von niemandem Vorschriften machen, weder vom Schultheiß, diesem Teufelsbraten, noch von meinem herrischen Vater oder meinem verrohten Schwager. Gebt den Weg frei.“

Jetzt hielt Peter nicht mehr an sich. Als ob er es seiner Angebeteten Agnes Trippler schuldig wäre, entriss er dem verdutzten Vikar das Gewehr. Echt mutig von Peter, denn er war von kleinwüchsiger Statur, ungelenk auf den Beinen und wahrlich zu schwach für eine körperliche Auseinandersetzung mit dem kräftigen Vikar.

„Verdammter Krüppel!“, brüllte Trippler und streckte den schmächtigen Peter mit einem kräftigen Nasenstüber zu Boden. Felix sprang sofort seinem tapferen Freund zur Hilfe, stellte sich drohend vor den Vikar und zeigte ihm die geballten Fäuste. In der anschließenden Rauferei schien Trippler die Oberhand zu gewinnen. Felix lag auf dem Steinpflaster, der Wirrkopf kniete in Rage auf ihm. Felix holte noch einmal aus und landete einen wuchtigen Faustschlag mitten im Gesicht. Vor Schmerzen ließ der aus der Nase blutende Pfaffe von ihm ab. Inzwischen hatte der Wirt den Zäpfer aus der Gaststube zur Hilfe herbeigeholt. Sie überwältigten und fesselten den sich vehement wehrenden Randalierer. Der eilig gerufene Stadtwachtmeister Dietrich Schaaf ließ ihn noch in der Nacht in den Sündenturm Huttig stecken. Später wurde der widersetzliche Vikar ins Rheingau nach Kiedrich strafversetzt, wo er als Frühmesser noch vor Arbeitsbeginn die Messe lesen musste.

Die Rauferei hatte dem Felix ein blaues Auge und zahlreiche Prellungen beschert. Seine erste Prügelei hatte er glimpflich überstanden. Felix hatte bewiesen, dass er keiner körperlichen Gewaltandrohung ausweichen musste, dass er stark genug war, sich zu verteidigen. Meister Molitor schickte ihn sofort zum Kloster, wo er sich von Bruder Ansgar behandeln ließ. Wie gewöhnlich war die Infirmaria überfüllt. Der Klostermedicus entdeckte ihn sofort in der Krankenstube, freute sich über den unverhofften Besuch und testierte ihm keine nennenswerten Blessuren.

„Lass dir noch einen Rat geben, Felix", ermahnte ihn Bruder Ansgar. „Die Pestepedemia grassiert wieder in der Stadt. Halte dich von Menschen fern, die Anzeichen von Fieber, Kopf- und Gliederschmerzen zeigen. Oder die gar stark geschwollene Beulen am Hals, in den Achselhöhlen oder in den Leisten haben. Dann ist es meist schon zu spät. Die Kranken siechen dahin. Wie du dich davor schützen kannst? Achte auf Reinlichkeit, wasche dich öfters, besuche die Badstube und vermeide, mit Ungeziefern in Berührung zu kommen. Du weißt doch sicher noch, welche Kräuter hilfreich sind."

„Danke für den Rat. Ich habe noch eine Frage zu einem bestimmten Kraut. Es heißt Gundermann. Der Braugeselle gibt es der Hefe zu."

„Die Gundelrebe wurde früher zur Konservierung des Biers genutzt. Die enthaltenen Bitterstoffe geben dem Bier einen herben Geschmack. Das Kraut hilft gegen Hüftweh, Gelbsucht und Leberleiden. Hildegard von Bingen empfahl die Verwendung der Pflanze gegen Kopf- und Ohrenschmerzen. Ich verordne es auch gegen Abszesse. Aber es kann auch giftig sein. Pferde zum Beispiel vertragen es überhaupt nicht."

„Gibt es noch andere Kräuter, welche die Pferde nicht vertragen?"

„Typisch Felix. Du musst immer alles wissen. Also da gibt es noch die Eibe, den Hahnenfuß, das Jacobs- und Greiskraut sowie die Herbstzeitlose. Selbst beim Trocknen verlieren sie nicht ihre giftige Wirkung. Daher muss man beim Füttern mit Heu sehr genau aufpassen."

Am Abend schlug Felix dem Peter vor, sie sollten demnächst die Badstube aufsuchen, er wolle sich vor der Pestilenz schützen. Bruder Ansgar habe ihm die Stuffa am Katzenturm empfohlen. Doch Peter winkte ab. Er fahre fast jeden Monat einmal mit seinem Vater nach Dietz zum Bader Francis, der sei mit seiner Muhme Anna verheiratet. Felix solle sich noch gedulden, er werde seinen Vater fragen, ob er einmal mitkommen dürfe.

„Weißt du, wie ich nach Coblentz komme? Im Taufregister stand doch, dass einer meiner Taufpaten ein Uhrmacher namens Aloisius Diezinger aus Coblentz war. Ich will ihn aufsuchen."

„Die kaiserlichen Postkutschen gehen von der Poststation Dietkirchen ab. Aber das ist wohl zu teuer für dich ... Warte mal, der alte Fuhrknecht vom Oberamtmann hat mir erzählt, er müsse demnächst Marmor aus Villmar nach Coblentz bringen. Der Kurfürst baut dort seine Residenz aus. Vielleicht kann der dich mitnehmen?"

14

Die Arbeiten im Sudhaus gingen ihm bald in Fleisch und Blut über. Felix achtete sehr genau auf die kleinen, aber entscheidenden Zutaten, die dem Bier den typisch würzigen Geschmack gaben. Meister Molitor sah es mit Wohlwollen. Nach einigen Monaten harter Arbeit überließ er ihm ein Buch über die zünftige Braukunst, damit er sich auf die Gesellenprüfung vorbereiten könne. Conrad registrierte es mit Argusaugen. Wie besessen vertiefte sich Felix in das Lehrbuch. Sein Freund Jacob, der die Gesellenprüfung bereits hinter sich hatte, weihte ihn derweil in die allgemeinen, sehr strengen Zunftregeln ein.

„Deine Prüfung musst du vor der Bäckerzunft ablegen. Aber täusche dich nicht, die kennen sich bestens mit der Braukunst aus. Die werden dich mit raffinierten Fragen löchern, vor allem zur Qualität, denn die muss beim Bier stimmen."

Die Brauer würden vom Stadtrat allwöchentlich überprüft, fügte er hinzu. Schludern werde besonders hart bestraft. Auch die festgelegten Verkaufspreise müssten eingehalten werden. Er machte es ihm am Brot deutlich:

„Das Brotgewicht wechselt je nach Mehlpreis. Fällt die Ernte schlecht aus, steigt der Mehlpreis. Der Brotpreis soll aber immer gleich bleiben, die Qualität ebenso. Daher werden die Brot- und Weckgewichte angepasst. In Notzeiten werden also kleinere Brötchen gebacken. Das sichert allen zünftigen Bäckern ein ausreichendes und gleiches Einkommen. Aus diesem Grund dürfen fremde Bäcker bei Strafe keine Waren in Lympurg verkaufen. Die scheren sich einen Teufel um die Zunftauflagen."

„Emma, erzähle mir lieber etwas über die Regeln innerhalb der Bruderschaft."

„Im Grund sind die Zunftartikel ähnlich wie die Regeln im Kloster. Der Meister hat das Sagen und du musst kuschen. Wenn er dich anspricht, hast du immer ‚mit Gunst, Meister' zu antworten. Ich rate dir, benimm dich gebührlich in den Zunftversammlungen, sonst hagelt es harte Strafen. Vermeide Hitzigkeit und Gewalt, die werden besonders geächtet. Achte auch auf anständige Kleidung. Deine Schenkel müssen immer bekleidet sein. Alle zwei Jahre werden am Johannistag zwei Zunftmeister gewählt. Sie stehen den Morgensprachen vor, an denen alle Zunftgenossen teilnehmen. Das ist Pflicht. Das Allerheiligste in der Zunftstube ist die Zunftlade. Sie ist mit Eisenbändern verschlossen und kann nur von den beiden Zunftmeistern geöffnet werden. In der Lade werden die Zunftbüchse, alle Urkunden, der Siegelstempel, Silberkrüge, das Totengeld und das Zunftbuch aufbewahrt. Es gibt noch besondere Regeln, wenn ein Meister stirbt. Die jüngsten Gesellen müssen das Grab schaufeln und es auch wieder mit Erde bedecken. Alle Meister und Gesellen müssen die Leiche mit brennenden Kerzen zum Grab begleiten. Meist stiften sie auch eine Totenmemoria für den Abgestorbenen und versorgen die Witwe."

Während Felix und Jakob sich mit den Zunftregeln beschäftigten, merkten sie nicht, dass Türmerspeter inzwischen im Sudhaus aufgetaucht war. Gelangweilt schaute er dem Gesellen Conrad zu, wie er die Bierkutsche mit Fässern belud. Ob er ihm helfen könne, bot er sich an, doch Conrad winkte ab.

An jenem Abend sollte es zu einer unheilvollen Begegnung mit dem alten Schultheiß Opper kommen. Der hatte sich mal wieder derart mit Bier zugeschüttet, dass er sich kaum mehr auf den schwachen Beinen halten konnte. Dennoch stellte er den leeren, umgestülpten Becher immer wieder auf den Daumennagel der linken Hand, um mit der Nagelprobe zu signalisieren, er wolle mehr. Der Meister bat Felix und Peter, sie sollten den Trunkenbold und sein Pferd nach Hause führen. Seine erste Begegnung mit dem skrupellosen Opper ließ Felix schaudern. Stand er doch dem verhassten Schultheiß gegenüber, der seine geliebte Mutter auf die Folterbank geschickt hatte! Mit dem bösen Blick seiner kalten Augen, der knöchrigen, kümmerlichen

Gestalt, der dicken Knollennase, den braungelben Zahnstummeln und dem wirren, grauen Backenbart glich Opper eher einer teuflischen Gestalt aus einem Hexenbuch oder gar dem Gevatter Tod. Seine dünnen Beine steckten in braunen Kniehosen und seidenen Wadenstrümpfen. Als der einen Kopf größere Felix auf die jämmerliche Figur herabschaute, ekelte er sich. Dem Opper waren fast alle Haare ausgegangen. Nur ein paar spärliche, weiße Haarsträhnen fielen bis auf den schwarzen Sammetkragen seines abgewetzten Schoßrocks hinunter. Ein eitriger, verkrusteter Schorf hatte sich auf seiner mit Karbunkeln übersäten Stirnglatze breitgemacht wie bei einem räudigen Hund. Wahrscheinlich hatte er sich an seiner ungepflegten Perücke infiziert, die er zu tragen pflegte, dachte Felix mit Abscheu. Unflätig krakeelend ließ sich Opper nur unwillig dazu bewegen, das Saufen einzustellen und sich auf den Heimweg zu machen. Als wolle er seine Begleiter lehren, welche Aufgaben ein Schultheiß habe, zitierte er mit einem zynischen Kichern einen Spruch, für den er allseits bekannt war:

„Der Schultheiß bestimmt:
Der Armesünder kimmt
zum Henker.
Da hängt er.
Zunge raus.
Aus."

Peter hatte den Trunkenen am Ärmel gegriffen, er vermied eine körperliche Berührung. Opper blieb mit einem Mal verblüfft stehen, griff sich auf die Glatze und wollte umkehren, um sein Barett aus der Gaststube zu holen, doch Peter zog ihn unbeirrt weiter. Felix führte indes den braungescheckten Wallach am Halfter. Auf dem Weg zur oberen Böhmergasse sann er darüber nach, wie er an diesem widerlichen Kerl Rache nehmen könne. Das sei er seiner Mutter schuldig, so wahr ihm Gott helfe. Gleich am nächsten Morgen werde er dem Klostergarten einen Besuch abstatten ...

Zwei Tage später erschien ein streng dreinschauender Gerichtsbüttel in der Brauerei und forderte den Lehrjungen Felix Diezinger barsch auf, ihm zu folgen. Er solle ihn einholen. Felix erschrak. Verdächtigte man ihn, die Wolfsfalle in mörderischer Absicht beim Abdecker Stoffel gelegt zu haben? Drohte ihm jetzt ein Prozess vor dem Malefizgericht? Ihm schlotterten die Knie, das Blut sackte in seine Beine. Meister Molitor zuckte nur mit den Schultern, als Felix ihn fragend ansah. Hämisch grinsend wandte sich der Geselle Conrad seiner Arbeit zu. Mit hochrotem Kopf und fliegendem Puls folgte Felix dem Büttel. Am Kornmarkt und in der Salzgasse drehten sich die Menschen schadenfroh nach ihm um. Hatte man wieder einen Schurken dingfest gemacht? Recht so, Ordnung muss sein.

Felix wunderte sich über das geschäftige Treiben in der Eingangshalle des Rathauses. Zahlreiche, halb verhungerte Schreiber verfassten Briefe und Eingaben an die Stadt. Vor ihren kleinen Pulten mit den Tintenhörnchen warteten die Schreib- und Leseunkundigen geduldig, bis sie ihre Wünsche vortragen konnten. Felix wurde an ihnen vorbei in die Amtstube des Schultheißen geführt, dort solle er warten. Der Büttel nahm derweil an der Tür Platz. Felix sah sich ängstlich um. Der große Tisch, vor dem er saß, war überfüllt mit Schriftstücken, allerlei Gerätschaften und Büchern. Zu seinem Entsetzen entdeckte er mit Kennerblick das Malleus Maleficarum, den Hexenhammer, den er einst in der verbotenen Klosterbibliothek gesehen hatte. Auf dem dicken Wälzer lag ein Totenschädel, davor dünne Holzstäbchen, die im Falle der Verurteilung zerbrochen und dem Armen Sünder vor die Füße geworfen wurden. Ihn fröstelte.

Plötzlich sprang der Büttel auf. Der Schultheiß trat ins Amtszimmer. Felix drehte sich zu ihm um und sah in ein bekanntes Gesicht. Einen Moment stutzte er ob der schwarzen Perücke und der zum Knoten gebundenen Haare. Dann fuhr ihm ein kalter Schauder den Rücken hinunter. Die ungepflegte Perücke verdeckte die räudige Glatze des verhassten Schultheißen Opper!

15

„Was glotzt du, mein Junge. Der Schupp ist krank. Ich muss mal wieder aushelfen."

„Nennt mich niemals ‚mein Junge'!", fauchte ihn Felix sofort trotzig an. „Ich bin der Brauer Felix Diezinger. Warum habt Ihr mich einbestellt?"

Opper stutzte einen Augenblick und griff mit zittrigen Händen nach der langstieligen Tonpfeife, die er unter den Faszikeln hervorkramte.

„Diezinger? ... Der Sohn des Fischmergers?"

Felix antwortete nicht. Stattdessen starrte er ihm furchtlos in die kalten Augen. Opper stopfte indes fahrig seine Tobakspfeife, zündete sie mit einem Kieferspan an und überlegte krampfhaft. Die Situation war ihm nicht geheuer. Erinnerungen kamen hoch. Erinnerungen, die ihn immer wieder in seinen Albträumen heimsuchten und vor Jahren zu seiner Abberufung geführt hatten.

„Also zur Sache, Diezinger. Ich verdächtige dich und den Gesellen Conrad der Untreue und des Betrugs am Meister Molitor."

Wütend sprang Felix auf, stellte sich drohend vor den schmächtigen Opper und schrie ihn voller Entschlossenheit und Anspannung an:

„Das ist eine bodenlose Frechheit, so etwas zu behaupten. Ihr wollt mir etwas anhängen ..."

„Hüte dein freches Maul, du Teufelsbraten. Setz dich, sonst findest du dich sehr schnell im Karzerloch wieder. Glaubst du denn, die Anschuldigungen seien aus der Luft gegriffen?"

„Ja, das wäre nicht das erste Mal, dass Ihr Unschuldige martern lasst. Oder habt Ihr vergessen, was Ihr meiner Mutter angetan habt? Ihr habt sie zu Tode foltern lassen, obwohl Ihr genau wusstet, dass sie unschuldig war. Ihr seid feige, ungerecht, grausam, niederträchtig und eine Schande für die Stadt!" Er war so sehr in Rage, dass er ihm am liebsten an die Gurgel gegangen wäre. „Ich gebe Euch allein die Schuld am barbarischen Tod meiner Mutter und lade Euch ins Tal Josaphat, dort werdet Ihr am Jüngsten Tag Eure gerechte Strafe erhalten. Ihr sollt in der Hölle schmoren und mit Folterwerkzeugen bis ans Ende aller Tage gepeinigt werden."

Oppers faltiges Gesicht erblasste. Er rang nach Luft. Dieser unverschämte Lümmel wagt es, ihn zu maßregeln und sogar zu verdammen? Unfassbar! Er würde ihm eine gebührliche Lektion erteilen müssen. So dreist redet niemand mit dem Schultheiß! In diesem Moment trat ein Gerichtsbüttel ein und verlangte mit aufgeregter Stimme, gehört zu werden.

„Verflucht noch emol. Was erlaubst du dir, mich zu stören? Ich bin in einem Verhör. Raus!" Opper machte ihm wütend ein Zeichen, zu verschwinden. Doch der Gerichtsdiener ließ sich nicht von seinem erbosten Herrn einschüchtern.

„Ehrwürdiger Schultheiß, soeben erreichte uns ein Bote des Oberamtmanns. Ihr sollt noch heute zum Amtstag nach Mensfelden anreisen. Ihr seid dort überfällig."

Zu jener Zeit wurde Mensfelden von Trier und Nassau-Dietz gemeinsam verwaltet. Die Beamten der Landesherren kamen regelmäßig zu Amtstagen zusammen, um sich abzustimmen. Alle Schultheißen der Region waren angehalten, Präsenz zu zeigen. Opper konnte sich vorstellen, wie der Lympurger Oberamtmann getobt hatte, als er nicht pünktlich zur Stelle war. Schließlich stand er in dessen Diensten. Die Lympurger Herren hatten in früher Zeit das Amt des Schultheißen aus Geldmangel an den Kurfürsten verkauft und somit die Justiz inklusive der erklecklichen Einnahmen vollumfänglich an den Landesfürsten abgetreten. Auch wenn ihn der Oberamtmann einst aus dem Amt gejagt hatte, Schultheiß blieb man ein Leben lang und kassierte weiterhin einen, wenn auch geschmälerten, Lohn.

„Verdammt, den Termin habe ich verschwitzt. Lass sofort die Amtskutsche vorfahren und gebt meinem Stallknecht Bescheid, er möge mein Pferd versorgen. Geschwind, sonst mach ich dir Beine ... Also Diezinger, steckst du mit dem Gesellen unter einer Decke? Habt ihr beide in die eigene Tasche gewirtschaftet? Jedes Leugnen ist zwecklos. Mir liegen Beweise vor."

„Ich schwöre bei meiner Mutter, nein und nochmals nein. Eure Anschuldigung stinkt zum Himmel. Ihr seid wohl nicht mehr ganz klar im Kopf unter Eurer räudigen Glatze."

„Unverschämter Lümmel, was erlaubst du dir, so mit mir zu reden. Dein unflätiges Verhalten gegenüber einer Amtsperson wird nicht ohne Folgen bleiben. Ungestraft wirst du mir nicht davonkommen, das schwöre ich dir! Wir sprechen uns noch! Jetzt geh mir aus den Augen."

Einerseits war Felix erleichtert, nicht wegen der Wolfsfalle zur Rechenschaft gezogen zu werden, andererseits stieg seine Wut auf den verdammten Schultheiß ins Unermessliche. Opper würde seine trotzigen Widerworte nicht tatenlos hinnehmen. Für ihn war er der Balg einer Hexe. Was ihm jetzt drohte, wollte er sich lieber nicht ausdenken. Das Fass war übergelaufen. Sein Sinn rief nach Rache, es war an der Zeit, zu handeln. Schon seit Tagen hatte er seinen Plan in allen Einzelheiten ausgeklügelt. Die Abwesenheit Oppers musste er nutzen, um sein Vorhaben in die Tat umzusetzen. Zurück im Sudhaus, stopfte er in aller Ruhe Gundermann, Eibe, den Hahnenfuß, das Greiskraut und die Herbstzeitlose zu einer arg giftigen Kräutermischung in einen Sack.

„Bengel, was hast du mit dem Kraut vor?", überraschte ihn der Geselle.

„Das geht dich einen Scheißdreck an. Sieh du lieber zu, wie du deinen Kopf aus der Schlinge ziehst. Der Schultheiß wird dich wegen Betrugs vor Gericht bringen. Hast du vielleicht einige Fässer auf eigene Rechnung verhökert?"

Mit aschfahlem Gesicht wandte sich Conrad von ihm ab. Felix hatte nun die nötige Ruhe, seinen wohl ausgedachten Racheplan zu vollenden. Als Nächstes rührte er eine höllisch brennende Paste in einer Schüssel an, dann nahm er sich den

Folianten Opus diaboli vor. Hatte Bruder Sartorius nicht von der ‚Potestas liberorum' gesprochen? Diese ‚Macht der Bücher' wollte er für seinen teuflischen Plan nutzen. Als er an dem ledernen Einband schnupperte, erinnerte ihn der Geruch an die Hautfetzen, die Stoffel zu gerben pflegte. Menschenhaut! Ihn ekelte es. Plötzlich glaubte er sich beobachtet. Ein eiskalter Hauch wehte ihm ins Gesicht. Erschrocken sah er sich um, aber er war allein. Er schüttelte sich kurz, dann malte er mit Geschick etwas auf die erste Buchseite ...

Am späten Nachmittag suchte er den Pferdestall des Schultheißen Opper auf. Nachdem er sich versichert hatte, dass der Stallknecht abwesend war, fütterte er in aller Ruhe den Wallach mit den giftigen Kräutern und schmierte die stark ätzende Paste unter den Sattel, der neben der Pferdebox hing. Dann ritzte er einen Drudenfuß in den Türbalken von Oppers Haus und nagelte die Alraune darüber, die er beim Abdecker hatte mitgehen lassen. Seelenruhig zog er weiter zur Amtstube des Schultheißen ...

Am Abend saß er wieder mit Peter in der ‚Kanne' und verzehrte – es war Fastenzeit – mit Widerwillen einen gesalzenen Hering. Er empfand eine tiefe Abneigung gegen jeglichen Fisch. Schon im Kloster würgte er die kleinen, grätigen Lahnfische mit Abscheu hinunter. Essen galt ihm nicht als sinnlicher Gaumenschmaus, sondern ausschließlich als simple Magenfüllung.

Aufgekratzt erzählte Felix dem Peter, wie er vom Schultheiß verhört wurde, wie er des Betrugs an seinem Meister beschuldigt wurde.

„Felix, du hast nichts zu befürchten. Mein Onkel hat den Conrad im Verdacht, in die eigene Tasche zu wirtschaften. Er hat mich gebeten, den Gesellen zu beschatten. Ich bin ihm gefolgt und habe beobachtet, wie er Bierfässer an Kunden verscherbelt und nicht abgerechnet hat. Molitor hat ihn ob des Betruges verklagt. Dem Conrad geht es nun an den Kragen. Jetzt hast du die Chance, ihn bald zu ersetzen. ... Übrigens hat mir der Perzknecht des Oberamtmannes erzählt, dass er morgen nach Coblentz reisen muss. Er ist bereit, dich mitzunehmen. Du sollst dich Schlag sechs am Dietzer Tor einfinden."

„Woran erkenne ich ihn?"

„Er hat Marmortafeln geladen für den neuen Palast des Kurfürsten in Coblentz."

In diesem Moment schneite Jacob Emmerich in die Gaststube.

„Hab ich mir doch gedacht, euch beim Saufen anzutreffen. Gibst du eine Kanne Bier aus, Felix? Ich habe dir auch etwas mitgebracht. Hier ist eine Rotstiftzeichnung von meinem Vater. Sie stellt Annemarie dar, da war sie wohl so alt wie wir heute."

Liebevoll betrachtete Felix das Porträt. Wie schön doch seine Mutter war! Gütige Augen, ein fröhliches Lächeln. Zwei dunkle Zöpfe lugten aus dem Kopftuch hervor. Er strahlte vor Glückseligkeit, sah er doch mit eigenen Augen: Seine Mutter konnte wahrlich keine Hexe gewesen sein, nie und nimmer, so gütig, voller Lebenslust und liebevoll sie ihn ansah. Er konnte seinen Blick von dem Bildnis nicht mehr abwenden, das sich ihm tief einprägte. Nun hatte er seine Mutter immer vor Augen.

„Felix, weißt du, wo der Geselle Conrad abgeblieben ist?", riss ihn Meister Molitor, außer sich vor Wut, aus seinen Gedanken.

„Keine Ahnung, Meister. Am Nachmittag habe ich noch mit ihm gesprochen."

„Der Büttel wollte ihn festnehmen. Aber der Betrüger hat seine Sachen gepackt und ist Hals über Kopf verschwunden. Der hat wohl Lunte gerochen und sich aus dem Staub gemacht. Felix, jetzt musst du geschwind deine Gesellenprüfung ablegen. Du bist doch in der Lage, die Arbeiten im Sudhaus zu übernehmen?"

„Mit Freude, Meister. Äh, ich meine mit Gunst, Meister. Für die Prüfung bin ich gewappnet. Aber morgen muss ich dringend nach Coblentz reisen. Ihr gebt mir doch zwei Tage frei?"

16

Der Perzknecht des Oberamtmannes erwies sich als ein alter Mann mit einer frohen Natur, wie seine verschmitzten, lebhaften Knopfaugen verrieten. Stumm saß er auf dem Kutschbock und schmauchte seine Tonpfeife. Erst als Felix ihm eine Flasche Kräuterlikör aus den Beständen des verstorbenen Bruders Ludolf zum Zeichen seiner Dankbarkeit überreichte, verzog er sein wettergegerbtes Gesicht zu einem breiten Grinsen.

„Kerle, wo hast du die denn aufgetrieben? Ei, das ist ja wie Weihnachten, wenn mir der Oberamtmann eine Flasche Branntwein schenkt. Bei dem Sauwetter kann man wahrlich einen Schluck vertragen. Willst auch einen?"

Felix winkte ab und holte stattdessen einen Kanten Brot und ein hart gekochtes Ei aus dem Knappsack, welches er sich am Morgen in der Küche des Gasthauses eingesteckt hatte.

„Was macht eigentlich der Oberamtmann auf dem Schloss?"

„Der vertritt unseren Kurfürsten in Lympurg. Hüte dich vor ihm, der ist herrisch und gnadenlos."

„Unter einem Schloss habe ich mir etwas ganz anderes vorgestellt."

„Mir hat mal ein schlauer Mann erzählt, dass die Bischöfe und Fürsten abends in den Keller ihres Schlosses gehen, um die gehorteten Gulden umzuschaufeln, damit sie keinen Schimmel ansetzen. Das Ungeld erpressen sie von den Bauern, Handwerkern und Händlern. Jeder muss den zehnten Teil seiner Einnahmen abtreten. Wenn sie kein Geld haben, liefern die Bauern jeden zehnten Sack des Korns oder gar Vieh ab. In Lympurg treibt der Oberamtmann die Steuern in klingender Münze oder Naturalien für den Kurfürsten ein. Erbarmungslos, da kennt er kein Mitleid. Er hortet die Abgaben hinter Schloss und Riegel. Darum heißt die Residenz des Oberamtmanns Schloss", lachte der alte Fuhrknecht und zog listig schmunzelnd an seiner Tobakpfeife. „Es ist kalt. Streif dir lieber den gewachsten Kapuzenumhang über. Im Westerwald regnet es in dieser Zeit fast immer und zusätzlich pfeift ein schneidender Wind von den Bergen."

Westerwald? Felix sah wehmütig auf die rötlichen Buchenwälder im Regendunst. Stammte seine Mutter nicht aus dem Westerwald? Ob seine Großeltern und Annemaries Brüder noch immer in der Köhlerhütte im ‚Land der armen Leute' lebten, wie man die karge Bergregion nannte? Schade, er würde seine Verwandten nie kennenlernen. Während der Fahrt starrte er auf die kahlen, windumsausten Hochflächen, die vielen kleinen Seen und die gewaltigen Basaltsteinbrüche. Die Köhler hätten in den letzten Jahrzehnten viele Wälder gerodet und so manche Siedlungen neu entstehen lassen, deren Namen auf ‚rod' endeten, erklärte der Fuhrmann. Der Wind blies ihnen den beißenden Rauch der zahlreichen Meiler in die Nasen. Auf dem kargen Boden lebten die Wäller vom Haberbau, von der Holzbrennerei für die Eisenverhüttung, von der Viehzucht sowie vom Erz- und Basaltabbau.

Der zerfurchte und mit Schlaglöchern übersäte, zerfahrene Weg entlang der Hohen Straße von Lympurg nach Coelln gestaltete sich recht mühsam, sowohl für die Pferde als auch für die Reisenden. Der kalte Wind ließ sie frösteln. Einsetzender Regen peitschte in ihre Gesichter.

„Wie lange werden wir unterwegs sein?"

Sie würden in Montabaur die Pferde wechseln, ‚Lehm und Stroh' essen und dann gehe es weiter, antwortete der Fuhrmann. Wenn alles glatt läuft, würden sie am späten Nachmittag Coblentz erreichen. Die Marmorplatten müssten noch heute im Schloss Philippsburg abgeladen werden. Die Ofenbauer brauchten sie für eine Verkleidung des offenen Kamins in der Amtsstube des Kurfürsten.

„Der Kurfürst muss ein reicher Mann sein, wenn er sich einen neuen Palast leisten kann. Kennt Ihr ihn?"

„Wo denkst du hin. Ich habe ihn nie gesehen. Aber man erzählt viel über ihn. Kurfürst von Orsbeck soll in Rom und Paris studiert haben. Erst war er wohl Erzbischof von Speyer. Aber als sein Onkel, der Trierer Kurfürst von der Leyen, starb, hat er dessen Amt geerbt. Dann hat der Franzosenkönig Trier besetzt. Der Kurfürst musste nach Coblentz ausweichen und baut sich eben ein neues Schloss auf Ehrenbreitstein. Geld hat er ja genug."

Schon durchfuhren sie das Kannenbäckerland, das Land der Tonkrüge. Der unentwegt plappernde Kutscher meinte, der Oberamtmann beziehe von hier sein Keramikgeschirr mit der graublauen Salzglasur. Er selbst habe so manches prunkvolles ‚Herrenwerk' mit Kobaltblau zum Schloss nach Lympurg von den ‚Eulern', wie man die Töpfer nenne, abholen müssen.

„Die Euler aus Grenzhausen haben mir einmal von einem verschwundenen Schatz erzählt", fuhr der Fuhrknecht fort. Felix war die mitteilsame Geschwätzigkeit des Fuhrmanns recht, seine lebhaften Erzählungen verkürzten die Reisezeit. „Während des Dreißigjährigen Krieges fielen die Schweden auch über die Burg Grenzau her und zerstörten sie. Sie stand einmal dort oberhalb von Grenzhausen und gehörte den Herren von Isenburg. Damals, so behaupteten die Euler, hat Graf Isenburg seine Kostbarkeiten in eine eiserne Truhe gepackt und diese in einem tiefen, mit Regenwasser gefüllten Loch versenkt. Seither ist sie verschwunden. Ein Töpfer hat jedoch einmal einen großen, schwarzen Hund an jener vermeintlichen Stelle als Wächter sitzen sehen. Der Mann hat dort gegraben, aber nicht die Truhe gefunden, sondern geschmeidigen, feinen Ton, aus dem er das Kannenbäcker Geschirr formte."

Später als erwartet erreichten sie das mächtige Coblentzer Löhrtor mit den beiden weiten Rundbögen. Felix fieberte dem Tag entgegen. Was würde ihn erwarten? Der Regen hatte nachgelassen. Hier verabschiedeten sie sich. Felix solle sich morgen früh Schlag sechs wieder am Stadttor einfinden. Endlich konnte er die Suche nach seinem Vater in Angriff nehmen. Von Vorfreude gepackt, schaute er sich im Kleinschmittsgässchen um und fragte die Händler nach dem Uhrmacher Aloisius Diezinger.

„Der alte Diezinger? Ob der noch lebt? Seine Uhrmacherei war wohl im Engelsgässchen hinter der Liebfrauenkirche."

Die gewaltige, romanische Kirche konnte Felix schnell finden, das dahinter liegende Engelsgässchen ebenso. Er schlenderte die enge Gasse voller Unrat entlang und entdeckte zu seiner Freude den winzigen Uhrmacherladen. Das Haus war so schmal, dass die Straßenfassade nur ein Fenster aufwies. Zwei steinerne, ausgetretene Stufen führten ihn hinauf zum Eingang. Ein helles Glockenspiel verkündete den Besucher, als er die Tür öffnete. Am einzigen Fenster stand eine Werkbank mit allerlei filigranem Werkzeug und zahlreichen Holzkästchen mit Zahnräderchen, Spiralen und Schräubchen. In der Ecke lagen einige Taschenuhren in einer hölzernen Vitrine aus. Neben der schmalen, niedrigen Tür, die offensichtlich zum Wohnraum führte und durch einen speckigen Samtvorhang abgetrennt war, tickte eine Standuhr mit langen Perpendikeln. Sie war bei Weitem nicht so prunkvoll, wie er sie aus dem Kloster kannte. Felix räusperte sich. Er war allein im Raum. Die Stille war kaum zu ertragen, der muffige Gestank ebenso. Dann hörte er endlich schlurfende Schritte. Neben der Pendüle tauchte ein altes, hageres Männlein in einer dreckigen Schürze und einer platt gedrückten Tellermütze auf dem Kopf auf. Diezinger schob den Stoffvorhang zur Seite und gab einen kurzen Blick in den dahinter liegenden Raum frei. Der eigenwillige Kauz hauste nur in einem winzigen Zimmer, in dem er kochte, aß und schlief. Ungehalten nickte er dem Besucher kurz zu, als wolle er ihn fragen, was er wolle.

„Gott zum Gruße. Seid Ihr der Aloisius Diezinger?"

„Gewiss, was wollt Ihr von mir?"

„Mein Name ist Felix Diezinger. Könnt Ihr Euch noch erinnern, dass Ihr einmal Gevatter in Lympurg ward?", antwortete er mit einem erwartungsvollen Lächeln.

„Ja, ja, natürlich erinnere ich mich", krächzte er. Ein kurzes Schmunzeln huschte über sein schmales, zerfurchtes, bärtiges Gesicht. „Sag nur, du bist der Sohn meines Bruders Anton. Ein strammer Bursch bist du geworden. Mein Gott, wie die Zeit vergeht. Und was willst du von mir?"

„Als mein Pate könnt Ihr mir sicher etwas über meinen Vater ..."

„Lass mich mit dem verdammten Anton in Ruhe. Der ist für mich gestorben. Sag mir lieber, was aus dir geworden ist."

„Ich bin dabei, meine Gesellenprüfung als rechtschaffener Bierbrauer zu machen. Warum wollt Ihr mit Eurem Bruder nichts mehr zu tun haben?"

„Als der hier in Coblentz aufgetaucht war, haben wir uns nur gestritten. Dann hat er das Saufen angefangen. Ich habe ihm die Verwandtschaft aufgekündigt."

„Worüber habt Ihr Euch gestritten?"

„Na über dich, mein Junge. Meine Frau – Gott hab sie selig – hat dem Anton vorgeworfen, dich feige im Stich gelassen zu haben. Rabenvater hat sie ihn geschimpft. Aber mein sturer Bruder hat seine verstorbene Frau als Hexe bezeichnet und sie und dich verflucht. Schließlich hat ihm meine Frau Hausverbot erteilt."

„Aber mein Vater lebt noch, oder?"

„Gewiss doch. Er hält sich mit seinem kleinen Fischladen über Wasser. Die Einnahmen gehen für den Branntwein drauf."

„Ich will ihn sehen. Wo finde ich ihn?"

„Geh zum Florinsmarkt. Aber ich sage dir gleich, der wird sich nicht gerade freuen, dich zu sehen. Wenn du ihn findest, sag ihm bitte nicht, dass wir uns gesprochen haben. Hast du ein Quartier? Bei mir ist kein Platz. Vielleicht kannst du im Brauhaus unterkommen?"

Geschwind machte sich Felix durch die engen Gassen zum Florinsmarkt auf. Er konnte kaum abwarten, seinem Vater zu begegnen. Der penetrante Fischgeruch bedeutete ihm, dass er wohl am Ziel seiner Suche war. Ein Fischhändler zeigte ihm das schmucklose, schmale Haus von Anton Diezinger. Mit rasendem Herzklopfen näherte sich Felix dem Verkaufsstand. Eine ältere Frau erstand gerade am hochgeklappten, hölzernen Laden einen Moselbarsch. Neugierig, mit jagendem Puls, lugte er durch das Verkaufsfenster, um den Diezinger besser im dunkleren Licht des Fischkellers sehen zu können. Das schmächtige Männlein hatte eine runde, schwarze, lederne Kappe auf dem Kopf und eine blaue, recht dreckige Schürze umgebunden. Tiefe Furchen hatten sich in sein bärtiges, von feinen Äderchen durchzogenes Gesicht gegraben. Seine ausgemergelte Gestalt – sie maß kaum fünf Fuß – erinnerte an den leidenden Christus am Kreuz. Der Anblick enttäuschte Felix maßlos. Er hatte sich seinen Vater anders vorgestellt. Größer, kräftiger und vor allem sympathischer.

„Ist der Fisch auch frisch?“, fragte das Weib ruppig.

„Im Tod seht Ihr auch nicht mehr ganz frisch aus, liebe Frau. Gestern tummelte er sich noch munter in der Mosel“, antwortete der spindeldürre Fischmerger nicht gerade freundlich mit seiner hellen, krächzenden Fistelstimme. Seine knöchrigen, fahrigen Finger wickelten den Fisch in ein Papier, dann wischte er sie an seiner Schürze ab, warf die erhaltenen Münzen in eine kleine Holzkiste und wandte sich dem nächsten Kunden zu.

„Was darf es für Euch sein?“

17

Just an jenem regnerischen Tag ereignete sich in Lympurg ein verhängnisvolles Unglück. Schultheiß Opper war am Vorabend murrköpfig nach Haus zurückgekehrt. Er hatte sich in Mensfelden vom Oberamtmann Wilhelm Lothar von Hohenfeld eine deftige Strafpredigt anhören müssen, weil er zu spät zum Oberamtstag erschienen war. Eine weitere Nachlässigkeit seiner Pflichten konnte er sich nicht leisten. Missgestimmt saß er vor einer Schale Hirsebrei und schickte nach dem Stallknecht, er solle sofort das Pferd satteln. Der lag noch auf dem Strohsack und schlief seinen Rausch vom Vorabend aus. So früh am Morgen hatte ihn sein Herr noch nie gebraucht. Brummig sprang er auf und schlürfte schlaftrunken zum Stall. Der braungescheckte Wallach zeigte an jenem Morgen eine ungewöhnliche Unruhe, schnaufte wild und verweigerte das Umlegen des Zaumzeugs. Opper erschien gereizt und trieb den müden Knecht ungehalten zur Eile an. Schließlich griff der Knecht zur Peitsche. Nur mit allerletzter Kraft gelang es ihm, den Wallach zu satteln.

Als Opper knurrend sein Pferd bestieg, schwante ihm nichts Böses. Doch nach einem kurzen Ritt, bei dem Opper heftig an den Zügeln zerrte, musste der Gaul wohl einen brennenden Schmerz unter dem Sattel verspürt haben. Er trat aus, drehte sich wild im Kreis und galoppierte alsdann wie von Furien gehetzt der Barfüßergasse zu. Opper gelang es nicht, das Tier zu bändigen. Beinahe wäre der tosende Wallach mit einem vorbeifahrenden Fuhrwerk zusammengestoßen. Das Tier stürmte weiter auf den sich langsam füllenden Kornmarkt, riss einige Marktstände mit Obst und Gemüse um und verletzte mit den ungestüm ausschlagenden Hufen eine Hökerin schwer. In hohem Bogen flog Opper aus dem Sattel und blieb reglos mit einer blutenden Kopfwunde auf dem Steinpflaster liegen. Seine schwarze Perücke war in einem Gurkenfass gelandet, die Peitsche fing ein Junge auf und machte sich geschwind davon. Das entfesselte Pferd sprang schließlich mit einem gewaltigen Satz über den Stadtgraben in der Fleischgasse, wo ihn mutige Händler endlich vor der Stadtmauer einfangen konnten. Schreie vor Schmerzen, Wut und Angst hallten über den Marktplatz. Der Wallach hatte eine wüste Schneise in das Marktreiben gerissen.

Auf einer klobigen Sackkarre schob man den ohnmächtigen, blutverschmierten Opper die Fleischgasse hinunter und durch das Dietzer Tor ins nahe Hospital neben der Annakirche. Ebenso die verletzte Bäuerin, die sich lautstark darüber beschwerte, dass sie ihre Kiepe mit dem Obst zurücklassen musste. Mit entsetzten Mienen bekreuzigten sich die Gaffer beim Anblick des bewusstlosen Opper. Für ihn gab es wohl keine Hoffnung mehr. Inzwischen hatte der eilig herbeigeeilte Wachtmeister Dietrich Schaaf den Abdecker holen lassen. Der neue Wasenmeister, den der Scharfrichter Busch nach langer Suche eingesetzt hatte, inspizierte das sich immer wieder aufbäumende und wild ausschlagende Tier.

„Schaum im Maul; die Augen aufgerissen; weite Pupillen; Schweißausbruch; Zittern; wütendes Schnauben; Tobsucht. Seht her, der Zosse ist vom Teufel besessen! Mit dem geht es zu Ende. Knechte nehmt den Sattel ab und helft mir, den Gaul zu zügeln, bevor er noch weiteren Schaden anrichtet. Die Decke ist wohl noch zu gebrauchen.“

Am Nachmittag fand sich der kränkelnde Schultheiß Johann Simon Schupp wieder zum Dienst ein. Der Oberamtmann hatte ihn gebeten, soweit es ihm gesundheitlich möglich wäre, die Amtsgeschäfte wieder zu übernehmen. Lauthals schimpfte Schupp über das heillose Durcheinander, das sein Vertreter hinterlassen hatte, und brachte Ordnung in die Papiere.

Als der Braumeister Molitor die Amtstube betrat, wies der Schultheiß zornig auf den mit Faszikeln übersäten Tisch hin.

„Opper ist und bleibt ein gottverdammter Wirrkopf. Seht nur, wie der arbeitet. Entschuldigt bitte meine Aufgeregtheit. Gott zum Gruße, Meister Molitor. Was führt Euch zu mir?“

„Vor zwei Tagen habe ich einen Betrugsfall zur Anzeige gebracht. Ich habe meinen Gesellen Conrad überführt, in die eigene Tasche gewirtschaftet zu haben. Jetzt ist der Kerl spurlos verschwunden. Es ist wohl zwecklos, den Casus weiterhin zu verfolgen.“

„Gut, ich sehe mir den Vorgang an, sofern der vermaledeite Opper ein Protokoll angelegt hat. Zudem werde ich den Torwachen befehlen, den Gesellen sofort zu arrestieren, sollte er sich wieder in Lympurg blicken lassen. Der Fall ist nicht abgeschlossen. Er ruht aber, bis wir des flüchtigen Gesellen habhaft geworden sind.“

Aus Wut über die Unordnung in der Amtsstube ging Schupp den kurzen Weg zur Salzgasse, um sich einen Becher Wein in der Gaststätte „Zur Krone“ zu genehmigen. Hier fanden die regelmäßigen Umtrunke des Stadtrats statt, hier trafen sich die Ratsverwandten gewöhnlich zu einem Plausch, hier wurde Politik gemacht. In den Räumlichkeiten wurde einst der Dietzer Schultheiß Johann Leuwen in ritterlicher Haft gehalten, als er anno 1609 einen dreisten Übergriff auf die Lympurger Heimgerechtigkeit gewagt hatte. Schupp blickte sich um und entdeckte den Ratsherrn und Sendschöffen Johann Theodor Scheurer allein an einem Tisch sitzend vor einem Glas saurem Apfelwein.

„Gut, dass ich Euch antreffe, Scheurer. Ich habe einen sehr delikaten Casus mit Euch zu besprechen!“, begrüßte ihn Schupp, nahm unaufgefordert an seinem Tisch Platz und orderte einen Schoppen Roten.

Die Aufgabe des Sendschöffens war sowohl den Amtsträgern als auch den Bürgern ein Graus. Verpflichtete sich der Sendschöffe doch, im Namen des Erzbischofs die Rechtsgläubigkeit und den christlichen Lebenswandel der Stadtbewohner zu überwachen. Sogar den Klerus hatte er zu beaufsichtigen. Bei liederlicher Lebensart, beim Fluchen, Fressen, Saufen, Hadern, Zanken, Schmähen, bei Fleischeslust, Feiertagsarbeit, beim Brechen des Fastengebots und bei Gotteslästerung verhängte er drastische Geldstrafen. Selbst ein Zuspätkommen zur Heiligen Messe oder gar ein unentschuldigtes Fehlen belegte er mit einer empfindlichen Geldbuße. Kein Wunder, dass er allseits höchst unbeliebt und gefürchtet war wie die Pest.

„Ei, wie dann, Schultheiß. Ich hoffe, Ihr wendet Euch an mich in meiner Eigenschaft als Ratsherr und nicht als Sendschöffe. Wie Ihr wisst, habe ich das leidige Amt des Sendschöffen verweigert und letztlich nur unter Androhung einer Herrenstrafe von fünfzehn Gulden übernommen. Der Stadtrat hat bereits eine Eingabe an den ehrwürdigen Kurfürsten Orsbeck gemacht, die unselige Schnüffelei nach Sündern einzustellen."

„Es geht um eine sehr diffizile Angelegenheit, die mich aufs Äußerste beunruhigt. Ich brauche Euren Rat ob einer schwerwiegenden, christlichen Verfehlung."

„Wollt Ihr etwa einen Ketzer anschwärzen? Lasst lieber die Finger davon. Das bringt nur Ungemach für Euch und auch für mich ..."

„Die Angelegenheit ist zu heikel. Hier geht es nicht um Sünde, sondern um einen Hexenpfeifer."

18

In Coblentz stand Felix unterdessen ratlos wie ein kleiner Bub vor seinem Vater. Wie sollte er sich zu erkennen geben?

„Gott zum Gruße, Diezinger. Nein, ich bin kein Kunde," begann er zögerlich. „Es geht um eine rein private Frage. Habt Ihr einmal in Lympurg gewohnt?"

„Was geht Euch das an?"

„Und Ihr ward mit der Annemarie verheiratet, die Euch einen Sohn geschenkt hat?"

Das Gesicht des Fischhändlers verfinsterte sich auf der Stelle, als stehe der leibhaftige Teufel vor ihm.

„Verdammt. Woher wisst Ihr das?"

„Ich bin Euer Sohn Felix aus Lympurg."

Nun war es heraus. Ein schwaches, erleichtertes Lächeln lag in seinem Gesicht, doch dann erfror es sofort. Starr vor Schreck riss der hagere Fischhändler die Augen auf, als stünde er einem bösen Dämon gegenüber. Er rang nach Luft, schnaufte schwer und begann derb zu fluchen. Dann packte er mit kopfloser Hast, etwas Unverständliches murmelnd seine ausgelegten Fische zusammen und schloss den Laden. Felix traute seinen Augen nicht. Das konnte doch nicht wahr sein. Ihm war, als habe er unversehens einen herben Schlag in die Magengrube eingefangen. Einen Moment stand er fassungs- und atemlos da, sammelte sich und suchte aufgewühlt nach Worten.

„Halt! Warum verschwindet Ihr? Hier steht Euer Sohn. Er will Euch sprechen", versuchte Felix ihn aufzuhalten. Vergebens.

Aus dem Haus drangen laute, unflätige Schimpfwörter. Felix blieb wie gelähmt vor der geschlossenen Lade stehen. Warum zieht sich mein Vater vor Schreck ins Haus zurück? Habe ich ihm etwas getan? Womit habe ich das verdient? Er spürte seinen Herzschlag im Hals. Seine Hände zitterten, sein linkes Augenlid zuckte wild. Zornesröte stieg in sein Gesicht. Plötzlich erschien Diezinger am offenen Fenster im ersten Stock.

„Mach dich fort. Ich will nichts mit einer Teufelsbrut zu tun haben.“ Die krächzende Fistelstimme überschlug sich. „Du bist nicht mein Sohn. Du bist der Balg einer Hexe und sollst in der Hölle schmoren!“, schrie er mit hochrotem Kopf herunter. Sein Vater schickte ihn weg, wie man einen räudigen Vaganten wegjagt, der an die Tür klopft! Unfassbar!

„Wollt Ihr denn nicht wissen, was Euer Sohn macht? Wie es ihm ergangen ist? Ihr könnt mich doch nicht einfach fortjagen.“

„Hau ab. Du stinkst nach Teufel. Verflucht seist du und deine Mutter. Verzieh dich und lass dich nie mehr bei mir blicken, du verdammte Ausgeburt des Teufels!“

Der jähzornige Diezinger verschwand noch einen deftigen Fluch ausstoßend aus seinem Blickfeld. Felix kochte vor Wut. Die erste Begegnung mit seinem Vater hatte er sich weiß Gott anders vorgestellt. Er war bereit, ihm zu verzeihen, sich zu versöhnen, sich mit ihm auszusprechen. Stattdessen war er nun vollends verstoßen, allein auf sich gestellt und zudem als gemeiner Bastard einer Hexe beschimpft worden. Statt Freude spürte er einen tiefen Hass und unbändige Wut auf seinen herzlosen, verbohrten, starrköpfigen Vater. Er kochte. Notgedrungen zog Felix mit Tränen in den Augen ab und suchte das Brauhaus auf, um nach einer Schlafstätte zu fragen. Im Schlafsaal seien noch Plätze frei, beschied man ihm.

In der Gaststube roch es verführerisch nach gebratener Blutwurst und Zwiebeln. Felix verspürte zwar großen Hunger, dennoch war ihm nicht nach Essen zumute. Aufgewühlt schüttete er sich ein Bier nach dem anderen hinein, obwohl ihm das gewürzte, süßliche Gruitbier überhaupt nicht schmeckte. Wirre Gedanken kreisten in seinem Kopf. Sollte er es bei der unsäglichen Begegnung belassen? Sein Vater hatte ihn auf Äußerste gedemütigt, tief gekränkt und sogar wie einen Aussätzigen verbannt. Hexenbrut hatte er ihn genannt. Nein, das konnte er nicht tatenlos hinnehmen. Er hatte seiner Mutter Rache geschworen. Dass damit auch Vergeltung an seinem Vater verbunden sein sollte, hätte er sich niemals träumen lassen. Mit jedem Becher Bier verstärkten sich seine schändlichen, nach Rache sinnenden Gedanken. Schließlich sprang er wie von einem Dämon getrieben entschlossen auf, torkelte ein wenig ob seines Bierkonsums und strebte dem Ausgang zu.

Inzwischen war es stockdunkle, sternenklare Nacht geworden. Zu beiden Seiten der Gasthofstür steckten Pechfackeln in klobigen Eisenhalterungen, welche die Gäste anlocken sollten und den Eingang beleuchteten. Entschlossen schnappte er sich eine brennende Fackel und marschierte auf wackligen Beinen zielstrebig dem Floriansmarkt zu. Vor dem Haus des Fischhändlers hielt er einen Moment inne, als er plötzlich einen eiskalten Hauch im Gesicht verspürte. Er sah sich verstohlen um, wähnte sich unbeobachtet und schleuderte dann das Feuer mit einem kräftigen Armzug in das immer noch offene Fenster im Obergeschoss. Ohne Zeit zu verlieren, ohne sich umzudrehen, verschwand Felix wieder. Aufgewühlt zwang er sich, mit beherrschten Schritten davonzugehen. Kurz vor dem Brauhaus hörte er die lauten Feuerrufe des Nachtwächters. Sein Blick richtete sich zum Himmel empor. Er würde sich teilen, ein Blitz würde herunterfahren und ihn auf der Stelle strafen, fürchtete er. Doch nichts dergleichen geschah. Dem Allmächtigen entgehe doch keine Sünde, hatte man ihm im Kloster eingebläut. So besehen, duldete Gott sein frevelhaftes Tun. Felix war erleichtert. Als habe er nur frische Luft geschöpft, setzte er sich wieder in den Schankraum und verlangte mit ruhiger Stimme eine Kanne Bier, während einige zum Löschen verpflichtete, junge Männer hastig aus der Gaststube stürmten. Er holte die Zeichnung seiner Mutter aus der Innentasche seines Wams hervor und betrachtete es liebevoll und mit Stolz. Das Lächeln der Mutter deutet er als dankbare Zustimmung, als liebevolle Geste. So als habe er eine gute Tat vollbracht, genehmigte sich Felix zufrieden ein letztes Bier und einen klaren Korn dazu.

In der Nacht quälten ihn Schuldgefühle und schwere Gewissensbisse. Hatte er seinen Vater in den Flammen zu Tode gebracht? Sofort verwarf er den schrecklichen Gedanken und schüttelte sein Haupt, als wolle er die schrecklichen Bedenken loswerden. Eine innere Stimme bezichtigte ihn als hundsgemeinen Vatermörder. In seinem Albträumen sah er sich vor das Blutgericht gezerrt. In panischer Angst vernahm er kreidebleich die fürchterliche Anklage. Jegliches Leugnen war zwecklos. Der Aloisius Diezinger beschuldigte ihn, sich an seinem Bruder rächen zu wollen. Ein Zeuge hätte gar beobachtet, wie er die Fackel in das Fenster geworfen habe. Felix schwitzte Blut und Wasser. Sieben grimmig dreinschauende Blutschöffen in roten Roben sprachen ihn einstimmig schuldig ob des heimtückischen Meuchelmords an seinem Vater. Dem verruchten Parrizida solle keine Gnade gewährt werden. Der furchteinflößende Richter brach den Stab über ihm und warf die Stücke vor seine Füße. Mit Entsetzen vernahm Felix das Urteil: Der gemeine Vatermörder werde gerädert, ihm würden die Arme und Beine mit dem Richtrad gebrochen. Danach werde sein Körper auf die Speichen geflochten und schließlich würde er geköpft. Dann solle sein abgetrenntes Haupt zur Abschreckung der gaffenden Meute auf einen Pfahl gesteckt werden.

Schweißgebadet wachte er beim ersten Licht der Dämmerung auf. Zum Frühstück brachte er keinen Bissen hinunter. Auf dem Weg zum Löhrturm schaute er beim Diezinger vorbei. Das obere Stockwerk war völlig ausgebrannt. Vereinzelt loderten noch Flammen aus dem Haus. Es roch beißend nach Rauch. Er fragte einen Wache haltenden Feuerläufer, was denn geschehen sei.

„Der Diezinger-Anton hat wohl in seinem besoffenen Kopf eine Kerze brennen lassen. Wir können noch nicht ins Haus, das ist zu gefährlich. Aber wir nehmen an, der Fischmerger hat es nicht mehr geschafft. Er ist im Rauch umgekommen."

Auf der Heimreise sprach Felix kein Wort. Der alte Fuhrmann wunderte sich zwar über sein Schweigen, seine sichtliche

Übermüdung, seine tiefen Schatten unter den Augen, aber bohrte nicht weiter nach dem Grund.

Nach der Rückkehr suchte Felix sofort mit einer Rose in der Hand das Grab seiner Mutter auf.

19

In der ‚Krone' nahm die Unterredung zwischen dem Schultheiß Schupp und dem Sendschöffen Scheurer eine höchst brisante Wendung.

„Hexer sagt Ihr? Die Zeit der Hexenbrennerei ist doch nun wahrlich vorbei. Jedenfalls bei uns in Lympurg. Euch ist bewusst, sowohl der Kurfürst als auch der Oberamtmann würden jede Anschuldigung in dieser Richtung sofort unterbinden. Ganz im Gegensatz zum siebzigjährigen Nassauer Grafen in Idstein. Der Hexenbrenner ergötzt sich noch immer am Hexenwahn und ließ jüngst den Metzger und Gerichtsmann Philipp Pflüger hinrichten. Und wisst Ihr, was der im Anblick des Todes von sich gab?" Scheurer lachte vielsagend. „Allen, allen viel tausend Gutenacht. Der Mann hatte Humor."

„Gewiss, das Thema ist unangenehm und nur mit äußerstem Bedacht zu behandeln. Deretwegen wende ich mich ja auch an Euch. Habt Ihr gehört, was heute mit dem Opper geschehen ist? Seit Jahren reitet er mit seinem altersschwachen Gaul durch die Stadt, seit Jahren macht der Zosse treu und brav seinen Dienst. Und heute bockt das Tier, wirft den Opper ab und rennt wie von der Tarantel gestochen quer über den Marktplatz. Dabei hat er noch eine Bäuerin mit seinen ausschlagenden Hufen erwischt. Warum hat sich der Gaul so wild benommen? Warum ausgerechnet heute? Er war doch sonst so gutmütig und geduldig. Die Leute haben gemeint; der Teufel persönlich habe ihn geritten."

Scheurer lachte lauthals und schüttelte abweisend seine Hand.

„Ihr wollt doch wohl nicht ernsthaft behaupten, der Opper habe das Tier verhext? Kommt, lasst uns noch einen trinken. Vergesst den Opper, der liegt sowieso bewusstlos im Hospital."

„Ich war noch nicht fertig, Scheurer. Der Säufer hat mit seinem Alkoholkonsum nicht nur die Körperkraft, sondern auch seinen Verstand verloren. Als ich heute den Saustall in der Amtsstube aufgeräumt habe, den mir Opper hinterlassen hat, bin ich auf ein verdächtiges Buch gestoßen." Schupp schaute sich um, dass ja niemand lausche oder zusehe. Dann griff er in seine Ledertasche und holte das *Opus diaboli* hervor. Er schlug die erste Seite auf und wies auf einen Drudenfuß, ein satanisches Pentagramm mit zwei Spitzen nach oben zeigend wie die Hörner einer Ziege.

„Das Buch lag direkt unter dem Hexenhammer auf meinem Tisch. Nur Opper kann es dort deponiert haben. Seht die Initialen J und O im Teufelssymbol: Johann Opper. Warum liegt das Teufelswerk in der Amtsstube des Schultheißen? Wollte er sich auf einen Hexenprozess vorbereiten? Mir liegt kein Hexenverdacht vor. Oder beabsichtigte er gar, die teuflischen Praktiken, wie sie im Buch beschrieben werden, selbst anzuwenden? Gebt zu, da kommen die unmöglichsten Gedanken auf."

„Sehr seltsam. Ihr meint, der Zausel führt etwas Schändliches im Schilde?"

„Fürwahr! Und noch etwas muss ich hinzufügen. Als die Knechte den Sattel in Oppers Stall gebracht haben, entdeckten sie an seiner Haustür eine angenagelte Alraune. Darunter war wieder der Drudenfuß aufgemalt. Ihr wisst doch, die Alraunwurz signalisiert, dass man einen Bund mit dem Teufel geschlossen hat. Drudenfuß, Alraune und dann noch das Teufelsbuch, ist das alles Zufall? Hat sich der Opper im Suff oder in vollem Bewusstsein mit dem Teufel eingelassen? War er in Geldnöten? Hat er seine Seele gegen Gold getauscht? Man sagt, die Tiere haben ein besonderes Gespür für bevorstehendes Unglück. Mit ihrer feinen Nase wittern sie den Schwefelgestank Luzifers. Hat Oppers Gaul den Satan gerochen? War er deshalb so wild? Oder hat ihn gar der Beelzebub verhext? Ihr müsst doch zugeben, dass diese Anzeichen zu denken geben."

„Eure Vermutungen sind mir zu vage, geschweige denn hinreichend für einen Prozess. Allein daraus könnt Ihr dem Opper keinen Strick drehen."

„Warum hatte Opper anno 1676 eine unschuldige, junge Mutter der Hexerei beschuldigt und sie peinlich befragen lassen? Er wusste doch, dass Frauen in gebärfähigem Alter von der Folter verschont werden. Die bedauernswerte Frau starb während der schrecklichen Tortur. Daraufhin wurde er des Amtes enthoben. War Opper nicht recht bei Sinnen? Oder hatte ihn schon damals der Teufel geritten? Er ist und bleibt ein verdammter Hexenbrenner."

„Ehrlich gesagt, der Casus ist mir zu heiß. Ich rate Euch, den Scharfrichter Johann David Busch zu konsultieren. Man sagt, der erkenne sofort einen Menschen, wenn er sich mit dem Teufel verbündet hat."

„Gut, ich werde ihn um Rat bitten. Aber bedenkt, ich habe Euch meinen begründeten Verdacht geschildert. Ihr könnt ihn nicht einfach ignorieren. Waltet Eures Amtes und findet mehr über Opper heraus. Befragt die Leute. Ich verlasse mich auf Euch."

Noch am gleichen Abend ließ Schupp den Scharfrichter Busch rufen und weihte ihn in seinen fürchterlichen Verdacht ein.

„Opper sagt Ihr? Da war etwas. Ich erinnere mich vage, den Namen in den Protokollen meines Großvaters gelesen zu haben. Gebt mir noch etwas Zeit. Ich muss die Niederschriften bei mir zu Hause in Neuhof sichten."

20

Nach dem Besuch in Coblentz hatte sich Felix zu seinem Nachteil verändert. Sein fröhliches Gemüt hatte sich in eine schwermütige Verbitterung gewandelt. Seine Freunde wunderten sich über die üble Laune, den gestiegenen Bier-und Tobakkonsum und so manche unbeherrschte, feindselige Reaktion. Die drängenden Fragen von Peter, was denn um Himmels willen in Coblentz geschehen sei, ob er seinen Vater gefunden habe, beantwortete Felix mit sturem Schweigen. Auch seine erregte, ausführliche Schilderung des furiosen Ritts über den Marktplatz quittierte er nur mit der Frage, ob der Schultheiß gesundheitlichen Schaden genommen habe.

„Opper liegt noch immer besinnungslos im Hospital. Der ist hart mit seinem Dickschädel aufgeschlagen. Die vom Pferd getretene Bäuerin ist gottlob wieder einigermaßen wohlauf", beschied ihm Peter.

Im Sudhaus arbeitete Felix nun mit seinem Meister zusammen, der ihn kritisch beobachtete, ob er für die Gesellenprüfung gerüstet sei. Einige Tage später war es dann soweit. Der Meister führte ihn in bester Sonntagstracht zum ‚Goldenen Adler' in der Salzgasse. In einem Hinterzimmer hatte die Bäckerzunft eine geräumige Stube für die Zunftversammlungen gemietet. Der allseits geachtete Zunftmeister Hensler verkündete mit sonorer Stimme vor der aufgeschlossenen Zunftlade, dass heute die Examination eines künftigen Braugesellen anstehe. Felix musste sich vor den offenen Schrein stellen und auf die Fragen der Prüfungskommission antworten.

„Felix Diezinger, als Braugeselle solltet Ihr das Brauwappen der Brauer kennen. Wie sieht es aus?"

„Mit Gunst, Meister. Das ist der Braustern, zwei ineinandergeschobene Dreiecke. Sie symbolisieren die beim Brauen beteiligten Elemente Feuer, Wasser und Luft sowie die Zutaten Wasser, Malz und Hopfen."

„Nennt uns den Schutzpatron der Brauer."

„Mit Gunst, Meister. Das ist der Heilige Petrus von Mailand. Das Patronatsfest wird am 29. April mit der Heiligen Messe in der Sebastianskirche gefeiert."

„Die Qualität des Biers wird vom Stadtrat regelmäßig geprüft. Könnt Ihr uns das Prozedere beschreiben?"

„Mit Gunst, Meister. Drei Bierkieser schütten den Gerstensaft auf eine blank gescheuerte Holzbank. Dann setzen sie sich mit ihren Lederbuxen darauf und stehen erst nach drei Stunden wieder auf. Wenn die Bank am Arschleder kleben bleibt, so ist das Bier gehaltvoll und richtig."

Es folgten noch viele Fragen zum Brauprozess, die Felix geduldig und erstaunlich unaufgeregt zur allgemeinen Befriedigung beantworten konnte. Dann sprach der Altmeister endlich die entscheidenden Worte:

„Felix Diezinger, wir bescheinigen Euch, dass Ihr beim Braumeister Molitor drei Jahre lang in der Lehre gestanden und Euch nicht nur gut geführt, sondern auch mit großer Geschicklichkeit angestellt habt. Euer Lebenswandel und Euer Verhalten gegenüber dem Meister gaben keinen Grund zum Tadel. Unsere Examinatio hat keinerlei Anlass zur Beanstandung ergeben. Wir testieren, dass Ihr zu einem brauchbaren, ehrbaren Menschen und zünftigen Braugesellen taugt. Somit sprechen wir Euch mit heutiger Wirkung los."

Der Altgeselle las ihm die Zunftregeln vor und gab ihm danach eine schallende Ohrfeige, den Gesellenschlag. Wie auf Kommando schnappten die Gesellen den verdutzten Neugesellen und setzten ihn auf einen derben Holzschemel mitten im Raum. Er solle erst einmal ‚den alten Hasen' Bier bis zum Abwinken bestellen. Sie nannten das ‚hänseln', sich wie bei der Hanse in die Gemeinschaft einkaufen. Dann reichten sie ihm einen Krug, den solle er in einem Zug austrinken, um Mut und Unerschrockenheit zu demonstrieren, wie es sich für einen zünftigen Gesellen ziemt. Felix ekelte sich. Das Gebräu enthielt nicht nur Bier, sondern roch verdächtig nach Korn und reichlich scharfen Gewürzen. Zudem schwamm eine Kröte in dem Gesöff. Er erinnerte sich: Peter hatte ihm eindringlich geraten, diese zünftige Tortur auf keinen Fall abzulehnen, sonst würde man ihn als Hasenfuß demütigen. Mutig schloss er die Augen und trank ...

Gegen Mittag des folgenden Tages wachte er mit hämmernden Kopfschmerzen auf seiner Bettstatt auf. Meister Molitor schaute kurz in die Kammer und lachte schadenfroh:

„Recht so. Schlaf erst einmal den Kater aus. Die Gesellenprüfung ist halt kein Zuckerschlecken. Da muss jeder durch. Übrigens habe ich ein Geschenk für dich."

Felix erhob sich schlaftrunken. Ein Geschenk? Für ihn allein? Bisher hatte er noch nie ein persönliches Geschenk erhalten.

„Eine Taschenuhr. Damit du immer die rechte Zeit kennst. Nimm sie als meine Belohnung für die erfolgreiche Gesellenprüfung. Ich habe deinen Namen eingravieren lassen."

Felix betrachtete das fein ziselierte, kostbare Gehäuse mit ehrlicher Freude. Er werde die Uhr mit Stolz tragen, bedankte er sich.

„Woher weiß ich, dass sie die rechte Zeit anzeigt?"

„Es gibt nur eine Uhr in Lympurg, die immer richtig geht: die Sonnenuhr am Brückenturm."

21

Im Franziskanerkonvent hatte Guardian Johannes einen härteren Ton angeschlagen. Dass sich seine Brüder erdreistet hatten, hinter seinem Rücken Klosterbier zu barer Münze zu machen, erzürnte ihn. Der Bursarius hatte zwar bestätigt, die Gelder der Konventkasse zugeführt zu haben, dennoch, das Vorgehen widersprach den Observanzen und untergrub seine Autorität. Seither ahndete er jede kleinste Verfehlung mit harten Strafen, meist mit dem Verbot, die Mahlzeiten am gemeinsamen Tisch einzunehmen, sowie mit einer Reduzierung der Kost oder gar der Wein- und Bierration. Zudem setzte er regelmäßige Prüfungen des Inventariums an. Die Brüder waren sichtlich wütend ob der zusätzlichen, reinen Verwaltungsaufgaben, welche zulasten der ohnehin schon knapp bemessenen Freizeit gingen. Jeder beäugte den Nächsten, dass ja nicht wieder Anlass zu einem neuen Ärgernis gegeben werde. So mancher zog tagsüber die Kapuze übers Haupt, um zu signalisieren, er wolle nicht angesprochen werden. Bald verstummten die brüderlichen Gespräche wie in einem Schweigekloster. Das Klosterleben litt darunter. So war es nicht verwunderlich, dass sich heimlich Grüppchen bildeten, die streng vertraulich miteinander umgingen. Der Guardian registrierte diese Männerfreundschaften mit höchstem Argwohn.

Als eines Tages der Sendschöffe Scheurer im Kloster erschien, um mit dem Vorsteher das turnusmäßige Gespräch über die Einhaltung des christlichen Lebenswandels zu führen, fand er einen misslaunigen Guardian vor.

„Gelobt sei Jesus Christus, Bruder Johannes. Ihr blickt sorgenvoll. Was bedrückt Euch?“

„In Ewigkeit amen. Sicher nichts, was ich Euch zu berichten hätte. Meine tiefe Besorgnis hat einen anderen Grund. Das Leben im Kloster hat sich seit meinem Antritt als Vorsteher verändert. Es mangelt vor allem den jüngeren Brüdern an klösterlicher Disziplin, an uneingeschränktem Gehorsam und manchmal sogar an der nötigen devoten Frömmigkeit. Sie nehmen das sorgenfreie Leben gern an, sind jedoch nicht bereit, sich den strengen Klosterregeln zu unterwerfen und Demut zu üben. Vielleicht bin ich zu konservativ, fordere zu viel, indem ich die totale Aufgabe ihrer persönlichen Bedürfnisse einfordere."

„Es ist die Pflicht als Guardian, Eure Brüder zu einem christlichen Lebenswandel nach den Ordensregeln anzuhalten, streng nach der Lebensformel des Heiligen Franz von Assisi: ‚Unseres Herrn Jesu Christi heiliges Evangelium zu beachten durch ein Leben in Gehorsam, Armut und Ehelosigkeit um des Himmelreiches willen'. Darin dürft Ihr nicht nachlassen, auch wenn es schwerfällt. Verstöße sind hart zu ahnden. Wenn Ihr meine Hilfe benötigt, stehe ich Euch gern zur Seite."

„Danke für Euer Verständnis. Aber die internen Angelegenheiten des Klosters habe ausschließlich ich allein zu regeln. Euer Amt ist schon schwer genug und zudem noch angefeindet. Führt Euch ein besonderer Grund zu mir?"

„Erinnert Ihr Euch an den alten Schultheiß Opper? Sicher habt Ihr vernommen, was auf dem Marktplatz vorgefallen ist."

„Gewiss. Geht es ihm inzwischen etwas besser?"

„Nein, er ist noch nicht bei Bewusstsein. Kennt Ihr ihn näher? Könnt Ihr mir etwas über seinen Lebenswandel berichten?"

„Wenig. Früher, als seine Frau noch lebte, sah ich das Paar regelmäßig in der Heiligen Messe. Doch nach dem Tod seiner Frau hat sich Opper nur noch selten bei uns sehen lassen, geschweige denn zur Beichte. Gibt es Anlass zur Klage?"

„Klage? Nicht direkt. Aber ich sehe mich gezwungen, einem dubiosen Umstand nachzugehen."

Scheurer holte aus einem Leinenbeutel ein Buch hervor und reichte es dem Klostervorsteher.

„Seht Euch dieses Buch an. Man hat es beim Opper in der Amtsstube gefunden, als er den kranken Schupp vertreten hat."

„Das *Opus diaboli* mit der *Magia daemonica!* Wir haben es schon vermisst. Bruder Sartorius hat bei einer Inventur der Buchbestände festgestellt, dass es in unserer Bibliothek fehlt."

„Wollt Ihr mir etwa weismachen, dass ein solches Teufelswerk in Eurer Bibliothek verwahrt wird?"

„Gewiss, in der verbotenen, unter Verschluss gehaltenen Abteilung. Normalerweise habe nur ich Zugang zu den Schriften. Meine Aufgabe als Guardian erfordert es manchmal ..."

„Bruder Johannes, Ihr braucht Euch nicht zu rechtfertigen. Aber wie soll der alte Opper an das Werk gekommen sein? Könnt Ihr es denn eindeutig als Klostereigentum identifizieren?"

„Seht, auf dem Buchrücken ist unsere interne Registriernummer geschwärzt worden. Das Pentagramm auf der ersten Seite kenne ich nicht. Es muss nachträglich hinzugefügt worden sein. Das ‚Schwarze Buch' stammt aus der Zeit des *Malleus Maleficum*, dem Hexenhammer. Heutzutage ist es nicht mehr zugänglich, jedenfalls nicht in Lympurg."

„Könnte Opper an die Klosterausgabe gekommen sein?"

„Opper kam regelmäßig zum Bruder Ansgar und ließ sich ob seines Zipperleins behandeln. Normalerweise nutzte er den Besuch, um sich in der Bibliothek umzusehen. Wir sollten den Armarius befragen."

Der gerufene Bruder Sartorius bestätigte, dass sich Opper gern in der Bibliothek aufgehalten und darum gebeten habe, spezielle Bücher anschauen zu dürfen. Kirchenbücher interessierten ihn nicht. Er verlangte vielmehr Werke über Hexereien, Schwarze Magie und Teufelswerk. Als Schultheiß müsse er sich von Amts wegen mit der Ketzerei auseinandersetzen, habe Opper betont. Sartorius habe sich breitschlagen lassen und ihm Zutritt zur verbotenen Abteilung gewährt. Er habe darin keinen Verstoß gesehen, zumal der ehrwürdige Schultheiß mit solchen Themen zu tun habe.

„Bruder Sartorius, du hast deine Befugnisse überschritten. Frage mich vorher um Erlaubnis. Hast du sonst noch jemandem den Zutritt zur verbotenen Bibliothek erlaubt?“

Satorius verneinte und wurde barsch weggeschickt mit der nachdrücklichen Aufforderung, alle ketzerischen Bücher an das Regal anzuketten.

„Jetzt seht Ihr, was ich mit fehlender Disziplin und fehlendem Gehorsam meine. Ihr glaubt, der Opper habe sich das Buch angeeignet? Zu welchem Behuf? Welch schändlicher Frevel!“

22

Jacob, der Sohn des Zimmermanns Emmerich, überraschte seine Freunde eines Tages mit der Nachricht, er habe sich mit der Tochter Elsbeth des Eisenkaufmanns Bertram Haag verlobt.

„Und wirst du die blauäugige Metze Marlene zu deiner Hochzeit einladen, Emma?“, fragte Peter frotzelnd.

„Ich weiß nicht so recht. Aber unter uns gesagt, die geht mir nicht mehr aus dem Kopf. Schließlich ist sie die erste und einzige Frau, mit der ich das Schlaflager geteilt habe. Aber ein anderes Problem bereitet mir Kopfschmerzen. Mein künftiger Schwäher, der Haag, hat keine Söhne. Er will, dass ich in sein Geschäft einsteige und es einmal übernehme. Ich habe keine Ahnung von Eisenwaren. Ich bin doch Zimmermann. Wenn ich seinem Anliegen nachgebe, gibt es Ärger mit meinem Vater.“

„Schwierige Entscheidung“, meinte Felix. „Welches Geschäft wirft denn mehr ab?“

„Mein Schwäher ist der festen Überzeugung, dass der Eisenhandel zunehmen werde. Er könne schon jetzt kaum den Bedarf decken. Andererseits häufen sich auch die Anfragen nach Dachstühlen.“

„Also wenn du mich fragst“, sagte Peter, „dann würde ich mich erst einmal schlaumachen. Schau dir den Betrieb deines künftigen Schwähers an und entscheide später. Vielleicht findest du doch Geschmack am Eisenhandel.“

„Genau das hat der Haag auch gesagt. Morgen soll ich ihn nach Montabaur begleiten, wo er Ware einkaufen will.“

An nächsten Morgen, es war ein trüber, nebliger Augusttag, fuhr Jacob in Begleitung seines zukünftigen Schwähers und dreier Knechte mit zwei Fuhrwerken nach Montabaur. Schon von Weitem sahen sie im Wald vor der Stadt schwarzen Rauch aufsteigen, der sich in grauen Schwaden über den Dächern von Montabaur auflöste. Unterwegs hatte Haag viel über die neu entstandene Hüttenindustrie in Montabaur erzählt:

Der Sturm des Dreißigjährigen Krieges hatte die einst blühende Eisenindustrie im Westerwald vollends zum Erliegen gebracht. Der verstorbene Trierer Kurfürst Philipp Christoph von Sötern suchte den Erzbergbau wieder aufzubauen und verpflichtete fremde Hüttenmänner aus dem Ausland. So kam auch die Familie Marioth aus Lüttich nach Montabaur. Marioth brachte gelernte Hüttenleute mit, und so entstand eine kleine, wallonische Kolonie in jener Gegend. Einer der geschäftstüchtigen Söhne Marioths, Johann Franz von Marioth, betrieb bald einen Hochofen bei Montabaur, ein Bergwerk bei Dernbach und zwei Eisenhämmer in Weinähr. Zusätzlich erwarb er die Silberschürfrechte vom Prämonstratenserorden des Klosters Arnstein in Obernhof. Haag gab noch eine legendäre Geschichte zum Besten, die man sich über die Mutter vom Marioth erzählte:

„Frau von Marioth war ob ihrer Güte und Hilfsbereitschaft bekannt und beliebt. Eines Nachts wurde sie von einem Zwerglein geweckt. Er brauche ihre Hilfe, denn eine Frau fürstlichen Ranges liege in Kindsnöten. Frau Marioth zögerte nicht lange und folgte dem Kobold in ein herrschaftliches Schloss, wo die Fürstin mit ihrer Hilfe einen Sohn zur Welt brachte. Als Dank, beschied ihr die junge Mutter, solle sie am nächsten Johannisabend bei Sonnenuntergang am Fuße des Silberbergs von Weinähr einen Weg hinaufsteigen. Dort würde sie einen Raben erblicken, der mit zwei Habichten um eine tote Taube streitet. Dieser Ort berge ihr eigentliches Geschenk. Als sie die Geschehnisse der Nacht ihrem Mann erzählte, lachte dieser nur verächtlich. Doch Frau von Marioth bestand darauf, die Stelle in Weinähr zu suchen. Tatsächlich fanden sie den Ort, wie er von der Fürstin beschrieben war. Sie ließen dort graben und stießen auf reiche Silberadern. Seitdem ist ihr Sohn wie besessen hinter dem Silber von Weinähr her."

Bald erreichten sie das überraschend große Gelände der Eisenhütte. Ein beißender Gestank nach Schwefel lag in der Luft. Jacob sah zum ersten Mal den Schmelzprozess und ließ sich lernwillig von seinem Schwäher belehren.

Zu jener Zeit wurde das Eisenerz in Rennöfen verhüttet. Etwa zwanzig Zentner Roheisen wurden täglich unter Einsatz der dreifachen Menge an Holzkohle gewonnen, welche die Köhler im Westerwald lieferten. Im Schmelzofen wurde das Gemenge aus Eisenerz und Holzkohle zum Glühen gebracht. Gewaltige, von Wasserkraft angetriebene Blasebälge drückten zusätzlich Wind in den dreißig Fuß hohen Ofenschaft, um die Hitze hochzuhalten. Zehn Öfner fuhren den Rennofen an, beschickten ihn und holten schließlich teigige Eisenstücke, Luppen genannt, aus der Glut heraus. Eine schweißtreibende, kräftezehrende und recht schmutzige Arbeit, die es erforderte, die trockenen Kehlen mit reichlich Dünnbier zu schmieren.

Johann Franz von Marioth begrüßte seinen wichtigsten Kunden sehr herzlich und überaus zuvorkommend. Haag stellte Jacob als seinen künftigen Eidam vor, der in sein Geschäft einsteigen wolle. Jacob schmunzelte nur und hielt sich mit jedem Kommentar zurück. Bei einem kräftigen Mittagsmahl und reichlich Wein von den Steilhängen in Obernhof und Weinähr verständigten sich die Geschäftsleute, künftig eine engere Partnerschaft einzugehen. Jacob durchschaute schnell die Absicht von Haag: Er wollte auch in das Silbergeschäft einsteigen, mit dem der angeschickerte Marioth überschwänglich prahlte. Inzwischen waren die Roheisenstücke auf die Wagen geladen.

„Jacob, was wir heute aufgeladen haben, reicht gerade für einen Monat. In der Hammerschmiede Hadamar lasse ich die Schlacke aus den Luppen treiben, bis das rohe Eisen bearbeitet werden kann. Danach gehen die Schmiedestücke in den Handel. Glaub mir, allein damit verdiene ich mehr, als ein Zimmermann in einem Jahr erwirtschaften kann. Denk nur, wie viel Eisen allein für Waffen und Gerätschaften benötigt wird. Und wenn wir später auch noch den Silberhandel aufnehmen, haben wir für immer ausgesorgt."

Gemütlich plaudernd saßen sie auf dem Kutschbock, schmauchten Tobakspfeifen und genehmigten sich hin und wieder einen Schluck Branntwein. Die Zugpferde mussten sich auf dem Rückweg ob der schweren Last heftig ins Zeug legen. Immer wieder waren sie gezwungen, Erholungspausen einzulegen.

„Der Marioth wäre auch bereit, mir das Eisen mit Ochsengespannen nach Lympurg zu liefern. Vielleicht sollte ich lieber sein Angebot annehmen", überlegte Haag. Zufrieden registrierte Jacob, dass ihn sein künftiger Schwäher nicht drängte, sich zu erklären. Langsam entwickelte sich zwischen beiden eine familiäre Vertrautheit, wie sie sonst nur zwischen Vater und Sohn möglich ist. Jacob freute sich, einen erfolgreichen und zudem sympathischen Schwäher gefunden zu haben. Die Aussicht auf ein lukratives Geschäft reizte ihn. Insgeheim hatte er sich schon entschieden. Ja, er werde sein Handwerk wechseln, allein schon wegen des zu erwartenden Reichtums, frohlockte er stumm.

Kurz vor dem Kirchspiel Nentershausen wurde ihr Gespräch jäh unterbrochen. Sie passierten gerade ein dichtes Waldstück, als plötzlich eine Bande von Vagabunden den Weg versperrte. Mit vorgehaltener Pistole verlangte der furchteinflößende Anführer in einer zerschlissenen, blauen Uniform – mit französischem Akzent in der Stimme – die Herausgabe allen Geldes, das sie bei sich führten. Angst und Schrecken machten sich bei Jacob breit. Doch Haag gab sich unerschrocken, lachte laut und warf dem Räuberhauptmann seinen ledernen Geldbeutel zu:

„Ei, da habt ihr aber Pech, ihr Leut. Mein Geld habe ich für das Eisen berappt. In meiner Geldkatze sind vielleicht noch ein paar Kreuzer drin. Oder wollt ihr mein Eisen haben? Das müsst ihr aber erst hämmern lassen, bevor ihr es zu Geld machen könnt."

Der verwegene Anführer schwang sich auf den Kutschbock, riss dem Haag die Tobakspfeife aus dem Mund und einen Goldring vom Finger. Dann zeigte er stumm auf den Degen. Haag schnallte ihn selenruhig ab. Gerade wollte sich der Räuberhauptmann vom Wagen schwingen, da bedeutete er dem verängstigten Jacob, er solle seine Stiefel ausziehen. Entsetzt sah Jacob seinen Schwäher an, doch der nickte nur achselzuckend, als er die Flinten sah, die auf ihn gerichtet waren.

„Merde! Durchsucht die anderen, vite, vite“, rief der Bandenführer seinen Männern zu und stopfte dabei die Beute in die Satteltasche seines Pferdes.

Doch bei den Knechten gab es nichts zu holen. Der vollbärtige Räuberhautmann gab derb fluchend Befehl zum Verschwinden.

„In den Wäldern hausen noch immer entlassene Landser“, sagte Haag. „Der Franzosenkönig hat seine Söldner beim Rückzug einfach aus dem Heer geworfen und sich selbst überlassen. Sie rotten sich unter einem furchtlosen Anführer zusammen und nehmen sich mit Waffengewalt alles, was versilbert werden kann. Viele Landstreicher schließen sich ihnen an. Auf den Handelsstraßen und Pilgerwegen gibt es reichlich Beute. Dabei schrecken sie auch vor Mord nicht zurück, wenn sich jemand weigern oder gar wehren sollte. Die sind so gerissen, dass sie das geraubte Geld mit den Bauern und den Gastwirten teilen. Die Diebeswirte verkaufen die Hehlerware mit riesigem Reibach. So findet das Gesindel immer wieder Unterschlupf und bekommt sogar nützliche Hinweise auf reiche Reisende. Als vor einiger Zeit ein geschnappter Wegelagerer in Elz hingerichtet wurde, hatte dieser in der Folter ausgesagt, seine Bande werde von einem Adligen angeführt. Sogar die vornehmen Herrschaften lassen sich auf das einträgliche, schmutzige Geschäft ein. Unglaublich. Unsere ehrliche Arbeit wird mit Füßen getreten.“

23

Schultheiß Schupp hatte derweil um einen Termin beim Oberamtmann Wilhelm Lothar von Hohenfeld nachgesucht. Gemeinsam mit dem Scharfrichter Johann David Busch und dem Sendschöffen Johann Theodor Scheurer wurden sie in das Vorzimmer der Amtsstube im Schloss geführt und angewiesen, auf den samtbeschlagenen Stühlen ohne Lehnen Platz zu nehmen. Lehnstühle waren den herrschaftlichen Herren oder als Sorgenstühle den Alten vorbehalten. Sie mochten sich noch gedulden, der ehrwürdige Oberamtmann sei noch beschäftigt, beschied ihnen ein altersschwacher Diener in einer roten, abgetragenen Livree. Das Antichambre machte wahrlich keinen standesgemäßen Eindruck, dennoch fanden sich noch Spuren einer ehemaligen fürstlichen Ausstattung. Dicke, blaue Damastvorhänge verdunkelten den Raum und ließen nur spärlich diffuse Lichtstrahlen durch die bleiverglasten Scheiben herein. In der Ecke tickte eine prunkvoll verzierte, englische Standpendüle. Die Dielen aus Eichenbrettern knarrten. An den Wänden hingen verblasste Seidentapeten und zeugten von einem längst vergangenen Pomp. Die Stuckdecke mit den angeklebten Engeln verlangte nach einem neuen Kalkanstrich. Ohne Zweifel, der Raum bedurfte einer Renovierung. Kein Wunder, dass der Oberamtmann das Lympurger Schloss ungern als Amtssitz nutzte und ein neues Amtsgebäude in der oberen Böhmergasse in Auftrag gegeben hatte.

Die Freiherrn von Hohenfeld entstammten einer einflussreichen Adelsfamilie aus Oberösterreich. Sie hatten die Heimat aus religiösen Gründen verlassen. Der Vater des Oberamtmanns hatte einst die katholische Cambergerin Anna Ursula von Metternich geehelicht. Sie bescherte ihm sechzehn Kinder, unter anderem den Wilhelm Lothar. Zu jener Zeit gehörte das Amt

Camberg zum gemeinsamen Besitz des Kurfürsten von Trier und der Nassau-Dietzer Grafen. Gemeinsam ernannten sie den ehrgeizigen Wilhelm Lothar zum Oberamtmann von Lympurg und Camberg. Er war mit Magdalena von Kesselstein verheiratet. Als diese starb, ehelichte er die Margarethe Freiin zu Bicken. Nun lebte der inzwischen Fünfzigjährige mit seiner zweiten Frau und den neunzehn Kindern vornehmlich in Camberg. Das Lympurger Domizil im Schloss schien der Freiin nicht standesgemäß. Sie ließ sich kaum in Lympurg blicken und verabscheute den heruntergekommen Dienstsitz ihres Gemahls. Als sei er mit seinen Ämtern nicht vollends ausgelastet, wurde Hohenfeld zudem zum Geheimen Rat und zum Reichspfennigmeister des Heiligen Römischen Reichs Deutscher Nation bestellt. Im Auftrag des Kaisers Leopold zog er die ‚Kammerzieler' genannte Steuer ein, die der Finanzierung des Reichskammergerichtes diente, sowie die ‚Römermonate', um die Reichsarmee zu unterhalten. Hohenfeld zählte zudem zu den eifrigsten Förderern des Franziskanerkonvents. So vermachte er dem Kloster schon zu Lebzeiten ein Legat von einhundert Gulden und bei seinem Tod weitere einhundert Reichstaler.

Die imposante Ämterhäufung und Machtfülle verlangten devoten Respekt, unbedingten Gehorsam und kriecherische Unterwürfigkeit. Schultheiß Schupp war sich bewusst, dass er den hochlöblichen Oberamtmann nicht mit Lappalien belästigen durfte. Das konnte seinen Kopf kosten. Wahrscheinlich hatte Hohenfeld dem Treffen nur zugestimmt, weil der von ihm geachtete Scharfrichter Busch um eine Unterredung nachgesucht hatte. Busch war auch Scharfrichter in Camberg.

„Meine Herren, wenn Sie mit einer solch geballten Abordnung erscheinen, scheint Euer Anliegen eine wichtige Causa zu haben. Also, was gibt es vorzubringen?", bat der Oberamtmann die Besucher in sein Audienzzimmer und setzte sich auf den hohen Lehnstuhl hinter seinem wuchtigen Amtstisch. Die Gäste nahmen in demutsvoller Ehrfurcht und mit klopfendem Herzen davor Aufstellung.

„Ehrwürdiger Oberamtmann“, begann Schupp. „Mit Verlaub, es geht um seltsame Vorfälle um den ehemaligen Schultheiß Opper.“

„Opper? Den wir einmal aus dem Amt gejagt haben? Der halsstarrige Mann war hinter den Hexen her wie der Teufel nach den Seelen, obgleich er wusste, dass unser ehrenwerter Kurfürst den unsäglichen Hexenwahn reklamiert und kein Hexenurteil unterzeichnen will.“

„Und genau dieser Wahn holt Opper jetzt ein“, ergriff Scharfrichter Busch das Wort. „Es häufen sich die Anzeichen, dass Opper selbst mit dem Teufel paktieren könnte.“

„Ihr sprecht im Konjunktiv. Legt handfeste Indizien vor! Lasst hören.“

„Erlaubt mir gnädigst einen Tatbestand vorzutragen, den mein verstorbener Großvater zu Protokoll gebracht hat, ehrwürdiger Oberamtmann“, fuhr der Scharfrichter fort. „Oppers Großmutter Anna wurde anno 1629 in Mensfelden der Hexerei überführt. Mein Großvater, damals ebenfalls kurfürstlicher Scharfrichter, hat ihre Verbrennung ausführlich dokumentiert, weil sie hart am Dorf links am Weg nach Heringen stattfand. Der Nassau-Dietzer Schultheiß von Flacht hatte sich beschwert, man habe dabei den Bannzaun überschritten. Sein Einspruch blieb jedoch ohne Folgen. Ihr wisst selbst, dass jede Hexenfamilie verdächtigt wird, auch weiterhin mit dem Teufel im Bunde zu stehen.“

„Allein den Unglimpf seiner Familie können wir dem Opper nicht anlasten. Gebt uns eindeutige Testimonii seines schändlichen Tuns“, forderte der Oberamtmann schon etwas ungehalten.

Nun schilderte der Schultheiß die schrecklichen Vorfälle auf dem Kornmarkt. Das Pferd müsse der Teufel geritten haben, es sei zuvor nie auffällig gewesen. Die Alraune an Oppers Haustür sei ein eindeutiges Zeichen des Satans und zudem habe er in der Amtstube ein verdächtiges Buch des Teufels hinterlassen. Es sei ihm zweifelsfrei zuzuordnen. Dann reichte Schupp dem Ehrwürdigen das *Opus diaboli.* Wilhelm Lothar von Hohenfeld blätterte darin, las einige Kapitel mit versteinerter Miene, zog seine über der Nasenwurzel zusammengewachsenen, buschigen Augenbrauen hoch und schüttelte ungläubig das Haupt, als traue er seinen Augen nicht.

„O scelera! Ein fatal ketzerisches Werk! Was zum Teufel hat der Hexenbrenner vor? Warum war das Teufelswerk ausgerechnet unter dem *Malleus Maleficum* platziert? Will er uns etwa wieder eine Ketzerin präsentieren?“, entrüstete sich der Oberamtmann. „Scheurer, was habt Ihr als Sendschöffe zu deklarieren?“

„Euer Wohlgeboren, nach meinen Erkenntnissen führt Opper einen liederlichen Lebenswandel. Er gibt sich dem Suff hin und vergnügt sich lieber mit den Huren, anstatt die Heilige Messe zu besuchen und das Sakrament der Beichte zu bekennen. Seine Schulden sind derart angewachsen, dass er seine Güter am Rhein, in Villmar und Mensfelden verpfänden musste. Er ist in so großen Geldnöten, dass ihn nur noch der Teufel retten kann, was man ob der Alraune an seiner Haustür durchaus vermuten darf. Bei Gott, er macht seinem Amt Schande.“

„Und wie will der Opper an das Satanswerk gekommen sein?“

„Euer Gnaden, nach meinen Untersuchungen hat Opper das Buch aus der Klosterbibliothek entwendet. Nach Aussage des Guardians wird es dort seit Monaten vermisst.“

„Horribilis! Fürwahr ungeheuerlich! Nun, wir konzedieren in der Tat ausreichende Cause, ihn vor Gericht zu stellen. Ubi pus, ibi evacua, Eiter muss entfernt werden. Ihr sagt, er liegt noch im Hospital? Sobald er genesen ist, sprechen wir uns wieder.“

24

In den folgenden Wochen stürzte sich Felix wie besessen in die Arbeit, als wollte er sich von seiner Freveltat ablenken. Der Meister hatte ihm den jungen Gehilfen Stefan zur Seite gestellt, der nun die üblen Launen des Junggesellen mit voller Wucht zu spüren bekam. Der bedauernswerte Lehrling war noch grün hinter den Ohren und wagte nicht, sich gegen die unbeherrschte Art des Gesellen zu wehren. Meister Molitor rügte zwar Felix ob seines rüden Verhaltens und seines hohen Bierkonsums, war jedoch mit seiner Arbeit zufrieden. Den einträglichen Bierumsatz hatte er allein dem tüchtigen Gesellen zu verdanken.

Felix schleppte Schuldgefühle, ja sogar Angst mit sich herum, die sich nicht so einfach abschütteln ließen. Hatte er sich vor Gott versündigt? Seine zermürbenden Gewissensbisse suchte er im Rausch zu verdrängen. Sie lagen ihm wie eine bleierne Kanonenkugel im Magen. Den verfluchten Schinderstoffel hatte er zum Krüppel gemacht, seinen ungeliebten Vater heimtückisch ins Jenseits befördert, dessen Haus schamlos abgefackelt und es dem verhassten Opper hinterlistig heimgezahlt. Ob eine Beichte sein Gewissen erleichtern würde, wie es die Patres predigten? Er versäumte niemals die sonntäglichen Gottesdienste, allerdings mehr von seinen christlichen Pflichten getrieben als aus Frömmigkeit. In seiner stummen Zwiesprache mit Gott redete er sich trotzig ein, er habe nichts zu bereuen, nichts zu beichten. Er selbst habe niemanden getötet, nur Fallen gestellt. Das Schlimmste hätte noch vermieden werden können. Allein der Allmächtige hätte die fatalen Folgen verhindern können, aber er habe sie tatenlos zugelassen. Deus lo vult – Gott wollte es. Die göttliche Vorsehung hatte es so bestimmt. Schicksal war gottgegeben, jedes menschliche Schicksal lag in seiner Hand. So würde Gott für seine Sünden barmherziges Verständnis zeigen und gütig seiner verstorbenen Mutter zuzwinkern, redete er sich trotzig ein. Felix dachte, Gott lenkte. Amen.

Morgens wachte Felix gewöhnlich mit einem Kater auf, der ihn sofort wieder zum Bier greifen ließ. Der Alkohol wurde sein ständiger Begleiter, ebenso das Rauchkraut. Seine Tonpfeife klemmte wie angewachsen zwischen den sich gelblich verfärbenden Zähnen. Die trockene Trunkenheit benebelte zusätzlich seine Sinne.

Es war Fastenzeit, als Felix unverhofften Besuch von zwei Franziskanern erhielt.

„Gelobt sei Jesus Christus!"

„In Ewigkeit Amen! Brüder, so wie ich euch kenne, kommt ihr nicht ohne Hintergedanken. Also, raus mit der Sprache. Habt ihr etwas an meinem Bier auszusetzen?"

„Nein, mit deinem Bier ist alles in Ordnung. Du weißt von deiner Klosterzeit, dass wir während der Fastenzeit nur Fisch essen dürfen, aber Flüssiges bricht Fasten nicht. Kurz gesagt, mit deinem dünnen Bier können wir uns nicht bei Kräften halten. Wir wollen dich bitten, ein stärkeres Bier für uns zu brauen."

„Ihr meint, ich solle die Stammwürze erhöhen, mehr Malz und Hopfen verwenden? Dann steigt aber der Alkoholgehalt. Das werden unsere Stadtväter nicht gern sehen."

„Bruder Johannes wird für das Kloster eine Sondergenehmigung für das Fastenbier erwirken. Wir haben uns in der Hansestadt Einbeck kundig gemacht. Dort wird ein gehaltvolles Bier nach einpöckscher Art gebraut. Deshalben wird es auch Bockbier genannt. Wir sind gern bereit, dir behilflich zu sein."

Meister Molitor gesellte sich zu den Besuchern.

„Hat Euch der Guardian Johannes geschickt? Ich weiß Bescheid, wir haben über das Fastenbier gesprochen. Felix, ich genehmige eine Sudpfanne für ein stärkeres Bier. Die beiden Mönche mögen dir zur Hand gehen."

Das erste in Lympurg gebraute Fastenbier schmeckte viel zu herb. Die Brauer einigten sich darauf, die Gerste etwas dunkler zu darren und das Gundelkraut wegzulassen. Der Guardian persönlich fand sich im Brauhaus ein, um das Ergebnis zu testen. Er war voll des Lobes.

„Der Stadtrat hat uns eine Lizenz für das Fastenbier erteilt. Die gilt aber nur für das Kloster und ausschließlich für die Fastenzeit. Wir haben uns verpflichtet, das Dunkelbier nur innerhalb der Klostermauern zu konsumieren. Kein Fass darf an die Gasthäuser geliefert werden, sonst sind wir die Lizenz los. Ich kann mich doch auf dich verlassen, Felix?“

Es war nicht zu vermeiden, dass so manche Kanne Klosterbier dennoch in private Hände gelangte. Immer offener wurde im Sudhaus nach dem Dunkelbier nachgefragt. Im Stadtrat wurde heftig über das Schankrecht des Bockbiers gestritten. Die strenggläubigen Ratsverwandten sahen in dem hohen Alkoholgehalt eine gesundheitliche Gefährdung, vor allem für die Kinder. Bier sei schließlich ein billiger Durstlöscher und kein Rauschtrank. Die Befürworter sahen dagegen eine vortreffliche Einnahmequelle für die leere Stadtkasse, denn hochprozentiges Bier konnte mit zusätzlicher Bierakzise besteuert werden. Schließlich legten sie eine hohe Dunkelbiersteuer und eng umrissene Zeiträume fest, in denen das ‚Franziskanerbier‘ gebraut und öffentlich verkauft werden durfte. Molitor freute sich. Sein Bierabsatz sprang derart in die Höhe, dass er den Felix am Gewinn beteiligte. Bald boten die anderen Brauereien der Stadt auch das Lympurger Bockbier an. Allerdings nur zu den Fastenzeiten, doch die gab es reichlich. Den herb-süffigen Geschmack des Molitorschen Klosterbiers konnten sie jedoch nicht erreichen.

Auch der alte Perzknecht des Oberamtmanns schätzte den neuen Biergenuss. In der Fastenzeit genehmigte er sich täglich einen Becher Franziskanerbier, zumal er auf Geheiß des tüchtigen Gesellen nichts zu zahlen hatte.

„Kannst jederzeit wieder mit mir fahren, wenn du willst. Übermorgen muss ich nach Elz. Ich hole das Brennholz für das

Schloss ab, das der Elzer Heimberger jährlich an den Oberamtmann zu liefern hat. Willst du mitkommen?", bot er Felix an.

„Nein, danke. Aber vielleicht kannst du mir einen Gefallen tun. Der Oberamtmann erhält doch jährlich sein Weindeputat von der Mosel. Wann kommt denn die nächste Lieferung?"

„Ei, im September. Der alte Jupp bringt jedes Jahr zum Erntedankfest zwei Fässer Rotwein. Schon solange ich denken kann. Willst du mit ihm nach Trier fahren?"

„Nein, nein. Ich möchte ihn nur sprechen. Gib mir bitte Bescheid, wenn er wieder in Lympurg auftaucht."

25

Die Hochzeit von Jacob Emmerich gestaltete sich zu einem rauschenden Fest. Die Brautleute gaben sich das Eheversprechen in der Klosterkirche der Franziskaner. Sein Schwager Haag hatte zwar darauf gepocht, dass seine Tochter Elsbeth standesgemäß in der Stiftskirche getraut werde. Doch der Zimmermann Emmerich bestand auf der Klosterkirche:

„Wir Handwerker zählen zur Gemeinde Sankt Sebastian und nicht zu Sankt Georgen. Die ist den reichen Patriziern vorbehalten“, erklärte er und Haag fügte sich.

Drei Tage lang war das Gasthaus ‚Zum Goldenen Hirsch' am Kornmarkt für die Hochzeiter reserviert. Der Eisenkrämer Haag ließ es sich nicht nehmen, das Fest protzig auszurichten und alle Honoratioren der Stadt einzuladen. Selbst der Montabaurer Hüttenmann Marioth war angereist. Auf einem eigens bereitgestellten Tisch türmten sich edle Geschenke. Felix hatte sich ausbedungen, das Bier als sein Präsent zu liefern. Peter steuerte kostbare Tücher bei. Die weiß bezogenen Tische waren mit geschliffenen Trinkgläsern, feinstem Essgeschirr und silbernen Kandelabern eingedeckt. Haag ließ übertrieben üppig auffahren. Fleißige Mägde in blauen, knöchellangen Schürzen reichten den Gästen ein reichhaltiges Mahl mit allerlei Wildspezialitäten, erlesenen Seefischen, Rind- und Kalbfleisch sowie süßem Backwerk zum Nachtisch. Dazu wurde neben dem Bier aus der Molitorschen Brauerei auch Muskatwein aus Bacharach sowie der Weinährer Giebelhöll gereicht. Ein solch fürstliches Festbankett wollten sich die Gäste nicht entgehen lassen. Sie griffen reichlich zu, in wörtlicher Bedeutung. Die neumodischen, zweizinkigen Gäbelchen bestaunte man zwar, ließ sie aber ungenutzt liegen. Sie wurden als purer Luxus der Adligen abgetan und galten als weibisches Geziere. Stattdessen griff man mit den Fingern zu, so wie es Hildegard von Bingen hielt: Wer die Gabel nutze, verhöhne Gott. Auf jedem Tisch standen Gewürzschalen bereit, von denen man sich bedienen möge. Allein die exotischen Aromen versetzten die Gäste in ungläubiges Staunen. Die meisten hatten zwar von Koriander, Ingwer, Muskat, Safran, Galant, Nelken gehört, konnten sich jedoch die Gewürze aus den fernen Ländern ob der horrenden Preise nicht leisten. Ein Pfund Ingwer war soviel wert wie ein Schaf, zwei Pfund Muskatblüten soviel wie eine ganze Kuh. Pfeffer wurde ‚schwarzes Gold' genannt und zeitweise mit Gold aufgewogen. Kein Wunder, dass man sich verschwenderisch dem Pfeffer zuwandte. Je schärfer die Schleimhäute der Gäste geätzt wurden, um so größer war der Respekt vor dem Gastgeber. Zum allgemeinen Erstaunen wurde sogar der sagenhaft teure, neumodische schwarze ‚Cha' in Silberkannen gereicht. Die Schiffe der holländischen Ostindien-Gesellschaft verfrachteten die getrockneten Blätter des chinesischen Teestrauchs inzwischen nach Europa. Man munkelte, die Männer verlören beim Teegenuss ihre Bildung, die Frauen sogar ihre Schönheit. Dennoch langte man ausgiebig zu. Niemand scherte sich um das Geschwätz. Eine solche, kredenzte Gelegenheit musste man beim Schopfe fassen.

Jacob wies seinen Freunden Felix Diezinger und Türmerspeter einen Tisch zu, an dessen Kopfende zwei auffallend hübsche Jungfern saßen. Sie trugen eng anliegende rote Kleider, die ihre schlanken Figuren betonten und ihre Busen in sündhafter Weise hervorhoben. Im Gegensatz zu den anwesenden Frauen trugen sie keine Hauben auf dem Haupt, was sie als lose Frauenzimmer auswies. So war es nicht verwunderlich, dass die Stühle neben den Jungfern leer blieben, vor allem als die Tischgäste mit Verwunderung die gelben Rocksäume der Dirnen registrierten. Empört waren sie sofort von diesen abgerückt und empfanden es als eine Schande, eine Zumutung, den Tisch mit verruchten Metzen teilen zu müssen.

„Ich stelle euch die Marlene und ihre Schwester Lilli vor. Nach altem Hochzeitsbrauch vertreten sie das Glück und die Lebensfreude. Nehmt euch ihrer an und sorgt dafür, dass sie nicht belästigt werden", zwinkerte ihnen Jacob zu. „Übrigens, bevor ihr es von meinem Schwäher erfahrt. Ich habe mich entschlossen, zum Eisenhandel zu wechseln. Das bringt mehr Moos."

Anfangs wollte das Tischgespräch nicht so recht in Gang kommen. Die Hübschlerinnen scherzten untereinander und verbreiteten eine lockere, angenehme, ansteckende Stimmung, die von der Tischgesellschaft mit Kopfschütteln quittiert wurde. Die beiden Freunde fühlten sich noch unbehaglich.

„Ihr seid also die bedauernswerten Schwestern aus dem Westerwald", beendete Felix sein langes Schweigen. „Aber dein Name ist doch sicher nicht Lilli, oder?"

„Natürlich nicht. Ich bin auf den Namen Maria getauft. Aber eine Maria im Freudenhaus ist wohl schlecht vorstellbar, oder?" Lilli lachte schelmisch aus voller Kehle. „Was anderes wäre es, wenn meine Eltern mir den Namen Magdalena gegeben hätten." Peter sah Felix entgeistert an. Sollte das etwa eine ketzerische Anspielung auf die biblische Sünderin Magdalena sein? „Und wie heißt ihr?"

Wie aus der Pistole geschossen stellten sich die Freunde vor, erzählten von ihrer Arbeit und rühmten sich wortreich ob der Freundschaft zum Bräutigam. Felix hatte schnell Gefallen an der jüngeren Lilli gefunden. An ihrem ansteckenden Lachen, wenn sich zwei Grübchen in ihre Wangen eindrückten, an ihren lustigen, kupferbraunen Zöpfen, die den Rücken herabhingen, an ihren dunklen Rehaugen, die so sanftmütig und verführerisch schauen konnten. Ihr sprühender Witz und ihre überschäumende Lebensfreude sprang auf die Männer über. Bald legten sie ihre Scheu ab und waren in ein munteres Gespräch verwickelt, das die Tischnachbarn mit verstohlenen, befremdlichen Blicken verfolgten. Als eine Musikergruppe der Elzer Blechköpp zum Tanz aufspielte, erhoben sich alle Gäste, stellten sich in einen Kreis und beklatschten den Brauttanz in ihrer Mitte. Die beiden Freunde schauten verblüfft zu. Elsbeth himmelte ihren Bräutigam an. Sie war bei Weitem nicht so anmutig wie die Marlene aus dem Hurenhaus. Was hat den Jacob nur geritten, sie als Weib zu nehmen, überlegte Felix. Mit der Eheschließung wurde man in die ehrbare Gesellschaft aufgenommen. Je reicher man heiratete, desto höher stieg das gesellschaftliche Ansehen. Hatte Jacob seine Frau danach ausgesucht? Schielte er nur nach dem Reichtum seines Schwähers und nach bürgerlicher Geltung, kam es Felix in den Sinn.

„Emma muss wohl einen Tanzlehrer gehabt haben. Ich könnte das jedenfalls nicht so auf Anhieb", staunte Peter und sah sich in Gedanken, wie er die Tanzschritte einüben werde, denn bald sollte sein Verlöbnis mit der Agnes Trippler anstehen.

Nach dem ersten Tanz des Brautpaars war die Tanzfläche für alle Gäste freigegeben. Lilli zog den überrumpelten Felix zur Mitte des Saals. Mit roten Ohren schielte Felix auf die Tanzenden und ahmte die Tanzschritte eines Hupfaufs nach. Die empörten Blicke der Gäste registrierte er zwar, dennoch schien es ihn nicht zu stören. Im Gegenteil, sie tanzten immer wilder, scherzten und lachten wie übermütige Kinder. Ihre ansteckende Fröhlichkeit erreichte den Höhepunkt, als sie von Wein und Bier angeheitert und von Lilli angezettelt eine Polonaise anführten. Die Hochzeitsgäste stürmten auf die Tanzfläche, diesen neumodischen Tanz wollten sie nicht versäumen. Felix verschwendete keinen Gedanken daran, woher ein braves, wäller Mädchen diese neuartige Tanzform kannte.

Peter beteiligte sich nicht an der ausgelassenen Hoppelei. Nicht wegen seines verdrehten Fußes, nein, er fühlte sich nicht wohl in seiner Haut. Jacob hatte ihn mehr oder weniger gedrängt, sich um Marlene zu kümmern. Sie war doch sein Mädchen, da wollte er keinen Unfrieden stiften und mit ihr tanzen. Agnes musste Peter zu Hause lassen, denn noch war das Verlöbnis nicht verabredet. Ängstlich schielte er zum ehemaligen Bürgermeister und Schwäher in spe Moritz Heinrich Trippler hinüber, der mit sorgenvoller Miene zu ihm herüber äugte. Trippler zählte zu den einflussreichsten Patriziern der Stadt. Er bewohnte das ‚Rote Schaf' in der Salzgasse und zahlte dafür das

Gesanggeld von dreißig Alb für die Marien- und Samstagsmessen in der Sankt Georgskirche. In diesem Jahr hatte sich Trippler eine Auszeit vom Amt genommen. Im Dezember, am Sonntag vor Sankt Johannes Baptist, wählten die Ratsherren zwei Bürgermeister für das nächste Jahr und verteilten die Pfründe aufs Neue. Meist kamen immer wieder dieselben Patrizier in Betracht. Doch bei der letzten Wahl winkte Trippler mit dem Hinweis ab, ein Jüngerer sollte seine Chance erhalten. Er war froh, seine älteste Tochter endlich unter die Haube zu bringen, denn seine Agnes verkörperte nicht gerade eine Schönheit, die allen Burschen den Kopf verdrehte. Türmerspeter sei sicher keine standesgemäße, lohnende Partie, schoss es ihm durch den Kopf. Er sei ein Schwächling und zudem ein Hinkefuß. Immerhin stammte er aus einem ehrbaren Haus. Peter erlernte zwar das Tuchmacherhandwerk, aber nach seinen Informationen zeigte sich der junge Mann nicht gerade fleißig und lernwillig. Man müsse sogar befürchten, dass er den Gesellenbrief nicht schaffen werde. Er traute seinen Augen kaum, als er zum Peter hinübersah. Dieser freche Bengel schwatzt doch ungeniert mit einer Hübschlerin! Was sollte er davon halten? Mit einem wütenden Schnaufer erhob sich Trippler und schritt forsch auf Peter zu.

„Horch emol Peter, erst verdrehst du meiner Tochter den Kopf, dann schäkerst du vor aller Augen mit einer liederlichen Schlampe? Hat dich ein Gaul getreten? Das wird Folgen haben, mein Junge. Das Verlöbnis kannst du erst einmal vergessen."

Peter sprang entsetzt auf, wollte dem unberechtigten Vorwurf widersprechen, doch Trippler wandte sich zornig ab und ließ Peter mit hochroten Ohren stehen. Fassungslos realisierte er seine fatale Situation. Er konnte doch seinem künftigen Schwäher nicht erklären, dass die Marlene die heimliche Gespielin von Jacob war, der gerade seine Vermählung feierte. Das Einzige, was ihm in dieser verflixten Lage blieb, war spornstreichs aufzustehen und die Feier fluchtartig zu verlassen.

Felix stutzte über den voreiligen Aufbruch seines Freundes, während er sich erschöpft von der wilden Tanzerei an den Tisch setzte. Wahrscheinlich hatte es Peter vorgezogen, den Abend mit seiner Agnes zu verbringen, wischte er seine Verwunderung weg. Marlene schwieg indes, als wäre sie beleidigt, als Schlampe bezeichnet zu werden. Mit einer Kopfbewegung forderte sie Lilli auf, es sei Zeit, das Fest zu verlassen. Doch Lilli blieb trotzig sitzen. Marlene machte sich allein auf den Heimweg.

Gegen Abend zeigte der immense Wein- und Bierkonsum seine Wirkung. Auch bei Felix. Er widmete sich ganz seiner fröhlichen, quirligen Tischnachbarin, die seine Tändelei mit einem verführerischen Augenzwinkern erwiderte. Felix schwelgte in einem Glückstaumel. Seine erste, engere Begegnung mit einer Frauensperson erweckte in ihm ein nie gekanntes Gefühl von Zuneigung und aufkeimendem, sinnlichem Begehren nach einem amourösen Abenteuer. Er war mit einem Schlag bereit, die ihm eingebläuten, keuschen Klosterregeln in Bezug auf das weibliche Geschlecht über Bord zu werfen.

„Ich bringe dich nach Hause, Maria ... ich meine zur Rosengasse. Ich darf dich doch Maria nennen?“, säuselte er ihr zur späten Stunde zu. Sie erhob sich freudestrahlend und schon verließen beide das Fest. Hand in Hand schlenderten sie fröhlich schwatzend der Rosengasse zu. Beim Abschied flüsterte ihm Lilli verheißungsvoll ins Ohr:

„Komm mich doch mal besuchen, Felix.“

26

Der einst von Peter versprochene Besuch in der Dietzer Badstube ließ auf sich warten. Felix wollte Peter nicht drängen. In letzter Zeit zeigte sich sein Freund griesgrämig, wortkarg und murrköpfig, als plage ihn etwas. Den ernsten Rat des Klostermedicus Ansgar, sich vor der Pestilenz zu schützen, wollte Felix aber nicht ausschlagen. Zu viele Dahinsiechende waren weit außerhalb der westlichen Stadtmauer ins Gutleuthaus verbannt oder bei Nacht und Nebel in einem Massengrab verscharrt worden. Es war höchste Zeit für ein Bad. Zudem musste sein üppiger Haarwuchs gezügelt werden. Die Haarpracht galt zwar als sichtbares Zeichen der Potenz, dennoch verlangte sein Ruf als zünftiger Geselle einen fachmännischen Haarschnitt. Er wollte der Maria mit gepflegtem Aussehen imponieren. Sinneslust macht eitel.

Die Stuffa am Katzenturm, die der alte Balbierer Johannes Raab betrieb, wurde als die sauberste in Lympurg angesehen, sittsam und wohltuend dazu. Noch vor dem großen Krieg galten die Badstuben als unkeusche Lasterhöhlen, in denen sich die Hübschlerinnen mit den Gästen ungeniert und zügellos in den Wannen vergnügten. Doch dem sündhaften Treiben hatte der Stadtrat einen Riegel vorgeschoben. Er achtete nun streng auf die Geschlechtertrennung und einen züchtigen Betrieb. Verfehlungen wurden mit drakonischen Strafen belegt, nicht nur vom Sendschöffen.

Felix sah sich genötigt, auf der Holzbank bei den wartenden Kunden Platz zu nehmen. Der redselige Bartscherer Raab verstand es, seine Kundschaft mit neuestem Klatsch und Tratsch zu unterhalten. Er war ein lebhafter Erzähler, geschickt darin, mit amüsanten Anekdoten Interesse zu erregen.

„Habt Ihr schon von den Zahnproblemen des französischen Königs gehört? Der Leibarzt von Ludwig XIV. hat ihm allen Ernstes erklärt, die Zähne seien als Hauptübeltäter für die meisten Gebrechen im Alter anzusehen. Ab dem fünfzigsten Lebensjahr sollte man sich deshalben vorsorglich einer Zahnkur unterziehen. Wahrscheinlich war der Kurpfuscher nur auf das Geld aus. Der einfältige König ließ sich darauf ein. Der Zahnbrecher hat dem Bedauernswerten ohne Betäubung alle königlichen Zähne des linken Oberkiefers gezogen. Ihr könnt euch vorstellen, welche Qualen der Ludwig ertragen musste. Aber damit war es nicht getan. Der König bekam ein eiterndes Abszess und eine Entzündung im Kiefer. Daraufhin zieht der Hofarzt alle Zähne und bricht ihm zusätzlich das Gaumenbein. Mit glühendem Eisen brennt er das Gaumenloch aus. Welch Desaster! Der zahnlose König muss nun sein Essen unzerkaut herunterschlucken."

Mit gespitzten Ohren lauschten die bärtigen Männer der schaurigen Geschichte. Sorgenvoll schüttelten sie den Kopf. Wussten sie doch, nur die Schmerzen des Todes sind schlimmer als die der Zähne. So mancher fuhr ängstlich mit der Zunge die Zahnlücken entlang und schickte ein Stoßgebet an Appolonia, die Schutzheilige für Zahnleiden. Mit seiner Gänsehaut hervorrufenden Schilderung hatte Raab alle in den Bann gezogen. Doch er war noch nicht am Ende seiner Erzählung.

„Es kam noch schlimmer für den König. Er versuchte, die bestialischen Schmerzen mit Laudanum und Salbei angereichertem Wein zu betäuben und konnte sich an der überreichlich gedeckten Mittagstafel nicht bremsen. Als Folge rebellierten Magen und Darm. Der Leibarzt verordnete ihm täglich Einläufe aus Eibischwurzeln, Wallkrautblättern, Leinsamen und Rosenwasser. Was für den Sonnenkönig als Linderung gedacht war, gereichte den schmarotzenden Adligen am Hofe zu einem unverzichtbaren, höfischen Ritual: Klistiere à la Louis Quatorze! Hat einer von euch danach Verlangen?"

Allgemeines Kopfschütteln und gequältes Lächeln. Dann fuhr Raab fort:

„Zudem sorgten die ständigen Blähungen des Königs für eine andere nachäffende Marotte. Die Hofschranzen ließen die Bumbes bei jeder Gelegenheit mit erleichterter Miene fahren. Der Gestank am Hof übertraf bald den süßen Parfümduft der Hofdamen. Aber die konnten sowieso nicht mehr gut riechen, denn ihre Nasen waren verätzt vom Schnupftobak, den sie in pulverisierter Form inhalieren, wie es gerade am Hof große Mode ist. Über dem Schloss Versailles schwebt nun eine Glocke übler Gerüche, welche die Hofschranzen hochtrabend ‚Vapeur' nennen."

Die Gäste quittierten seine Erzählung mit hämischem Gelächter. Das geschehe dem herrsch- und protzsüchtigen König recht. Nun war Felix an der Reihe. Raab meinte, seine weibisch gedrehte Lockenpracht müsse gestutzt werden. Die lange, blonde Mähne finde zwar das Entzücken der Weibsleut, doch sei sie dem Ansehen eines gestandenen Mannsbilds abträglich. Beim Schneiden erinnerte sich Raab an die wallende Haarpracht seines ehemaligen Baders Francis, den er einst auch immer wieder auf die Notwendigkeit hinweisen musste, seinen blonden Lockenkopf in Form zu bringen.

„Lasst mich noch über die Ereignisse in England berichten", fuhr Raab fort. „Anno 1649 wurde der englische König Karl auf Betreiben des Lordprotektors Cromwell des Hochverrats angeklagt. Das Parlament beschuldigte ihn, Verbrechen gegen das eigene Volk begangen zu haben. Der König wolle England ohne das verfassungsgemäße Unterhaus im Stile seines französischen Kollegen Ludwig regieren. Mutig, diese Engländer. Die zerrten doch tatsächlich ihren König vor das Malefizgericht. Stellt euch das mal bei uns vor! Als ihm der Prozess gemacht wurde, waren von den 130 Richtern nur die Hälfte erschienen. Sie zweifelten, ob man einen Herrscher von Gottes Gnaden auf das Schafott schicken dürfe. Schließlich wurde der König Karl tatsächlich geköpft. Das Volk jubelte, als der Henker der schadenfrohen Meute das abgetrennte, königliche Haupt auf einer Stange präsentierte. Sein uneinsichtiger Nachfolger Jakob machte den gleichen Fehler. Als absoluter Herrscher wollte er Britannien zum Katholizismus zwingen. Seine Gegner setzten ihn kurzerhand ab. Das englische Parlament bat daraufhin den protestantischen, niederländischen Prinzen Wilhelm von Nassau-Oranien um Hilfe. Der war mit der Tochter des verstoßenen Königs Jakob verheiratet. Prinz Wilhelm landete in England und vertrieb seinen Schwäher Jakob ins französische Exil. Ein Oranier rettet die Ehre Britanniens! Anno 1688 wurde Wilhelm zusammen mit seiner Frau Maria in einer einzigartigen Doppelkrönung zum englischen Königspaar gekrönt. Doch vor Kurzem ist die Königin im Alter von nur 32 Jahren an Pocken gestorben."

„Hat der Wilhelm etwas mit den Grafen von Nassau-Dietz zu tun?", fragte man den Barbier.

„Gewiss. Aus dem Haus Oranien entstammen die Fürstentümer Nassau-Dietz und Nassau-Hadamar. So spannt sich ein Bogen von Dietz und Hadamar nach England und den Niederlanden. Aber wenn ich schon von England erzählt habe, muss ich noch einen bedeutenden Mann erwähnen. Er heißt Isaac Newton, ist Professor für Mathematik in Cambridge und ein Rebell. König Jakob – eben der, der später nach Frankreich flüchtete – wollte die Universität in Cambridge in eine katholische Einrichtung umwandeln. Newton schloss sich der Protestbewegung an und geriet immer mehr in einen theologischen Streit. Er hatte sich bereits mit den englischen Jesuiten angelegt und die Dreifaltigkeitslehre als Irrlehre der Kirche verteufelt. Sie sei den Christen von der Kurie eingeredet worden, ohne Bezug auf die Heilige Schrift. Ich will seine Theorie nicht verurteilen, aber wenn ein solch schlauer Mensch davon spricht, kommt man schon ins Grübeln. Newton ist ein begnadeter Philosoph und Naturwissenschaftler. Als er einmal in seinem Garten einen Apfel vom Baum fallen sah, dachte er über die Frage nach, warum alle Gegenstände nach unten fallen. Er kam zu der Erkenntnis, die Erde übe eine magische Kraft auf die Gegenstände aus. Er nennt sie Gravitationskraft. Er hat sogar ein mathematisches Gesetz daraus abgeleitet. Wenn ich jetzt meine Schere fallen lasse, dann könnt ihr sein Gesetz nachvollziehen."

Nach dem Haarschnitt nahm Felix auf der Schweißbank Platz. Danach wollte er sich ein Wannenbad genehmigen. Der grobschlächtige Bader, den man hinterm Rücken ‚Flabbes' nannte, wies ihm schroff eine gefüllte Kräuterwanne mit den Worten zu:

„Ist der Tag mal ganz verschisse, hilft nur ein Kraut: die Melisse!"

In der Badeabteilung ging es recht derb zu. Der ungehobelte, schlampige Flabbes war nur mit einem Schurz um die Lenden bekleidet. Auf dem Kopf trug er eine speckige Lederkappe. Er war ganz das Gegenteil zu dem kultivierten Balbierer mit seiner sanften Stimme, dem charmanten Benehmen, den tadellos gepflegten Händen und dem fliederfarbenen Seidenhemd. Viele sagten dem Bartscherer unter vorgehaltener Hand nach, er habe mit den Frauen nichts am Hut, er sei mehr den Männern zugetan.

Felix folgte ohne Widerworte der schroffen Aufforderung des schludrigen Baders, obgleich er nicht sicher war, sich in frisch eingefülltes Wasser zu setzen. Vor allem, als ihm der Bader beschied, er könne sich Zeit lassen und die Wanne in aller Ruhe ausbaden. Allerdings müsse er sie dann reinigen. Ein Gast verlangte mit leidender Miene nach dem Zahnreißer, und so wandte sich der Bader der neuen Aufgabe zu. Felix hielt sich nicht allzu lange im warmen Zuber auf, zumal das erbärmliche Jammern des Zahnkranken kaum zu ertragen war. Das Ausbaden überließ er gern einem anderen Gast. Nun konnte er seiner Maria im Freudenhaus wohlriechend und gepflegt einen Besuch abstatten.

27

Getreu dem allseits bekannten Spruch ‚Petersilie hilft dem Mann aufs Pferd und der Frau ins Grab' war die finstere, schmale, ungepflasterte Lympurger Rosengasse auch als Petersiliengasse bekannt, was natürlich auf das dort befindliche Hurenhaus hinwies. Eine stille Gasse, in der sich verschämte Männer nur bei Dunkelheit herumtrieben, die Mützen tief über die Ohren gezogen. Es war ein nasskalter, finsterer Abend, als Felix sich verlegen mit klopfendem Herzen und fliegendem Puls dem Freudenhaus näherte. Ein schäbiges, kleines, unscheinbares Gebäude in der langen Reihe von armseligen, heruntergekommenen Fachwerkhäusern, die sich eng aneinander schmiegten. Am Eingang wies ein schlaff herabhängendes, gelbes Fähnchen auf die Liebesdienste hin, die man hier gegen Entgelt bekommen konnte. Er zögerte einen Moment, von Gewissensbissen getrieben, doch dann übermannte ihn die sinnliche Vorfreude. Gerade wollte er die schmierige, knarzende Holzstiege in das erste Stockwerk hinaufsteigen, da fauchte ihn ein Mann an. Felix hatte ihn beim Eintreten vor Aufregung nicht wahrgenommen. Wohin er denn gehen wolle, wollte der finster dreinschauende Hurenwirt wissen. Erst müsse sich jeder Freier bei ihm melden. Hier könne nicht jeder so einfach rein- und rausgehen, wie es ihm passt.

„Ich bin auf der Suche nach Maria."

„Maria? Geht lieber in die Kirche, da findet Ihr die Maria."

„Äh, ich meine Lilli."

„Das ist was anderes. Lilli ist noch belegt. Kann ich Euch ein anderes Weib anbieten? Die ist auch nicht so teuer wie Lilli."

„Nein, nein. Ich will Lilli besuchen."

„Dann müsst Ihr eben warten. Wollt Ihr derweil ein Bier?"

Felix nahm dankbar an. Sein Mund war trocken. Nicht, dass er erhitzt gewesen wäre, vielmehr schnürte ihm die freudige Erwartung die Kehle zu. Der Wirt stellte ihm einen gefüllten Steinhumpen hin und verlangte einen halben Gulden dafür.

„Seid Ihr noch bei Troste? Einen halben Gulden für ein einziges Bier?"

„Wenn Ihr Euch eine Metze leisten könnt, dann sollte ein halber Gulden für ein Bier nicht zu viel sein. Schließlich muss ich eine hohe Pacht an den Stadtrat zahlen. Also wollt Ihr oder nicht?"

Ärgerlich schob Felix den halben Gulden über den Tisch. War das Freudenhaus nur betuchten Männern vorbehalten? Duldeten die Ratsherren die frivole Lustbarkeit innerhalb der Stadtmauer nur als sprudelnde Geldquelle? Der Wirt sah ihn prüfend an.

„Ihr könnt doch für den Liebesdienst zahlen, oder? Für Lilli müsst Ihr schon zwei Gulden berappen. Ansonsten könnt Ihr Euch in der Rosengasse nach freien Frauen umsehen. Die machen es für kleines Geld. Aber lasst Euch nicht erwischen."

Felix schüttelte verdrießlich den Kopf. Er suchte doch keine ordinäre Befriedigung seiner Lüste, sondern schmachtete dem Wiedersehen mit seiner Maria entgegen. Ein Mann polterte hastig die Stiege herunter und verließ eilig das Haus, als wollte er davonrennen. Felix glaubte in ihm einen zünftigen Leyendeckermeister erkannt zu haben, dem kürzlich seine Frau weggestorben war. Aber sicher war er sich nicht. Eine dickbäuchige, schmuddelige Wirtin mit zotteligen Haaren, die wild aus ihrer gelben Haube quollen, und einem breiten Vollmondgesicht stolperte die Treppe herunter. Sie gab ihrem Mann zu verstehen, Lilli stehe wieder zur Verfügung.

„Ihr zahlt im Voraus ... Geht die Treppe rauf, zweite Kammer linker Hand", beschied ihm der Hurenwirt, strich die Gulden ein und malte einen Strich in ein abgegriffenes Büchlein.

Vor der ersten Kammer im Obergeschoss hing ein dünner Vorhang. Felix vernahm ein leises Stöhnen und scheute sich, hinter das Laken zu schauen. Atemlos ging er ein Stück weiter, bis er seine Maria auf einem Schlaflager sitzen sah. Sie hatte nur einen leichten Seidenmantel übergeworfen und versprühte einen süßen Duft nach Lavendel, der den muffigen Geruch übertünchte, welcher ihm schon beim Eintritt in die Buhlkammer in die Nase stieg. Im ersten Moment erschrak Lilli bei seinem Anblick. Sie hatte wohl mit einem anderen Freier gerechnet. Doch dann erhob sie sich freudestrahlend und drückte dem scheuen Felix einen Kuss auf die Wange.

„Hast du mich also gefunden. Ja, sieh dich nur um, so hause ich."

Felix sah sich mit hochrotem Kopf um. In der kleinen Abteilung waren außer dem einfachen, recht kurzen Holzbett, das mit einem flüchtig geglätteten, linnernen Betttuch überzogen war, nur eine roh gezimmerte, ziemlich ramponierte Truhe zu sehen, auf der ein verbeultes Blechlavoir mit einer Seife darin und eine Wasserkanne standen, sowie eine kleine Keramikschale, die stark nach Essig roch und in der ein kleines Schwämmchen schwamm. Kein Tisch, kein Wandbord, selbst ein Fenster war nicht auszumachen. Eine rußende Ölfunzel spendete warmes, spärliches Licht. Felix rümpfte die Nase ob der stickigen Luft und empfand großes Mitleid.

„Das Schicksal hat es wahrlich nicht gut mit dir gemeint, dass du hier in diesem Loch gelandet bist." Er drückte seine Maria voller Mitleid an die Brust.

„Ich habe ein Dach über dem Kopf und vor allem Sicherheit, für die der Scharfrichter Sorge trägt. Was brauche ich mehr?", hauchte sie, schloss den Vorhang am Eingang und kaute dabei Minzblätter.

„Der Scharfrichter? Was hast du mit dem Henker zu schaffen?"

„Der Scharfrichter führt bei uns das Regiment im Auftrag der Stadt. Und der ist gnadenlos, wenn es hier nicht ordentlich und nach den Regeln zugeht."

Sanft nötigte sie ihn, sich auf das Bettlager zu setzen.

„Mir geht es gut, im Gegensatz zu den Dirnen, die ihre Freier auf der Straße suchen müssen. Wenn eine von denen erwischt wird, zieht man ihr das Hemd aus und steckt sie in einen

Sack, der unter dem Kinn zusammengebunden wird. Der Henker schneidet ihr Haar bis auf die Haut ab und beschmiert den kahlen Schädel mit Kienruß. Anschließend wird sie auf einem Schinderkarren zum Brückentor gekarrt und mit Fußtritten aus der Stadt gejagt. Das willst du doch nicht, oder?"

„Um Himmels willen, nein. Kannst du dem Hurenwirt nicht entwischen, Maria?"

Lilli schmunzelte und schüttelte den Kopf.

„Bedenke, ich bin freiwillig hier. Irgendwie muss ich doch überleben. Meinen Schutz musste ich mir aber teuer vom Scharfrichter erkaufen. So habe ich noch Schulden, die ich abtragen muss. Mach dir meinetwegen keinen Kopf."

Ihr rosengeblümter Seidenmantel hatte sich ein wenig geöffnet. Mit klopfendem Herzen und glühenden Wangen stierte Felix auf ihre blasse Haut, ihren schönen Hals, den weißen Busen mit den frech hervorspringenden Knospen, ihre glatten, makellosen Beine und versank in den treuen, schwarzen Rehaugen seiner Angebeteten. Er schluckte vor Aufregung, sein Puls raste, sein Herz pochte ungestüm. Mit einem Male hatte er für Adam Verständnis, als er der paradiesischen Verführung nicht widerstehen konnte. Ein Leberfleck unterhalb ihres Bauchnabels zog seinen Blick abwärts zu dem schwarzen, sündigen Dreieck, das er nicht zu benennen vermochte. Die Sinne benebelt und trunken vor Glückseligkeit, ließ er Lilli gewähren, seinen Hosenriemen zu lösen, seine Beinkleider vom Körper zu ziehen und ihn völlig zu entkleiden. Schamesröte stieg in sein Gesicht. Er japste nach Luft. Fast schnürte sich seine Kehle zu. Seine schweißnassen Hände zitterten. Noch war es möglich, der Sünde zu entgehen. Sein Blick fiel auf die schmuddelige Decke der Buhlkammer. Herrgott steh mir bei, ich kann der Versuchung nicht trotzen. Lilli spürte sein Verlangen, seine aufsteigende Hitze und den keuchenden Atem. Schließlich umarmte sie ihn und küsste ihn erst zärtlich, dann heißer, bis sie einander so heftig begehrten, dass sie sich auf das schmale Lager warfen und taten, was ihre Herzen verlangten ...

28

Die erste Liebesnacht ließ ihn reifer werden. Er fühlte sich als gestandener Mann, dem nichts mehr fremd war. Seine Gedanken kreisten immer wieder um seine Maria, die ihm eine ungeahnte Zuneigung schenkte, ihn mit Zärtlichkeit überschüttete und seine tiefsten Begehrlichkeiten erfüllte. Nein, Liebe konnte niemals Sünde sein. Bei der Arbeit ging ihm Maria nicht mehr aus dem Kopf. Er fieberte dem nächsten Abend in der Buhlkammer entgegen. Es drängte ihn, seine Freude mit seinen Freunden zu teilen. Aber zu seiner großen Enttäuschung hatte sich sein Freund Peter nicht mehr in der Brauschenke blicken lassen. War ihm etwas zugestoßen? War er etwa krank? Hatte ihn gar die Pestilenz erwischt? Felix suchte beim Tuchmacher Ölp um Rat nach. Das Lager im Erdgeschoss des mit Andreaskreuzen und dem Wilden Mann verzierten Fachwerkhauses in der Plötze quoll förmlich über mit frischer Wolle und stank nach Schaf. Keine Menschenseele ließ sich blicken. Vom ersten Stockwerk drang ein höllischer Krach der Webstühle herunter. Er stieg die breite Holztreppe hinauf und unterließ es sofort, eine der zahlreichen Webfrauen anzusprechen. Bei diesem Lärm würde man ihn nicht verstehen. Ein finsterer Geselle entdeckte ihn und wies ihn ruppig an, die Treppe wieder hinabzusteigen.

„Was wollt Ihr?", fauchte er Felix an.

„Mit Gunst, ich bin auf der Suche nach Peter Schmidt. Er arbeitet doch bei Euch?"

„Türmerspeter? Der hat bei uns gearbeitet. Aber dem faulen Sack war die Arbeit nicht gerade in die Wiege gelegt worden. Der ist auf und davon. Keine Ahnung, was er jetzt macht."

Verstört überlegte Felix, ob er Emma befragen sollte, der wisse sicher mehr über den gemeinsamen Freund. Aber als frisch Vermählter hatte sich Jacob wohl seiner Braut zu widmen. Außerdem war er in das gewinnbringende Eisengeschäft seines Schwähers eingestiegen. Da musste er sich erst einmal einfügen. Vielleicht taucht Peter doch eines Tages wieder auf, beruhigte sich Felix und wandte sich seiner Maria im Freudenhaus zu. Die erste leidenschaftliche Nacht mit ihr hatte eine unstillbare Begierde nach weiteren Liebesnächten geweckt. Die häufigen Besuche gingen zwar rasch zulasten seines Geldbeutels, aber die Bierumsätze beim Molitor stiegen dank seines geschätzten Franziskanerbiers ständig an und bescherten ihm die nötigen Mittel. Bald bedrängte er sein Liebchen, mit ihm auch die Wochenenden zu verbringen, mit ihm in der Brauschenke zu essen und zu trinken, die Lahn entlang zu wandern. Aber Lilli wich ihm lachend aus. Sie sei nun mal verpflichtet, den Freiern zur Verfügung zu stehen. Felix war wie besessen von seiner Maria. Sie ging ihm nicht mehr aus dem Sinn. Maria hatte ihn verzaubert mit ihren Liebreizen. Nie und nimmer hätte er sich vorstellen können, derart von einer Frau in den Bann gezogen zu werden, ein solches Verlangen zu empfinden. In seinen Tagträumen wähnte er sich, immerfort mit ihr zusammen zu sein. So war es nicht verwunderlich, dass sich eine unbekannte, quälende Eifersucht auf die Freier einstellte. Nein, er wollte Maria nicht mit anderen teilen. Schließlich reifte in ihm der Entschluss, seine Liebste aus den Fängen des Scharfrichters freizukaufen.

Eines Tages begegnete er am Kornmarkt dem gefürchteten Henker Johann David Busch, der ihn einst vom Schinderstoffel zum Guardian gezerrt hatte.

„Ei, darf ich Euch etwas fragen, Scharfrichter?“

„Kerle, du bist der Klosterjunge, der den Barfüßern entwischt ist. Wie war doch noch dein Name? Was ist aus dir geworden?“ Busch sah ihn mit strenger Miene an. Freundlichkeit war ihm fremd, er verbreitete eher Schrecken, die einem die Gänsehaut den Rücken hinunter laufen ließen.

„Felix Diezinger. Ein rechtschaffener Braugeselle. Ich braue das Klosterbier beim Molitor.“

„Alle Achtung. Was willst du von mir wissen?"

„Ich will eine Hure freikaufen. Was muss ich dafür aufbringen?"

„Jeses-Mojan-Juseph! Junge, lass lieber die Finger davon. Mit einer Hübschlerin wirst du niemals Freude finden. Du kannst eine Metze aus dem Freudenhaus holen, aber die Verderbtheit in ihrem Herzen kannst du ihr nicht nehmen. In Lympurg wird dich jeder schneiden. Zu viele Männer haben den Hurendienst in Anspruch genommen. Sie werden eine Dirne nicht in der ehrbaren Gesellschaft dulden. Oder willst du gar die Stadt verlassen? ... Also, die Stadträte haben den Freikauf geregelt. Einen Reichstaler musst du in die Stadtkasse zahlen. Bei mir sind fünfzehn Gulden als Schutzgeld fällig. Der Freudenhauswirt wird dir auch noch eine gesalzene Rechnung aufmachen für den entgangenen Gewinn. Das wird verdammt teuer. Und wage es nicht, die Metze aus dem Freudenhaus zu entführen! Dann setzt es eine peinliche Strafe für dich und die Dirne."

Am Abend eröffnete er seiner überraschten Liebsten den festen Entschluss, sie aus dem Freudenhaus auszulösen. Lilli schien darüber gar nicht erfreut zu sein.

„Mich kennen zu viele Männer mit Einfluss in der Stadt. Ich könnte ihnen niemals ohne Scham in die Augen sehen. Sie werden alles daran setzen, mir und auch dir Steine in den Weg zu legen. Man wird hinter deinem Rücken tuscheln."

„Wer hinter meinem Rücken redet, redet mit meinem Arsch. Die Leute sollen mir mit ihrem Geschwätz den Buckel herunterrutschen. Wenn wir in Lympurg geächtet werden, dann suchen wir uns eben eine andere Stadt."

„Und du glaubst, mein Makel würde sich auf Dauer verheimlichen lassen? Etwas anderes wäre es, wenn du deinen Braumeister in der Tasche und ein eigenes Einkommen hättest. Dann erst bist du ein angesehner Bürger, dann wirst du geachtet, dann wagt es niemand mehr, uns in Verruf zu bringen."

Wenigstens ein Lichtblick, freute sich Felix insgeheim. Nun hatte er ein festes Ziel vor Augen. Seine Ersparnisse reichten derzeit sowieso nicht, um Maria auszulösen. Einen Augenblick überlegte er, seine Taschenuhr beim Schutzjuden im Fischmarkt in bare Münze umzusetzen. Doch als er in seinen Hosensack griff, fasste er ins Leere ...

29

Der alte Schultheiß Opper war nach langem Leiden seinen schweren Verletzungen erlegen. Wieder berieten sich der Schultheiß Johann Simon Schupp und der Scharfrichter Busch mit dem ehrwürdigen Oberamtmann Wilhelm Lothar von Hohenfeld.

„Dann hat sich gottlob unsere Anklage erübrigt", beschied der Oberamtmann dem Schultheiß, wobei ihm die Erleichterung anzusehen war.

„Ehrwürdiger Oberamtmann, wie haben wir mit seiner Beerdigung zu verfahren?", fragte Schupp.

„Gute Frage. Der verfluchte Klieskopp hat es weiß Gott nicht verdient, mit allen Ehren im geweihten Acker begraben zu werden. Andererseits, verscharren wir ihn auf dem Schindacker, wirft das unangenehme Fragen auf. Wir haben ihn nicht gerichtet ob seiner schändlichen Übeltaten."

„Mit Verlaub, Eure Gnaden schlagen eine Anklage posthum vor?" Der Schultheiß sah sich schon einem unseligen Verfahren ausgesetzt, bei dem außer Indizien keine belastbaren Schuldbeweise vorzubringen wären. Einen derart zweifelhaften Prozess könne er den Schöffen nicht zumuten. Sie urteilten nur nach einer eindeutig bewiesenen Schuldlage oder nach einem Geständnis, und sei es notfalls durch Folter erzwungen. Aber eine peinliche Befragung war nun nicht mehr möglich.

Der Oberamtmann überlegte einen Augenblick, zog heftig an seiner Tobakspfeife und kraulte seinen dichten Backenbart. Opper hatte sich vor Gott und der Welt versündigt, ohne jeden Zweifel. Verschwiege er diesen Umstand und ließe ihn mit kirchlichem Segen bestatten, müsse er sich selbst am Jüngsten Tag vor dem Allmächtigen rechtfertigen. Die Bürger der Stadt würden es andererseits nicht verstehen, wenn er dem ehemaligen Schultheiß eine dem Amt angemessene Beisetzung auf geweihtem Acker verweigern würde. Eine verflixte Situation. Dann kam ihm eine rettende Idee:

„Schupp, Ihr lasst den Opper in der Annakirche aufbahren. Von dort wird der Sarg mit dem üblichen Prunk zum Friedhof der Georgskirche kutschiert. Alle Würdenträger und Zünfte begleiten die Totenlade. Der Dechant soll eine feierliche Humatio vorbereiten. Opper wird mit allen Ehren bestattet."

„Verzeiht, Eure Durchlaucht, ist es fürwahr rätlich, dem Opper einen ehrenvollen Abgang zu genehmigen? Ich gebe anheim, das ist nicht würdig und recht ..."

Er wurde barsch vom Oberamtmann unterbrochen.

„Wir haben so entschieden, und so soll es sein. Schupp, Ihr könnt gehen. Busch, Ihr bleibt noch. Für Euch habe ich eine diffizile Aufgabe."

In Lympurg wurde eine zweitägige Trauerzeit ausgerufen. Eine schwarze Fahne wehte am Rathaus. Der schwere Eichensarg war in der Annakirche aufgebahrt. Alle Bürger konnten an der offenen Totenlade vom alten Schultheiß Opper Abschied nehmen, doch nur wenige ließen sich blicken. Am Vorabend der Bestattung erschien überraschend der Scharfrichter Busch in der Kirche. Er wies den Küster an, das Kirchentor zu verriegeln und ihn mit dem Toten allein zu lassen. Zudem solle er den Sargmacher rufen lassen. Dann versicherte er sich, dass ihn niemand beobachtete. Aus seiner Schaube zog er einen Schlegel und einen angespitzten Holzpflock hervor. Den schlug er mit wuchtigen Schlägen in das Herz des Toten, dass die Rippen krachten. Dann drehte er den Leichnam auf den Bauch. Anschließend warf er eine Alraune in den Sarg, bedeckte sorgsam die sterblichen Überreste mit dem Totentuch und rief nach dem Sargmacher. Unter seiner Aufsicht wurde der Sarg zugenagelt.

Vier Pferde zogen den Leichenwagen, auf dem der in schwarzes Tuch gehüllte und mit weißen Lilien gekränzte Sarg stand. Begleitet von Trommelschlägen zog der Trauerzug von der Annakirche über die Plötze, den Fischmarkt entlang über die Eulengasse zur Stiftskirche hinauf. An jenem Tag goss es wie aus Kannen. Im Gefolge des Sargs schritten die Würdenträger von Lympurg, dahinter die Zunftmeister und Gesellen, alle in Festtracht aber ohne jegliches Anzeichen von Trauer. Man schwatzte laut unterwegs, als gehe es zum Kirchweihfest. Niemandem ging Oppers Tod nahe. Sein Hingang war ihnen gleichgültig, selbst, dass Opper vor dem Ableben unter qualvollen Schmerzen gelitten hatte. Nur die beiden erwachsenen Söhne Oppers zeigten mit unbewegtem Gesicht einen Hauch von Trauer.

„Emma, wo ist Peter abgeblieben? Ich habe ihn lange nicht mehr gesehen", fragte Felix seinen Freund Jacob, der neben ihm schritt.

„Peter hat ziemlichen Ärger bekommen. Sein zukünftiger Schwäher, der Altbürgermeister Trippler, hat sich bei seinem Vater beschwert, nachdem er den Peter bei der Hochzeit am Tisch von Marlene gesehen hatte. Das Verlöbnis mit der Agnes scheint geplatzt zu sein. Als dann noch der Tuchmacher Ölp den Peter ob seiner Faulheit rügte, platzte seinem Vater der Kragen. Er hat ihn ins Jesuitengymnasium nach Hadamar verbannt. Dort muss er nun zur Strafe ein Schuljahr lang Latein büffeln. Mir tut er echt Leid."

„Wir müssen ihm helfen, seine Agnes wieder zu bekommen. Kannst du die Sache mit der Marlene nicht aufklären? Ihn trifft doch keine Schuld."

„Wie stellst du dir das vor? Soll ich zu seinem Vater gehen und gestehen, dass ich was mit Marlene hatte? Wenn das rauskommt, kriege ich mächtigen Verdruss mit meiner zänkischen Frau und meinem Schwäher."

Felix trottete schweigend neben seinem Freund daher und überlegte krampfhaft. Peter hatte ihm auch geholfen, nun musste er ihm zur Seite stehen. Aber wie? Der Trauerzug erreichte inzwischen den Friedhof vor der Sankt Georgskirche. Am offenen Grab spendete der Dechant den kirchlichen Segen, ohne zu ahnen, dass Opper wie ein elender Ketzer bäuchlings mit durchstoßenem Herz verscharrt wurde. Aufgrund des heftigen Regens hatte er die übliche Begräbniszeremonie verkürzt. Die Trauergemeinde nahm es dankbar hin und strömte zum Leichenschmaus in die ‚Krone'.

Felix plagten indes Gewissensbisse, als die Söhne des Verstorbenen mit starrem Gesichtsausdruck Myrtensträußchen ins Grab warfen und das Trauergeläut so nervtötend hallte, als würde es einen heimtückischen Mord verkünden. Er hatte den Opper aus purer Rachsucht ins Jenseits geschickt. Nein, nicht er. Er war nicht direkt an Oppers Tod schuld. Es war ein Unglück. Gott hatte es so gefallen, Deus lo vult. Dennoch kamen bohrende Zweifel in ihm auf. Still faltete Felix mit blassem Gesicht die Hände, betete zu seinem Herrn und bat um gütige Vergebung seiner perfiden List.

Am Abend hatte der Regen nachgelassen. Feuerschreie hallten plötzlich durch die Gassen. Das Haus des verruchten Schultheißen Opper in der oberen Böhmergasse brannte lichterloh wie ein Scheiterhaufen, der aus Zunder und trockenen Reisern aufgeschichtet zu sein schien. Die hell lodernde Feuersbrunst war in der ganzen Stadt zu sehen. Der Stadthauptmann wies die zu spät herbeigerufenen Feuerläufer an, das brennende Haus nicht zu beachten, sondern ein Überspringen der Flammen auf die angrenzenden Gebäude zu verhindern. Oppers Haus brannte bis zu den Grundmauern nieder, ohne Schaden für die Nachbarn. Unter den Gaffern breitete sich rasch der berechtigte Verdacht aus, Oppers Haus wurde mit Vorsatz abgefackelt. Doch niemand nahm daran Anstoß, im Gegenteil, die unverhohlene Schadenfreude war ihnen anzusehen.

Felix legte unterdessen in stiller Genugtuung eine Rose auf das Grab seiner Mutter. Am selben Abend gab er sich dem Suff hin.

30

Das Schicksal seines Freundes ließ ihn nicht mehr los. Nach der Heiligen Sonntagsmesse in der Stiftskirche Sankt Georg suchte er den Glöckner Schmidt im Turm auf. Zu seiner Überraschung war auch Peter anwesend. Felix hatte sich offensichtlich nicht die beste Zeit für seinen Besuch ausgesucht, denn er spürte sofort, dass eine brisante Stimmung in der Luft lag.

„Schön, dich endlich zu treffen, Peter. Ich habe mir schon solche Gedanken gemacht. Wie geht es dir in Hadamar?"

„Erinnere mich nicht an die Schule. Die scharfen Magister haben mir gerade bescheinigt, dass meine Leistungen unter aller Kanone sind. Allein wenn ich das Wort Latein höre, kriege ich die Krätze."

„Da siehst du, wie es um deine Lateinkenntnisse steht", wetterte sein Vater. „Die Jesuiten testieren dir, deine schulischen Leistungen seien ‚sub omni canoni', das heißt jenseits jeden Maßstabs, also schlechter als ‚malus'. Ich zahle doch nicht so viel Schulgeld, wenn du dich nicht auf deinen Hosenboden setzt."

„Dann holt mich halt wieder zurück, Vater."

„Auf keinen Fall. Erst schmeißt du die Lehre, dann vergnügst du dich mit einer Metze, dass dein Verlöbnis platzt, und nun verweigerst du auch noch eine gehobene Schulbildung."

„Gestattet Ihr mir, etwas aufzuklären?", unterbrach Felix das Streitgespräch. „Die Sache mit der Hübschlerin ist ein großes Missverständnis. Peter hat absolut nichts mit den Huren zu schaffen. Es ist allein meine Schuld. Ich bin in eine Dirne verknallt und habe sie und ihre Schwester zu Jacobs Hochzeit mitgebracht. Nach Rücksprache mit dem Bräutigam sollten sie nach altem Brauch die Gäste zum Tanz animieren. Peter hatte die Dirnen vorher nie gesehen oder gesprochen. Ihm wurde der Platz am Tisch zugewiesen."

„Stimmt das, Peter?"

„Natürlich, Ihr habt mir nicht geglaubt. Ich schwöre bei Gott, dass ich nichts mit den Metzen zu tun habe."

„Dann sollten wir die Angelegenheit mit dem Trippler rasch bereinigen. Mir fällt ein Stein vom Herzen. Vergessen wir die Schande, die du uns bereitet hast, unter einer Bedingung: Ab sofort wirst du Latein büffeln, und sei es mit zusätzlicher Nachhilfe. Das Schuljahr musst du mit einem ordentlichen Abschluss beenden. Hast du mich verstanden?"

Peter strahlte. Ein Lichtblick! Vielleicht war sein Verlöbnis mit Agnes doch noch zu retten. Sie schlenderten den Mühlberg hinunter zum Lahnufer. Das Wasserrad der Obermühle rauschte in gleichförmigen Wellen. Von der gegenüberliegenden Farbmühle wehte ein beißender Gestank der Küpe nach Urin herüber. Rasch gingen sie weiter zur Lahnbrücke hin. In der ruhig dahinfließenden Lahn spiegelten sich die Kastanienbäume vom anderen Ufer. Nur die schnatternden Enten brachten etwas Bewegung in das malerische Bild.

„Danke für deine Hilfe, Felix. Sag mal, stimmt es, dass du in die Lilli verliebt bist?"

„Bis über beide Ohren. Ich schwelge im Liebestaumel."

„Felix, die Lilli ist eine Metze. Verrenn dich nicht."

„Ich werde meine Maria aus dem Freudenhaus herausholen. Sollen sich die Leute doch die Mäuler zerreißen. Mich schert das nicht."

„Echt mutig. Ich stelle mir das nicht so einfach vor. Mir käme es nicht in den Sinn, ein gefallenes Mädchen zum Weib zu nehmen. Das wäre nicht standesgemäß und ein Skandal dazu. Dein Meister wird dir die Hölle heißmachen. Aber das ist allein deine Sache ... Übrigens, wie macht sich denn dein neuer Gehilfe?"

„Du meinst den Stefan bei mir im Brauhaus? Wie kommst du jetzt auf ihn?"

„Ich will dich nur warnen. Der Stefan ist mit Molitor verwandt, genauer gesagt, er ist der Neffe der Meisterin. Vielleicht will mein Großvater ihn eines Tages zu seinem Nachfolger machen? Dann ist dein Traum von der Meisterstelle geplatzt."

In den nächsten Tagen beäugte Felix seinen Gehilfen Stefan voller Misstrauen. Ab sofort hatte der Lehrjunge keine ruhige Minute mehr. Felix trieb ihn übellaunig zur Arbeit an, vor allem beim kräftezehrenden Rühren der Sudpfanne. Bei jeder, auch nur kleinsten Nachlässigkeit setzte es eine Maulschelle. Geschickt lenkte Felix den Stefan ab, wenn er das Bockbier ansetzte. Die Rezeptur für das Klosterbier durfte Felix nicht preisgeben. Die war sein Faustpfand. Meister Molitor ließ sich immer seltener im Brauhaus blicken. Es war nur eine Frage der Zeit, wann sich der Braumeister zurückziehen würde. Das war seine Chance. Felix stürzte sich wie besessen in die Arbeit, reduzierte seinen Bierkonsum und machte keinen Hehl daraus, dass er für die Meisterstelle gewappnet sei. Wenn er erst einmal Meister sein werde, dann könne er seine Maria endlich aus den dreckigen Klauen der lüsternen Freier befreien. Je eher, desto besser.

Eines Abends, an dem er wie gewohnt das Freudenhaus aufsuchte, fing ihn der Hurenwirt ab. Lilli sei unpässlich, er könne sie an diesem Tag nicht besuchen. Felix glaubte seinen Worten nicht und stürmte ungehalten die enge Stiege in das Obergeschoss hinauf. Seine Maria lag bleich auf dem Schlaflager. Er müsse wieder gehen, forderte sie ihn barsch auf. Sie sei blumig und brauche Ruhe. Felix stand unschlüssig vor ihr. In den verbotenen Klosterbüchern hatte er gelesen, dass Frauen mit Monatsfluss als kultisch unrein galten und sogar vom Kirchenbesuch ausgeschlossen wurden. Sie büßten körperlich im Zyklus eines Mondmonats für die Erbsünde der Menschen, die ein Weib in Urzeiten im Paradies ausgelöst hatte. Unschlüssig stand Felix vor dem Bett der Angebetenen. Er wollte den Abend mit ihr verbringen und setzte sich auf das Nachtlager.

Ängstlich vermied Felix jede Berührung, obgleich er sich nach ihren wilden Küssen sehnte. Verlegen schenkte er ihr einen liebevollen, mitleidvollen Blick. Doch Maria rückte von ihm ab und schickte ihn ungehalten mit einem entschuldigenden Achselzucken fort. Die aufsteigende Röte in Marias Gesicht und ihr steifes Lächeln ließen ihn aber stutzig werden. Hatte sie ihm wirklich die Wahrheit gesagt?

31

Inzwischen hatte das Gespenst des Krieges Lympurg erreicht, dessen Ursprung im weit entfernten Spanien zu suchen war. Doch davon wussten die meisten nichts. Nur Gerüchte kursierten. Der kinderlose König Carlos sei gestorben, der letzte Habsburger auf dem spanischen Thron. Die iberische Linie sei im Mannesstamm erloschen, wie das blaublütige Geschlecht formulierte. Man streite sich nun um das Erbe. Und dieser Zwist war selbst in Lympurg zu spüren.

Tatsächlich war Carlos – der ‚Verhexte' – kränklich, schwach und minderbemittelt, was er der jahrhundertelangen Inzucht im Hause Habsburg zu verdanken hatte. Das Volk verspottete ihn, wenn er ein silbernes Nachtgeschirr an einer Leine hinter sich herzog. Nach seinem Tod machten der Franzosenkönig, der Habsburger Kaiser Leopold und der bayerische Kurprinz ihre verwandtschaftlichen Ansprüche geltend. Ein heilloses Durcheinander, was allein auf die Heiratspolitik der Fürstenhäuser zurückzuführen war. Jeder war mit jedem verschwägert. Dann tauchte ein Vermächtnis auf, wonach das Thronerbe dem Franzosen zufallen sollte. Eine schamlosen Intrige des Franzosenkönigs, munkelte man. Ludwig XIV. ließ kurz entschlossen seinen Enkel Philipp zum spanischen König ausrufen. Kaiser Leopold protestierte sofort, und schon rüsteten Frankreich und Österreich zum Krieg. Auch Wilhelm von Oranien-Nassau, König von England, trat der Großen Allianz gegen den Franzosen bei. Die Werber heuerten Söldner an und versprachen ihnen Reichtum und lohnende Beute. In der Folge schlugen sich die Soldaten gegenseitig wieder die Köpfe ein, ohne genau zu wissen, warum. Und das nur, weil der irre Carlos keinen Infanten gezeugt hatte.

Fremde Söldner zogen durch Lympurg und erpressten horrende Kontributionen und Einquartierungen. Der Stadthauptmann ließ die Wachen auf den Türmen aufziehen. Auch die Gesellen Felix und Jacob wurden verpflichtet, im Hammertor die Nächte zu verbringen. Der Braubetrieb wurde eingestellt, denn wenn es Bier gab, dann zechten die durstigen Krieger im Übermaß. Die Besuche im Freudenhaus konnte Felix vergessen. Wie es wohl seiner Maria erging? Zum Glück hatten sich keine Franzosen in Lympurg festgesetzt. Die gingen nicht gerade zimperlich mit den Frauen und besonders den Hübschlerinnen um. Für sie waren die Weiber Freiwild. Ob Maria sogar geflohen war? Zurück zu ihren Eltern? Aber das wäre wohl zu gefährlich. Wenn er doch bei ihr sein könnte! Einen Moment überlegte er, seinen Posten zu verlassen, doch Jacob hielt ihn zurück. Der Stadthauptmann Wegmann habe den Wachen gedroht, sie würden als Fahnenflüchtige gerichtet werden, sollten sie sich ohne Erlaubnis entfernen.

„Emma, sind die kurtrierischen Festungstruppen aus Ehrenbreitstein noch in der Stadt?", fragte Felix. Eigentlich wollte er wissen, ob Freund oder Feind in der Stadt waren.

„Kapitänleutnant Stein ist schon lange abgezogen", antwortete Jacob. „Jetzt haben wir ein Bataillon Hannoveraner in der Stadt. Die sind zwar auf unserer Seite, führen sich aber wie Berserker auf, als seien sie in Feindesland. Sie nehmen keine Rücksicht auf Leib und Seele. Ich habe gehört, dass es ziemlichen Zoff und großen Unmut unter den Bürgern gibt. Ein gewisser Leutnant von Collier hat sich beim Stadtrat über den Schlosser Hans Rudolf Probsten beschwert, weil der sein Nachtgeschirr in der Barfüßergasse über ihn ausgegossen und ihn fürchterlich beschimpft habe."

„Mutig, dieser Probsten. Er verteidigt die Stadt auf seine Weise. Mit Abtritt! Er hat den goldenen Nachttopf-Orden verdient."

„Was nutzt es ihm? Jetzt hockt er im Katzenturm, bei Wasser und trocken Brot."

„Man spricht von einem mysteriösen Duell eines Offiziers. Weißt du etwas davon, Emma?"

„Es ging wohl um eine Beleidigung. Keine Ahnung, was genau vorgefallen war … Vielleicht spielte Eifersucht eine Rolle. Duellieren dürfen sich nur Adlige und Offiziere, um die Ehre zu verteidigen. Verweigert ein Offizier das Duell, verletzt er seine Pflichten und muss mit Entlassung rechnen. Tatsache ist, dass der protestantische Leutnant Eberhard von Torney einen Adligen im Pistolenduell erschossen hat. Wen er abgeknallt hat, verschweigt man noch, um die Gemüter nicht anzuheizen. Der Schultheiß wollte ihn anklagen, doch Torney ist geflohen und hat bei den Jesuiten in Hadamar Asyl gefunden."

„Vielleicht kann Peter dort bei ihm Nachhilfe in Latein nehmen", lachte Felix und nach einer Denkpause fragte er verunsichert: „Die Hannoveraner werden doch wohl die Hübschlerinnen in Ruhe lassen, oder?"

„Scharfrichter Busch führt sicher ein strenges Regiment im Hurenhaus. Der sorgt für Ruhe und Ordnung. Mach dir keinen warmen Kopf. Lilli und Marlene werden sich zu wehren wissen, wenn es einer zu toll treibt. Notfalls kann der Henker die wollüstigen Hurenböcke entmannen." Emma lachte schadenfroh und schnippelte mit den Fingern in die Luft. Dem Felix lief ein Schauder den Rücken hinunter.

„Eins verstehe ich nicht ganz, Emma. Warum halten wir eigentlich Wache? Die Franzosen sind doch weit weg."

„Ei, hast wohl beim Morgenappell nicht aufgepasst? Im Westerwald haben sich einige Parteien auf die Seite der Franzmänner geschlagen. Oberamtmann von Hohenfeld hat befohlen, gute Wacht zu halten und keinen Fremden ohne Wissen des Bürgermeisters in die Stadt zu lassen. Wir sind hier, um den Torwächtern zur Seite zu stehen, falls es zu einem Kampf kommen sollte."

„Oh Gott. Dann muss ich schießen, Emma?"

„Na und, das hast du doch wohl gelernt, oder?"

„Ich war bisher nur einmal zu den Übungen im Schießgraben."

Der Wachdienst sollte noch zwei Wochen ohne feindliche Vorfälle anhalten. Dann verfügte der Oberamtmann, man könne die Posten verlassen. Die Franzosen seien auf dem Rückzug vor der gewaltigen Übermacht der Alliierten. Die wäller Kollaborateure trauten sich nicht mehr, offen für die Franzosen einzutreten. So habe man jetzt keine fremden, suspekte Eindringlinge zu befürchten. Dennoch seien die Wachposten an den Stadttoren zu höchster Aufmerksamkeit angehalten.

Die Brauerei Molitor nahm den Betrieb wieder in vollem Umfang auf, um die nach Bier lechzenden Bürger zu bedienen. Zu seinem Leidwesen fand Felix keine Zeit für seine Maria. Er stand Tag und Nacht im Sudhaus und sehnte sich nach ihrem Körper, ihrer Zärtlichkeit, ihrer Stimme, ihrem Duft. Durch die lange Trennung verklärte sich das Bild von seiner Liebsten und bestärkte ihn in seinem Entschluss, sie aus dem Freudenhaus auszulösen. Endlich, eines Abends, machte er sich von schmachtendem Gelüste getrieben zum Freudenhaus auf. Er fieberte nach einer innigen Umarmung mit Maria, die er so lange entbehren musste und stürmte sofort in freudiger Erwartung die enge Stiege hinauf. Der Hurenwirt hielt ihn schroff zurück.

„Halt, hiergeblieben. Wo wollt Ihr hin?"

„Wie immer zur Lilli, das wisst Ihr doch."

„Lilli ist nicht mehr hier."

Felix erstarrte zur Salzsäule. Seine Vorfreude war mit einem Schlag dahin. Schieres Entsetzen packte ihn. War seine Angebetene geflohen? Ist ihr gar etwas Schlimmes zugestoßen? War sein Liebestraum wie eine Seifenblase geplatzt? Sein Herzschlag raste, seine Hände waren schweißnass, sein linkes Auge zuckte.

„Lilli ist schon vor zwei Wochen weitergezogen. Aber sie hat mir noch etwas für Euch hinterlassen." Er reichte Felix einen Gegenstand, der in ein Schnäuztuch gewickelt war. Seine Taschenuhr! Hatte er sie aus Versehen bei ihr liegen lassen? Freudestrahlend und dankend steckte er sie ein. Der Mann hätte sie auch für sich behalten können. Im Freudenhaus geht es ehrlich zu, dachte Felix und schrieb das dem strengen Regiment des Scharfrichters zu.

„Ist ihre Schwester Marlene auch weg?“

„Schwester? Die sind keine Schwestern. Ja, Marlene ist mit ihr gezogen.“

„Zurück in den Westerwald zu den Eltern? Hat sie etwas hinterlegt?“

„Wieso Westerwald? Die beiden Metzen kamen von Fulda. Sie sagten mir, sie seien auf Wanderschaft in Richtung Pfalz zum Jacobsweg. Dort wollen sie eine Pilgerherberge aufmachen, wenn sie genug Geld beisammenhaben. Die beiden hatten ein klares Ziel vor Augen. Wir sind uns jedenfalls in puncto Schulden einig geworden, als sie plötzlich das Weite gesucht haben. Fragt mich nicht, was sie bewogen hat, Lympurg zu verlassen.“

Felix sah ihn verwundert mit großen, ungläubigen Augen an. Sollte er sich in Maria so getäuscht haben? Er wollte sie doch aus dem verruchten Haus herausholen und mit ihr ein gemeinsames Leben planen. Warum ist sie ohne Abschied fortgegangen? An jenem Abend schüttete er sich mit Bier zu.

32

In den folgenden Tagen gebärdete sich Felix unausstehlich. Er trank wieder zu viel, benebelte sich mit starkem Tobak und verlotterte langsam. In seiner Verzweiflung achtete er nicht mehr auf Ordnung in seiner Kammer, kleidete sich schludrig und vernachlässigte die Reinlichkeit. Es schien, als sei mit der Liebe auch sein ausgeprägtes Bedürfnis nach Harmonie verschwunden. Dass sich Maria so plötzlich aus dem Staub gemacht hatte, schmerzte ihn sehr. War der Krieg schuld? Zweifel kamen auf. Hatte Lilli ihm etwas vorgegaukelt? War sie gar ein liederliches Luder, das ihn nur ausgenommen hatte? Wollte sie seine Taschenuhr zu Geld machen? Nein, niemals. Sie hatte seine Liebe erwidert. Der Hurenwirt musste ihm eine abstruse Geschichte aufgetischt haben. Oder doch nicht? Waren die beiden Mädchen keine Geschwister? War er abgefeimten, raffinierten Metzen aufgesessen? Nein, und noch nochmals nein! Er konnte sich nicht so irren. Die sanften Küsse, die liebevollen Blicke, das zärtliche Streicheln, die innige Leidenschaft waren ehrlich und nicht vorgegaukelt.

Seine Laune sank auf den Tiefpunkt, als ihm der Meister zu allem Überdruss eröffnete, dass der Braulehrling Stefan vorzeitig seine Gesellenprüfung machen würde. Peters Warnung hatte also ihre Berechtigung. Felix blieb der Gesellenprüfung im Zunfthaus der Bäcker trotzig fern und sprach stattdessen dem Bier im Übermaß zu. Zunftmeister Hensler belegte ihn ob seines unentschuldigten Fernbleibens mit einer deftigen Geldstrafe, und der Meister sah sich genötigt, ihm gehörig den Marsch zu blasen. Felix' Stimmung verbesserte sich erst, als Stefan erklärte, er werde nun auf die Walz gehen. Sein erstes Ziel sei München, um das Brauen des obergärigen, weißen Biers zu erlernen. Danach wolle er in die wichtigsten Brauzentren nach Einbeck, Hamburg und Bremen. Nun war Felix wieder allein mit dem Meister im Sudhaus.

Eines Abends beim kargen Abendessen in der Schenke machte er die Bekanntschaft mit einem geschwätzigen Mann, der sich großmäulig als Künstler rühmte. Er stamme aus Florenz und sei nun für die Hadamarer Barockschule tätig. Mit seinem kantigen Gesicht und seiner wallenden, schwarzen Mähne hätte der Mann ein geeignetes Modell für die Heiligenstatuen abgeben können. Derzeit vergolde er den Hochaltar der Adolphuskirche im Westerwälder Kirchspiel Salz, den sein Hadamarer Lehrmeister Johann Neudecker geschaffen habe. Neudeckers Madonnen seien leicht zu erkennen: Flachschnittiger Faltenwurf, eine längliche Kopfform mit üppiger Haarpracht sowie das sichtbare Spielbein. Der prahlerische Wortschwall störte Felix. Ihm war wahrlich nicht nach einem Plausch zumute. Nach einigen Bechern Bier gab der redselige Italiener noch ein Geheimnis preis:

„Ich verrate dir uno segreto: Wir schöpfen unsere künstlerische Inspiration aus einem Rauschmittel."

Hatte Felix bis dahin nur mit halbem Ohr gelauscht, fand der letzte Satz seine volle Aufmerksamkeit.

„Welches Rauschmittel meint Ihr?"

Er sprach vom Laudanum als Schmerz- und Betäubungsmittel, vom Opium, das aus dem milchigen Saft des Schlafmohns zubereitet werde. Die Holländer hätten eine besondere, getrocknete Form des Rohopiats aus China importiert. Es werde dem Pfeifentobak zugemischt und beschere süße Träume.

„Ist das Zeug der Gesundheit abträglich?"

„In nessun caso, keinesfalls. Man sagt, die Mogule – so nennen sich die chinesischen Kaiser – trinken das Rauschmittel, in heißem Rosenwasser aufgelöst, aus der Handfläche einer Sklavin oder eines Knaben. Täglich, bei jeder Gelegenheit, so wie wir den Branntwein kippen. Sie schwören darauf. Und glaube mir, die wissen besser als wir, was gut tut."

„Und was geschieht, wenn ich das Opium inhaliere?"

Der Italiener grinste vielsagend und geheimnisvoll.

„Allora, das ist kaum zu beschreiben. Bei mir stellt sich eine fantasievolle Illusion ein. Mein Geist ist dann hellwach, wie beflügelt."

„Habt Ihr etwas davon dabei? Kann ich es mal probieren? Ich übernehme auch Eure Zeche."

Der Mann kramte eine kleine Holzschachtel aus seinem Hosensack und ließ Felix an den klebrigen, teerähnlichen, braunen Klümpchen riechen. Der Duft erinnerte an Ammoniak.

„Du musst erst herausfinden, wie viel du verträgst. Die Wirkung hält über Stunden an. Nimmst du troppo, zu viel, wird dir übel, und dann musst du dich erbrechen."

Felix stopfte geschwind seine Tonpfeife und mischte eines dieser wundersamen Kügelchen unter den Tobak. Anfangs spürte er keine besondere Wirkung. Doch mit der Zeit glaubte er, sein Blick werde klarer, heller und von einer unbekannten Schärfe. Die laut schwatzenden Gäste an den Nachbartischen erschienen, als seien sie ihm übertrieben freundlich zugetan, als sei er ein allseits gefeierter Held. Bald machte ein von ihm spendierter Stiefel die Runde, und schon schlug die Stimmung im Schankraum in fröhliche Ausgelassenheit um, wie bei einem Freudenfest. Ein erhebendes Glücksgefühl setzte sich in seinem Kopf fest. Schließlich öffnete sich ein Fenster zu seiner Seele und seinen geheimsten Wünschen. Er war der Welt entrückt, ohne jegliche Sorgen, ohne quälende Gewissensbisse. Dann wähnte er sich mit seiner Maria in der Buhlkammer, wo sie nach Herzenslust scherzten und sich den sinnlichen Begierden hingaben ...

Am folgenden Morgen wachte er mit schwerem Kopf auf, als habe er die Nacht durchgezecht. Dennoch erinnerte sich Felix an die beflügelnden Visionen des Abends und an seinen beglückenden Traum. Diese Nacht war die glücklichste in seinem Leben, und davon wollte er noch viele genießen. Schon vor Arbeitsbeginn suchte er Bruder Ansgar auf. Der mischt doch sein Laudanum selbst an, der müsse über das Opium verfügen. Tatsächlich erhielt er vom Klostermedicus auf sein Bitten hin ohne zu Zögern einen kleinen Beutel Rohopium. Paracelsus habe als Erster das Rindspech in Alkohol und Wasser im Verhältnis eins zu zehn gelöst und noch etwas Bilsenkraut hinzugefügt, erklärte Ansgar.

„Seine Tinctura Laudanum bezeichnete Paracelsus als ‚Stein der Unsterblichkeit'. Heute erfreut sich das Opiat einer großen Beliebtheit als Universaltonikum und Wunderdroge. Wir verabreichen es sogar Kindern zur Ruhigstellung. Laudanum ist aus der Medizin nicht mehr wegzudenken, deshalb kannst du es auch in der Apotheke kaufen. Manche nehmen es auch zur kreativen Anregung, dennoch sollte es nicht auf Dauer konsumiert werden. Warum willst du es haben?"

Als Felix zögerlich gestand, er wolle es in der Pfeife rauchen, lachte Ansgar und wünschte ihm schöne Träume. Bei Felix kam der Verdacht auf, die Pfeife schmauchenden Mönche wussten die wundersame Wirkung des Rindspechs durchaus zu schätzen ...

33

Von nun an zog ein süßlicher Duft durch das Sudhaus. Felix fügte behutsam, ohne zu übertreiben, einige Brocken Opium seinem Tobak zu. Er brauchte das Rindspech, wenn er glücklich war, erst recht, wenn er niedergeschlagen war, wenn er sehnsüchtig an seine Maria dachte. Der Meister registrierte mit Verwunderung, dass seine üble Laune schlagartig in eine heitere Gemütslage umgeschlagen war.

Bruder Ansgar hatte sofort bemerkt, dass Felix zu verwahrlosen drohte. Eindringlich hatte er ihn noch einmal auf die Gefahr der Pestilenz hingewiesen. Zwar habe die Seuche in der Stadt nachgelassen, aber das Bauernvolk sei nach wie vor stark betroffen, das Siechenhaus platze aus allen Nähten. Nein, die Ursache stehe noch in den Sternen. Die Chirurgen würden verzweifelt in den Säften der Pestleichen nach einem Hinweis suchen. Kürzlich habe ein studierter Arzt im Blut eines Pestkranken kleine Lebewesen nachgewiesen, erklärte der Klostermedicus.

„Das Pestmiasma ist nichts anderes, als eine Schar kleiner Würmelien, welche in der Luft herumfliegen, und wenn sie durch den Atem in den Leib eingezogen werden, dasselbe Geblüt verderben und die Drüsen zersetzen“, zitierte Ansgar aus einem neuen, medizinischen Werk. „Danach drohe eine Ansteckung selbst durch einen gelinden Luftzug. Du fragst, was hilft? Reinlichkeit ist der einzige Schutz vor der Ansteckung. Also wasche dich gründlich, wechsle öfter deine Kleider und gehe den Kranken aus dem Weg.“

Die Warnung nahm sich Felix zu Herzen. Am arbeitsfreien Montag suchte er die Stuffa am Katzenturm auf. Sein Freund Jacob Emmerich saß schon in einem Zuber und winkte ihn zu sich. Seinem ärgerlichen, verbitterten Gesichtsausdruck zufolge, lag dem Jacob ein schwerer Stein auf dem Herzen. Felix ließ die

Wanne neben ihm mit frischem Wasser füllen und verlangte Lavendel und Thymian als Kräuterzugabe.

„Emma, du machst nicht gerade den Eindruck eines glücklich vermählten Ehemanns. Ist dir ein Hase über den Weg gelaufen?“

„Ei, ich habe mit meinem Schwäher gebrochen und arbeite wieder als Zimmermann bei meinem Vater.“

„Ist der Eisenhandel doch nicht so lukrativ? Oder gibt es einen anderen Anlass zu dem Zerwürfnis?“

„Und ob es den gibt. Lass mich etwas ausholen.“ Er strich mit seinem Zeigefinger über die Nase, als wolle er etwas Unangenehmes wegwischen, als sei es ihm peinlich, darüber zu sprechen. „Du weißt, Marlene hat mir den Kopf verdreht. Die Liebe, die sie mir gab, war anders als das Beilager mit meinem prüden Weib. Zärtlicher, sinnvoller und ohne moralische Skrupel. Ich konnte einfach nicht mehr von ihr lassen. Gleich nach unserem Nachtdienst war ich bei Marlene und da hat sie mir in Tränen aufgelöst berichtet, der Haag sei bei ihr aufgetaucht und habe verlangt, sie solle mir nicht mehr den Kopf verdrehen und aus der Stadt verschwinden. Das muss wohl zu jener Zeit gewesen sein, als wir im Hammertor waren. Er habe ihr sogar viel Geld angeboten und ihr gedroht, er würde sie fertigmachen, wenn sie nicht innerhalb von drei Tagen fort wäre. Es sei ein Leichtes für ihn mit seinen Beziehungen, sie aus der Stadt jagen zu lassen. Marlene hatte panische Angst und ließ sich nicht mehr beruhigen. Sie hat das Angebot Haags mutig ausgeschlagen. Dennoch hat sie sich entschlossen, zusammen mit ihrer Schwester wieder heim in den Westerwald zu gehen. Ihre Eltern werden sie sicher wieder aufnehmen, zumal die schändliche Vergewaltigung ohne Folgen blieb.“

„Verstehe, deshalb sind sie fort! Konnten sie denn die Schulden beim Henker und Hurenwirt begleichen?“

„Ich hatte Mitleid und ihr meine gefüllte Geldkatze überlassen. Aber kein Wort zum Haag, Felix. Schwöre!“ Wieder wischte Emma seine Nase ab.

Felix hob zwei Finger der rechten Hand zum Schwur und überlegte einen Moment. Sollte er seinem Freund die andere Version des Freudenhauswirts präsentieren? Seine Zweifel, ob Marlene mit ihrer mitleidsvollen Geschichte wirklich die Wahrheit gesagt habe, waren nicht einfach wegzuwischen. Nein, er brachte es nicht übers Herz, seinen Freund zu verunsichern.

„Dass Lilli und Marlene fort sind, haben wir also deinem Schwäher zu verdanken. Sollen wir dem Hundsfott einen Denkzettel verpassen?“, flüsterte Felix und versicherte sich, dass ja niemand lauschen könne.

„Was meinst du?“

„Ich kenne ein wirksames Kraut, das Durchfall macht. Wenn der Haag nicht mehr von der Heimlichkeit kommt, kann er doch beim Scheißen über seine frevelhafte Tat nachdenken.“

„Kerle, muss man sich vor dir in Acht nehmen? Vielleicht hast du noch andere Mittel drauf, um jemanden ins Jenseits zu befördern? Felix, der klösterliche Giftmischer.“ Felix schmunzelte vielsagend und schwieg. „Und du meinst, er merkt nicht, wenn ich ihm das Kraut unterschiebe? Was ist das für ein Zeug?“

„Hundspetersilie. Sie sieht aus wie die Gartenpetersilie, riecht aber etwas nach Knoblauch und schmeckt bitterer. Trinkt dein Schwäher auch mal einen Kräuterlikör, Emma?“

„Immer nach dem Essen zur Verdauung. Das ist ein heiliges Ritual für ihn.“

„Passt ideal. Ich werde dir eine Mixtur bereiten. Die schüttest du dann in die Likörkaraffe. Aber die muss noch mindestens halb voll sein, sonst ist die Wirkung zu stark. Schließlich willst du doch nicht, dass er zu Schaden kommt, oder?“

„Ich überlege es mir. Mein ist die Rache, sagt der Herr“, frohlockte Emma und ballte dabei triumphierend die Faust.

„Übrigens, das Mittel wirkt schon nach einer Stunde. Also sieh zu, dass Haag den Likör nicht in deinem Beisein trinkt. Und kein Sterbenswörtchen, zu niemanden, dass ich mich mit schädlichen Kräutern auskenne. Schwöre es mir!“

In der Stuffa wurde es unruhig. Zwei Stallknechte in lumpiger Kleidung und mit Kuhmist an den Füßen schleppten einen alten Bauern zur Tür herein. Alle Augen der Badenden waren auf die Eindringlinge gerichtet, die wahrlich nicht in das Badehaus passten, sicher nicht nach einem Wannenbad verlangten und einen widerlichen Gestank nach Gülle verbreiteten.

„He, Bader, Ihr habt den Bauern zur Ader gelassen, ihn geschröpft und mit seltsamen Mitteln vollgestopft, um sein Augenleiden zu heilen. Alles umsonst. Ihr habt ihm nur das Geld aus der Tasche gezogen wie ein gemeiner Quacksalber. Jetzt ist er blind, und wir stehen dumm da."

Sofort herrschte gespannte Ruhe. Hatte der Bader Flabbes gepfuscht? War er auch nur einer von diesen unsäglichen Medikastern, die wundersame Medizin verkaufen oder dubiose Heilungen versprechen und die armen Leute um ihr Geld bringen?

„Beruhigt Euch", fauchte der Bader nervös. „Der Bauer hat das Wölkchen im Stern. Streng nach dem griechischen Heiler Galenos habe ich die Ansammlung der verdorbenen Säfte in seinem Auge behandelt. Die Aderlässe sollten das Blut reinigen und die bittere Galle herausspülen. Offensichtlich ist die Trübung der Linse schon zu weit fortgeschritten. Ich kann Euch nur eins raten: Sucht einen Starstecher auf. Beim nächsten Jahrmarkt wird sicher einer seine Dienste anbieten."

„Den Star stechen? Was ist der Star, Felix? Wie geht das?", fragte Jacob.

„Eine matte Augenlinse macht einen starren Blick. Dann hat er den Star. Beim Stechen wird die Linse einfach mit einer Nadel vom Sehloch weggeschoben. Der Glaskörper ist nicht schmerzempfindlich, der Patient leidet keine große Pein."

„Der Flabbes kann das doch auch machen, oder?", wunderte sich Jacob.

„Natürlich", antwortete Felix, „der ist auch Wundheiler. Aber das Stechen ist zu gefährlich für ihn. Er hat Schiss davor. Zu oft gelingt die Operation nicht. Darum überlässt er es lieber den umherziehenden Starstechern. Die sind längst über alle Berge, sollte der Patient sterben."

Die Knechte standen einschüchternd mit finsteren Mienen vor dem verängstigten Bader. Der Bauer verlangte lautstark krakeelend, dass er ihn auf der Stelle stechen solle. Und wage er es nur nicht, seine Dienste zu verweigern.

„Wollt Ihr mir drohen? Schlagt mich doch tot, dann ist aber dem armen Mann auch nicht geholfen."

Nun mischte sich ein grauhaariger Badegast in das Gespräch. Er sei Stadtrat und weise auf den Eid hin, den der Bader einst geleistet habe. Danach dürfe er seine Hilfe nicht versagen. Unschlüssig, in die Enge getrieben, sah sich der Bader bange um. Inzwischen war auch der Barbier Raab, angelockt von dem Gezeter, erschienen. Wortlos stellte der einen Holzschemel mitten in die Badstube und half dem Bauern, sich hinzuhocken. Flabbes verschwand kurz und kam mit einer seltsam anmutenden Nadel zurück. Dann setzte er sich Auge in Auge vor den Patienten. Raab stand hinter dem Kaffer und presste dessen Kopf fest auf seine Brust. Die Gespräche verstummten sofort. Alle blickten voller Spannung und mit einer Gänsehaut auf dem Rücken zum Operateur. Der Bader stützte seine linke Hand an der Stirn des Patienten ab, spreizte mit Daumen und Zeigefinger die Augenlider auseinander und griff mit der rechten Hand zur Stichnadel. Die Badegäste hielten den Atem an. Als Flabbes mit der Nadel seitlich in den Augapfel stach und sie soweit hineinschob, dass sie hinter der Pupille sichtbar war, ging ein leises, mitleidvolles Stöhnen durch die Stuffa.

„Jetzt versucht er, die Linse mit der Nadel zu packen", flüstere Felix seinem Freund zu. „Dann drückt er sie durch den Glaskörper bis auf den Boden des Auges und hält sie eine Weile fest, damit die Linse nicht wieder aufsteigt."

Man sah dem Bader an, dass er Blut und Wasser schwitzte, während er die Starstichnadel herauszog. Die Schmerzen mussten wohl für den Patienten erträglich gewesen sein, denn der Bauer frohlockte wie ein kleines Kind. Er könne wieder sehen, schrie er freudestrahlend aus. Beifall brandete auf. Der Barbier wickelte alsdann einen mit Branntwein getränkten Verband über beide Augen. Er möge ihn vorsichtshalber noch zwei Tage tragen. Der Bader genehmigte sich indes einen großen Schluck aus einer Flasche Dauborner Klaren.

34

Am nächsten Tag suchte Felix den Klostermedicus Ansgar auf. Ihn plagten brennende Schmerzen beim Wasserlassen. Er hegte einen schrecklichen Verdacht. Nach der christlichen Begrüßungsformel gestand er ohne Umschweife, aber sichtlich verschämt seinem ehemaligen Ziehvater:

„Bruder Ansgar, ich fürchte, ich habe mir die Rute verbrannt."

„Junge, hast du es etwa mit den Hübschlerinnen getrieben?"

Felix bekam schweißnasse Hände und rote Ohren. Es lag auf der Hand, dass Bruder Ansgar diese Frage stellen musste.

„Ich bekenne meine Sünde und bitte dich um Absolution."

„Nimm dir folgendes Bibelzitat zu Herzen: ‚Denn die Lippen der fremden Frau sind süß wie Honigwein, und ihre Kehle ist glatter als Öl, hernach aber ist sie bitter wie Wermut und scharf wie ein zweischneidiges Schwert.' Ja, beim Allmächtigen, die Hurerei ist Sünde, sie führt dich tief in die Misere. Deine Beichte nehme ich nur im Beichtstuhl ab, aber die Buße hilft dir nicht weiter. Du bezahlst die sinnliche Wonne mit körperlichem Schmerz. Mit dem Schanker ist nicht zu spaßen, er ist eine Geißel Gottes, eine Strafe für deinen liederlichen Lebenswandel!"

Ohne weiter auf den Patienten einzudringen, was Felix mit Erleichterung registrierte, reichte er ihm eine gläserne Matula. Mit ernstem Blick nahm Ansgar dann die Harnschau vor. Dickflüssig, trüb und übel riechend, ein sicheres Zeichen dafür, dass sich Felix einen Tripper eingefangen habe, diagnostizierte der Klosterarzt. Dennoch sei es gut, dass er sich schon in einem frühen Stadium vorgestellt habe.

„Ich gebe dir ein Öl von Cubebenpfeffer, das sollte deine Beschwerden lindern. Bevor du wieder fragst: Der Pfeffer stammt aus Fernost und wird schon seit der Antike als Heilmittel eingesetzt. Er hat antiseptische Wirkung. Vor dem Schlafen trinkst du noch etwas Laudanum, aber nicht zu viel, hörst du? Ansonsten gebe ich dir den Rat, dich sorgsam und oft zu waschen. Und mit dem Beischlaf ist es erst einmal vorbei. Meide auch die Badstube, sonst steckst du noch andere an. Wir sehen uns in drei Wochen wieder. Dann sollte der Spuk vorüber sein. Und noch eines muss ich dir ernsthaft raten: Melde dich beim Hurenwirt! Er muss die infizierte Metze aus dem Verkehr ziehen, sonst stehen in den nächsten Tagen die Männer Schlange vor meiner Infirmaria."

Ein gehöriger Schluck des Laudanums, das Pfefferöl eingeschmiert, dazu einen Krug Bockbier und seine Tobakspfeife im Mund, so verbrachte Felix den Abend allein in seiner Kammer. Von dem sonderbaren Rauchopium hatte er einen großen Klumpen in seine Pfeife gesteckt, nach dem Motto: Mehr tut besser. Aber er hatte die Wirkung des Opiums unterschätzt. Berauscht, die vernebelten Sinne nach innen gerichtet, fiel er bald auf seine Schlafstatt. Kaltfeuchte Stirn, Schüttelfrost, geweitete Pupillen, ein glückliches Lächeln im Gesicht. Die Schwelle des Bewusstseins war überschritten.

Er wähnte sich im biblischen Garten Eden, naschte von den süßen Früchten der exotischen Bäume, labte sich am köstlichen, honigsüßen Malvasierwein, der als Wasserfall von einem Berg herunterstürzte, zog die mit betörendem Orchideenduft geschwängerte Luft tief ein, schwebte mit einer solchen Leichtigkeit über farbenfrohe Blumenteppiche, als wären ihm Flügel gewachsen. Felix erfreute sich am hellen Gesang der zwitschernden Singvögel und ignorierte die wild krächzenden Raben, die ihn in luftiger Höhe umschwärmten, als wollten sie ihn vor einem Unheil warnen, obgleich es ihm schien, dass es in dieser Welt keinen Grund zur Furcht geben könne, keine Sorgen, keine bohrenden Schuldgefühle, keine Feindschaften, nur himmlischen Frieden und vollendete Glückseligkeit. In der Ferne machte er in der hochstehenden, gleißenden Sonne einen mächtigen, einzelnen Baum mit einer ausladenden Krone aus, bestückt mit einer Fülle von seltsam anmutenden, leuchtend roten Früchten, die seinen Blick magisch anzogen und seine übersteigerte Neugier anfachten, zumal schmeichelnde Engel ihm signalisierten, dass seine geliebte Maria dort sehnsüchtig auf ihn warte, hüllenlos, mit einem betörenden Lächeln und ausgebreiteten Armen, bereit, ihn zu einem lang ersehnten Liebesakt zu verführen. Er müsse unbedingt von diesem Baum der Erkenntnis essen, hauchte ihm Maria verführerisch zu und reichte ihm eine der umbekannten, goldroten Früchte, eine Frucht, die einem zu groß gewachsenen Liebesapfel ähnelte und seine Sinne animierte, sofort hineinzubeißen. Kaum hatte Felix den verlockenden, honigsüßen Saft mit sinnlichem Genuss heruntergeschluckt, verfinstere sich die Sonne mit einem Donnerhall, als sei sie zerplatzt wie eine Seifenblase. Dunkle, Unheil verheißende Wolken zogen auf, die süße Frucht verwandelte sich in seiner Hand in ein fauliges, schleimiges, garstig stinkendes Häufchen Schlamm, in dem es nur so von ekelerregenden Maden wimmelte. Die himmlische Landschaft wandelte sich abrupt in eine düstere, tote Wüste, grau und unheimlich, eine Wüste, in der eine giftgrüne Natter sich vor seinen Füßen davonschlängelte und ein kalter Windstoß den feinen, schmutzigen Sandstaub emporwirbelte, der Felix erschaudern ließ, ihn in Angst und Schrecken versetzte, als sich aus den Sandfahnen zwei dunkle, gespenstische Schatten lösten: Der Abdecker Stoffel mit einem Holzbein und der totenbleiche Schultheiß Opper. Der Schinderstoffel schnappte den erstarrten, wehrlosen Felix, warf ihn rüde auf den Schinderkarren und zog mit ihm davon, während das Knochengerippe Opper in einem weit ausladenden, schwarzen Umhang auf dem braungescheckten Wallach neben ihm ritt, hämisch grinsend und mit seiner knöchrigen Hand drohend auf ein dunkles Loch deutend, das der Abdecker ansteuerte. Schemenhaft glaubte Felix, in der tiefen Finsternis der Höhle den leibhaftigen Luzifer in einem schwefligen Nebel wahrzunehmen, auf einer knieenden, nackten Hexe thronend, als habe man ihn dem Jüngsten Gericht der Hölle zugeführt, wo ihm der finster dreinschauende Satan, begleitet von ohrenbetäubendem Grollen, mit einem feurigen Dreizack bedeutete, wo er seine finale Bestimmung finden sollte: In einer kochenden, fauligen, stinkenden Jauchegrube, in der sich kurz ein nach Hilfe schreiender Mädchenkopf zeigte, seine Maria! Felix wehrte sich vergeblich mit Händen und Füßen. Scheppernd stieß er an sein Nachtgeschirr, das seinen Inhalt über den Boden seiner Kammer ausgoss. Mitten in der Lache lag seine rauchende Tonpfeife ...

35

Am Morgen schien es ihm, als habe er drei Tage und drei Nächte geschlafen. Dennoch fühlte er sich wie gerädert, wie nach einem langen, anstrengenden Arbeitstag im Sudhaus. In seinem Schädel hämmerte es, als habe er nächtelang durchgezecht. Der schreckliche Albtraum sollte ihm eine Lehre sein. Zu viel des Guten war zu riskant. In den nächsten Tagen verzichtete er erst einmal auf die Klümpchen in seiner Pfeife, auch auf das Laudanum. Das Pfefferöl schien zu helfen. Die Schmerzen klangen ab, nicht aber seine Zweifel, was tatsächlich mit Maria geschehen war. Er konnte sich nicht mit der banalen Erklärung des Hurenwirts abfinden, er musste Gewissheit haben und suchte ein letztes Mal das Freudenhaus auf.

„Was wollt Ihr noch? Mehr kann ich Euch nicht über die beiden Metzen sagen", knurrte ihn der Hurenwirt abweisend an, zuckte gereizt mit den Achseln und bedeutete ihm, gefälligst zu verschwinden.

„Raus mit der Sprache: Hatte eine Eurer Dirnen das Brennen?"

„Seid Ihr des Teufels? Bei mir sind alle Hübschlerinnen sauber. Ich kann es mir nicht leisten, dass eine die Freier ansteckt. Dann kann ich mein Haus zumachen. Der Scharfrichter duldet es bei Strafe nicht, derart geschäftsschädigende Gerüchte zu verbreiten."

Felix musste sich eingestehen, dass er auf seine Frage niemals eine ehrliche Antwort erhalten würde, und wechselte das Thema.

„Hat der Eisen-Haag einmal die Marlene besucht?"

„Was glaubt Ihr wohl, was geschehen würde, wenn ich die Freier preisgeben und über sie schwatzen würde? Dann kann ich mich nicht mehr meines Lebens freuen. Der Henker macht kurzen Prozess mit mir."

Felix war sicher, dass sich der Hurenwirt seine Verschwiegenheit gut bezahlen ließ. Allein auf seine plumpe Frage hin konnte er keine Antwort erwarten. Entweder würde er ihn bestechen oder ihm Gewalt androhen müssen. Kurz entschlossen packte er den verdutzten Mann am Kragen und schnürte ihm mit festem Griff die Kehle zu.

„War der Eisen-Haag einmal bei der Marlene?", fauchte ihn Felix an und zog den Kragen enger, so dass er nach Luft japste.

„Lasst ab und ich spreche. Also gut, der Haag war niemals im Freudenhaus. Er hat nie eine Metze besucht, weder Marlene noch Lilli. Ich schwöre bei der Heiligen Lucia, der Schutzpatronin der reumütigen Dirnen. Aber Lilli ..."

Er stockte einen Augenblick. Als Felix ihm noch einmal an den Kragen ging, presste er mit rauer Kehle heraus:

„Verdammt, der Scharfrichter wird mich zum Teufel schicken, wenn ich plaudere. Lilli hat den Eisenkrämer am Tag vor ihrem Verschwinden aufgesucht. Sie hatte mich gefragt, wo sie sein Kontor finden könne. Um es gleich zu sagen: Ich weiß wahrhaftig nicht, was sie von ihm wollte."

Felix ließ von ihm ab. Mehr war aus dem Mann nicht herauszuholen. Unzufrieden wandte er sich dem Ausgang zu und lief an der Türschwelle dem Scharfrichter Johann David Busch in den Arm.

„Bengel, willst du noch immer eine Hübschlerin auslösen? Lass die Finger davon, es ist töricht und gefährlich dazu. Erst vor zwei Wochen habe ich eine Metze aus der Stadt verbannt. Sie hatte das Brennen. Oder hat es dich gar auch erwischt?"

Felix erstarrte. Also doch! Seine Maria war die Quelle des Übels. Von wegen blumig. Sie hatte ihn angelogen. Wahrscheinlich hatte sie der Busch unter Strafandrohung zum Schweigen verdonnert, da war sich Felix sicher.

„Der Mann hat mich bedroht, Scharfrichter!", rief der Hurenwirt von hinten.

„Was hast du, Diezinger? Wolltest du mit Gewalt deine Metze holen?"

„Ehrwürdiger Scharfrichter, das hat sich erledigt", gab Felix kleinlaut von sich und wollte sich davonschleichen.

„Hiergeblieben! Ich dulde keinen Streit im Hurenhaus. Ich erteile dir Hausverbot, und sollte ich dich noch einmal hier oder in der Rosengasse antreffen, setzt es eine peinliche Strafe. Verstanden?"

36

Zur gleichen Zeit herrschte im Hause Haag eine bedrückte Stimmung. Der Hausherr hütete fiebernd das Bett, schüttelte sich vor Magenkrämpfen und musste ständig den Darm entleeren. Man befürchtete das Schlimmste. Der herbeigerufene Hospitalarzt diagnostizierte eine arge Magen- und Darmverstimmung, ließ ihn mehrfach zur Ader und verordnete einen Milchsud mit Gänsefingerkraut.

Jacob schwitzte indes Blut und Wasser. Hatte Felix die giftige Kräutermischung zu stark dosiert? Oder hatte er sich gar in den Kräutern geirrt? Seine zänkische Frau Elsbeth drängte ihn, es sei höchste Zeit, sich mit ihrem Vater auszusprechen, bevor es zu spät sein könnte. Doch Jacob taperte mit schlechtem Gewissen im Haus herum und machte keine Anstalten, seinen bettlägrigen Schwäher aufzusuchen. Die herrische Elsbeth ermahnte ihn, drohte ihm sogar. Sie konnte nicht begreifen, warum Jacob ihrem Vater nicht mehr zur Hand ging, warum er den besseren Verdienst ausgeschlagen und ohne ein klärendes Wort die Zusammenarbeit mit dem Eisenhändler aufgekündigt hatte. Schließlich fasste er sich ein Herz und setzte sich mit fliegendem Puls auf die Bettkante des Kranken.

„Jacob, du gehst mir aus dem Weg. Warum hast du dich entschieden, wieder als Zimmermann zu arbeiten?", fragte ihn der blasse Haag mit schwacher Stimme. „Du hast doch bei mir gut verdient, oder? Habe ich dir Unrecht angetan?"

„Gewiss, ich habe Euch etwas übel genommen ... Kann ich auf Eure Verschwiegenheit zählen?"

„Wir sind unter uns. Das Wort bleibt hier in der Stube. Also raus mit der Sprache."

„Mein Vater hatte mich einst ins Freudenhaus geschickt, damit ich meine ersten Erfahrungen mit den Weibsleut mache. Meine erste Frau war die Metze Marlene. Deshalb habe ich sie zur Hochzeit eingeladen. Sie ging mir nicht mehr aus dem Kopf, wenn Ihr wisst, was ich meine. Vor einer Woche hat mir Marlene unter Tränen erzählt, dass Ihr der Hübschlerin viel Geld geboten habt, damit sie aus der Stadt verschwindet. Jetzt ist sie fort. Warum mischt Ihr Euch in meine, rein privaten Belange ein?"

„Und das hat dich so erzürnt? Hast dich wohl in die Hure verguckt? Aber glaube mir, sie war es nicht wert. Nein, ich habe niemals mit dieser Marlene gesprochen, geschweige denn, sie bedrängt, die Stadt zu verlassen. Darauf hast du mein Ehrenwort. Wenn ich dir jetzt etwas anvertraue, dann hältst du auch deinen Mund, einverstanden?" Jacob nickte kurz. „Eines Tages suchte mich eine Dirne im Kontor auf. Ich glaube, sie war auch auf der Hochzeitsfeier anwesend. Das verruchte Mensch hat mich erpresst. Sie spreche nicht in ihrem Namen, vielmehr solle sie für ihre Freundin Marlene verhandeln, erklärte sie und tat dabei sehr geschäftstüchtig. Dann kam sie ohne Umschweife und Skrupel mit der Sprache heraus: Sie wollte Geld, viel Geld. Als Gegenleistung werde Marlene das Maul halten und nichts über deine Besuche im Hurenhaus – selbst nach der Hochzeit – ausplaudern. Vor allem nicht gegenüber der Elsbeth. Wenn mir etwas am Glück der jungen Eheleute liegen würde, sollte ich zahlen. Marlene sei auf das Geld angewiesen. Es bleibe ihr keine andere Wahl, das Geld einzutreiben. Ich Idiot habe geblecht. Schließlich wollte ich euer Eheglück nicht von einer durchtriebenen Metze in Gefahr bringen lassen."

Jacob schüttelte erschrocken den Kopf. Sprach sein Schwäher wirklich die Wahrheit? Er zweifelte. Andererseits, warum sollte ihm Haag eine Lüge auftischen? Wem sollte er Glauben schenken? Niemals hätte er seiner Marlene ein derart schändliches Spiel zugetraut. Nie und nimmer!

„Warum habt Ihr mir nicht davon erzählt?"

„Was hätte es gebracht? Mir geht es nicht ums Geld. Aber lass mich noch zu Ende erzählen. Die Dirne wollte schon gehen, da drehte sie sich noch einmal um. Marlene könnte sich auch noch eine andere Lösung vorstellen, die für das junge Glück von dauerhaftem Vorteil wäre. Und dann machte mir das Haaremensch folgenden unverschämten Vorschlag: Marlene werde innerhalb von drei Tagen Lympurg für immer verlassen, sofern ich bereit wäre, ihre ausstehenden Schulden beim Freudenhauswirt und beim Scharfrichter zu übernehmen. Sollte sie aber gehen, dann gingen sie nur zu zweit. Also müsse ich auch für sie zahlen. Da kämen schon fünfzig, nein sechzig Gulden zusammen. Einen Moment habe ich wirklich überlegt, sie aus dem Kontor zu werfen. Doch als Vater habe ich nur das Glück meiner Tochter im Sinn gehabt. Das verstehst du doch? Und das war mir das Geld wert. Junge, du bist verheiratet, was brauchst du eine Metze? Ich hoffe, du wirst darüber hinwegkommen. Glaube mir, das verruchte Luder verdient es nicht, ihr nachzutrauern. Und wenn sie dir noch ein Märchen aufgebunden hat, um Mitleid zu erregen, dann siehst du daran, wie durchtrieben die Schnepfe ist. Hat sie gar auch dir Geld abgenommen? Zutrauen würde ich es ihr."

Jacob rang nach Luft, ihm fehlten die Worte. Sein Gesicht lief rot an. Haag verstand sofort, schwieg aber kopfschüttelnd.

Am Abend suchte Jacob seinen Freund in der Schenke auf. Er fand ihn nachdenklich und missgestimmt vor. Stumm blies Felix den Schaum von seinem Becher Bier, stocherte im Teller Grütze und sah nicht auf, als sich Jacob neben ihn setzte. Am Nebentisch spielten einige fremde Händler Karten und lamentierten dabei, als seien sie die einzigen Gäste. Es stank nach Bier, Schweiß und Tobaksqualm.

„Felix, lass uns an die frische Luft gehen. Hier ist es zu laut und verpestet dazu. Ich muss mit dir in Ruhe sprechen."

Felix spülte das Bier mit einem Zug hinunter und ließ sein Abendessen stehen. Er sagte immer noch kein Wort, nicht einmal eine kurze Begrüßungsformel. Sie folgten der oberen Böhmergasse. Dort war es am ruhigsten für ein vertrauliches Gespräch.

„Felix, meinen Schwäher hat es arg erwischt. Wir mussten den Arzt holen."

Kalten Schweiß trieb es Felix ins Gesicht. Sollte er etwa den Eisenhändler vergiftet haben? Nein, er hatte bei der Dosierung doch Vorsicht walten lassen.

„Hast du die Kräutermixtur in die halb volle Karaffe geschüttet?"

„So, wie du es geraten hast."

„Wie viel war noch drin, Emma?"

„Etwa ein Becher voll."

„Oh je, ich dachte die Karaffe wäre größer. Egal, mach dir keine Sorgen, der Haag wird sich schon erholen. Aber schütte den Rest sofort weg. Soll ich dir eine Flasche guten Likörs mitgeben?"

„Lass lieber, ich fülle die Glaskanne mit dem Schnaps auf, den mein Schwäher immer trinkt. Sicher ist sicher." Dann erzählte er seinem Freund, was ihm Haag über die Metzen anvertraut hatte. Die Mosaiksteinchen, die Felix nun in seinem Kopf zusammensetzte, öffneten ihm die Augen.

Lilli und Marlene waren nicht aus freien Stücken verschwunden. Der Scharfrichter hatte die infizierte Lilli aus der Stadt verbannt. Bevor die Dirnen gemeinsam weiterzogen, hatten sie die Situation genutzt und zu Geld gemacht. Die naiven Freunde waren den durchtriebenen Hübschlerinnen auf den Leim gegangen. Schamlos, hinterhältig und gemein. Felix schwieg und klärte seinen Freund Emma nicht über die beschämende Wahrheit auf. Eine Wahrheit, die er als persönliche Niederlage empfand, als Demütigung und lehrreiche Schmach. Bruder Ludolf hatte ihn als Kind vor der süßen Versuchung gewarnt; er solle sich von den betörenden Sinnen nicht täuschen lassen. Nun war er selbst in die verführerische Falle getappt. Die Fleischeslust hatte ihn arglos und blind werden lassen. Mit einem Schlag änderte sich seine Meinung über die Frauen. Nein, von den Weibsleut wollte er nichts mehr wissen. Von nun an werde er den Frauen aus dem Weg gehen, gelobte er und gab

Bruder Ansgar Recht: Die Lippen der fremden Frau waren süß wie Honigwein, und ihre Kehle glatter als Öl, hernach aber waren sie bitter wie Wermut und scharf wie ein zweischneidiges Schwert.

Auf dem Heimweg begegneten sie dem alten Fuhrmann des Amtmanns.

„Gut, dass ich dich treffe, mein Junge. Ich sollte dir doch sagen, wenn der Jupp wieder Wein bringt. Er ist heute eingetroffen und wird morgen früh die Stadt wieder verlassen."

37

In aller Herrgottsfrüh fand sich Felix am Dietzer Tor ein. Es regnete Bindfäden an jenem grauen Tag, der die Stadt und die Menschen schäbig und unglücklich mit einem verkniffenen Zug um den Mund aussehen ließ. Genau der richtige Tag, das passende, trübe Wetter für seinen teuflischen Plan. Einige wenige Menschen, in edle Schauben gehüllt, huschten geschwind über die Plötze und verschwanden im Zunfthaus der Tuchmacher, das sie ‚Zorn' nannten. Der verlotterte Schlammbeiser stocherte mit einer langen Lanze im stinkenden Stadtgraben herum, um den Wasserlauf in Gang zu halten. Er torkelte bereits ein wenig und drohte in den Bach zu stürzen, hatte er doch von den Fleischhauern in der Fleischgasse wie immer Schnaps erhalten, um den Bach vor ihren Läden von Unrat frei zu halten. Von der Salzgasse kommend, stapfte der grimmig dreinschauende Stadthauptmann Heinrich Wegmann in seiner blauweiß-gestreiften Pluderhose auf den Schießgraben zu, wo die wehrfähigen Männer ihre Schießübungen abhielten. Felix suchte rasch eine Deckung. Er wollte ihm nicht begegnen. Sein Meister hatte ihn zwar vom allgemeinen Wehrdienst – sehr zum Verdruss des Stadthauptmanns – freigekauft. Aber dem allgemeinen Pflichtdienst in der Bürgerwehr musste er dennoch nachkommen. Zu spät. Wegmann entdeckte ihn und stellte ihn zur Rede.

„Diezinger, Eure Schonfrist ist abgelaufen. Als zünftiger Geselle seid Ihr verpflichtet, Euch im Umgang mit der Hakenbüchse zu üben. Die Bürgerwehr ist angewiesen, sich zur Verteidigung der Stadt bereitzuhalten. Ihr habt Euch schon lange nicht mehr beim Exerzierdienst sehen lassen. Jeder Geselle ist gefordert, ohne Ausnahme. Ich befehle Euch, zum Schießen zu erscheinen, ansonsten setzt es eine peinliche Strafe."

Felix brummelte kleinlaut, er habe die Warnung verstanden und werde sich danach richten. Sich zu widersetzen oder gar mit dem alten Haudegen anzulegen, wäre töricht gewesen. Endlich zogen die schlaftrunkenen Wächter das Fallgitter hinauf und ließen die ersten, vor dem Tor ausharrenden Fuhrleute aus der Stadt hinausfahren. Der kurtrierische Fuhrmann war nicht unter ihnen. Rasch schlüpfte Felix zum Tor hinaus. Nein, hier, vor aller Augen wollte er auf keinen Fall auf den Kutschbock steigen. Schnellen Schrittes strebte er vorbei an der Annakirche und dem angrenzenden Hospital der Schiede zu, dem zweiten Wehrgraben der Stadt. Das Landwehr, bestehend aus einem mit dichtem Gebück besäumten Erdwall und einem tiefen, wasserlosen Graben, zog sich weitläufig als zweiter Schutzring von der Lahn in der Nähe der Untermühle bis zum Greyffenberg um die Stadt. Die Dietzer Landstraße war matschig und voller Pfützen in den ausgefahrenen Spurrinnen. Als er am äußeren Dietzer Tor ankam, waren seine Hosenbeine bis zu den Knien mit Dreck, Pferde- und Ochsenkot beschmutzt. Mit einem freundlichen Gruß schritt er an den Wachen vorbei und zog ein Stück weiter in Richtung Dietz. Er hätte seine Stiefel anziehen sollen, knurrte Felix vor sich hin und gab den Ochsenfuhrwerken immer wieder den Weg frei, indem er in den Straßengraben auswich. Unentwegt blickte er sich um. Jupp war noch nicht in Sicht. Er griff noch einmal in seine Rocktasche. Felix hatte eine Flasche Kräuterlikör dabei, den besten, den es im Kloster nur gegen gute Worte gab. Am Vorabend hatte er sie sorgsam geöffnet und ein wenig Absud aus den Blüten des roten Fingerhuts hinzugemischt. Das hochgiftige Elixier hatte er in weiser Voraussicht schon vor geraumer Zeit angesetzt – für den Fall der Fälle. Dabei hatte er wieder diesen eiskalten Hauch im Nacken gespürt, der ihn schon damals erschreckte, als er die tödliche Falle für den Schultheiß Opper vorbereitete. Hatte ihm der Teufel über die Schulter gesehen?

Der Regen wurde stärker. Seine langen Haare klebten am Kopf. Ihn fröstelte in seinem klitschnassen Wams. Doch das störte ihn nicht. Zu sehr fieberte er der Begegnung mit dem verhassten Fuhrmann entgegen, der seine Mutter einst als Hexe denunziert hatte. Wie von einem Dämon getrieben, trachtete sein Sinnen nach Rache. Bald könne er seinen heiligen Schwur vollends erfüllen, triumphierte er, zog die Zeichnung seiner Mutter hervor und warf einen liebevollen Blick darauf. Jupp war der Letzte auf seiner Liste, der auf Erden für sein schändliches Tun sühnen sollte, bevor der himmlische Vater den Fuhrmann am Tag des Jüngsten Gerichts ob seiner Todsünde verstoßen würde. Im Regendunst sah er ein Fuhrwerk das äußere Dietzer Tor passieren. Das musste er sein. Sein Herz klopfte vor Erregung. Wie sollte er vorgehen? Sein brennender Hass steigerte sich derart, dass er den Fuhrmann am liebsten gleich totgeschlagen hätte. Die Gelegenheit war günstig. Noch war kein anderes Gefährt in Sicht. Nein, er blieb bei seinem Vorsatz. Er würde nicht töten. Gott möge dem Verruchten noch eine Chance geben. Gott solle entscheiden. Felix denkt, Gott lenkt.

Der alte Jupp schien auf dem Kutschbock zu schlafen. Er hatte sich einen gewachsten Mantel umgelegt, die Regenhaube über den Kopf gezogen und zog gemächlich an seiner gedeckelten Tobakspfeife. Träge trotteten die beiden Pferde voran. Mutig stellte sich Felix dem Gespann in den Weg.

„He, Fuhrmann, nehmt Ihr mich ein Stück des Weges mit?“, rief ihm Felix mit gespielter Freundlichkeit zu.

Jupp zog kurz an den Zügeln und nickte ihm arglos zu, er solle neben ihm Platz nehmen. Felix schwang sich auf die Sitzbank und legte seine Flasche in eine Kiste hinter dem Bock, als wolle er sie für die Fahrt verstauen. Jupp registrierte den Kräuterschnaps sofort mit Kennerblick.

„Danke fürs Mitnehmen. Scheußlich, der Regen, nicht wahr?“, sagte Felix scheinheilig. „Wohin geht Eure Reise?“

„Nach Trier. Hab noch einen langen Weg vor mir. Und du? Wo willst du hin?“

„Nur bis Dietz, wenn es recht ist. Der Weg zu Fuß ist doch recht mühsam bei dem Sauwetter.“

Mit einem verstohlenen Seitenblick sah er in das zerfurchte, runzelige Gesicht des Fuhrmanns. Der greise Mann bemerkte nicht die tiefe Abscheu und den Ausdruck grimmiger Entschlossenheit in den Gesichtszügen des jungen Mannes. Er dachte vielmehr an den Schnaps in der Kiste.

„Und für wen ist wohl der gute Kräuterschnaps?"

„Für meinen Oheim in Dietz. Kommt Ihr oft nach Lympurg?"

„Nur einmal im Jahr zum Erntedank. Ich bringe dem Oberamtmann das Weindeputat des Kurfürsten."

„Man sagt, der Kurfürst sei ein weiser Mann. Kennt Ihr ihn näher?"

„Sicher. Ich stand schon beim verstorbenen Kurfürsten Karl Kaspar von der Leyen in Diensten und jetzt seit fast zwanzig Jahren beim Erzbischof Johann Hugo von Orsbeck."

Im Spanischen Erbfolgekrieg sei der Kurfürst der Allianz gegen den französischen König beigetreten. Er hätte nicht Partei ergreifen sollen, denn daraufhin habe der französische General Tallard Trier erobert und der Landesherr habe nach Coblentz ausweichen müssen. Prinz Wilhelm von Nassau-Oranien, inzwischen König von England, habe Trier jedoch den Franzosen wieder abgenommen und den General Tallard gefangen gesetzt. Von Orsbeck sei inzwischen fast siebzig Jahre alt und habe in einer Vision den eigenen Tod gesehen. Darob habe er in Voraussicht seines Ablebens den Dreikönigsaltar im Trierer Dom gestiftet, wo er einmal seine letzte Ruhestätte finden solle.

An der Landesgrenze zu Nassau-Dietz passierten sie eine größere Ödfläche, die jedem das Blut in den Adern gefrieren ließ: den Richtplatz mit dem Galgen auf der ‚roten Erde', wie der Hügel von den Dietzern bezeichnet wurde. In unmittelbarer Nähe waren noch Spuren von Asche zu erkennen, die von den Hexenverbrennungen stammten. Auch das Dietzer Siechenhaus war hierher verbannt worden. Inzwischen sahen sie linker Hand die armseligen Hütten von Freyendietz. Es goss in Strömen. Felix wurde ungeduldig. Er musste sich langsam zu erkennen geben, denn schon passierten sie die wenigen, strohgedeckten Häuser der Dietzer Vorstadt. Die Gräfin Henriette Amalie suchte mit Nachdruck, fremde Bauern vor den Toren anzusiedeln. Sie gewährte ihnen sogar Steuerfreiheit und ließ die Aar kanalisieren, um das gefürchtete Hochwasser zu bändigen. Als das Gespann das Mühlentor der Dietzer Stadtmauer erreichte, zeigte der Fuhrmann den Torwächtern ein Schreiben des Kurfürsten. Ein Blick auf das fürstliche Siegel genügte den Wächtern, um sie durchziehen zu lassen. Felix musste nun mit der Sprache heraus, jetzt oder nie.

„Könnt Ihr Euch an eine Begebenheit in Lympurg erinnern? Das muss wohl vor über zwanzig Jahren gewesen sein. Da habt Ihr die Kurve vor dem Rathaus nicht mehr bekommen, als Ihr die Eulengasse zum Schloss hinauffahren wolltet. Man hat mir erzählt, eine verhexte Katze sei zwischen die Beine der Pferde gesprungen. Was war denn damals passiert?"

„Mein Gott, die unselige Geschichte ist fast vergessen. Richtig, die Achse hatte sich an einem Hausabweiser verfangen und ist gebrochen. Deshalb sind die Fässer vom Fuhrwerk gepurzelt und haben einen Jungen verletzt. Warum fragst du?"

„Sagt ehrlich, war da wirklich eine Katze? Oder habt Ihr nicht aufgepasst? Jetzt könnt Ihr es doch zugeben!"

„Lass mich doch mit der alten Geschichte in Ruhe. Ich habe eine verfluchte Hexe gesehen, die war schuld."

„Und die Hexe hatte einen Sohn auf dem Arm, nicht wahr?"

„Ja, kann sein. Was schert mich das?"

„Euch schert es wohl nicht, aber mich. Ich bin der Sohn der Frau, die Ihr der Hexerei bezichtigt habt. Meine Mutter war keine Hexe, niemals!", schrie Felix voller Zorn. „Ihr habt Euch nur feige herausgeredet, um einer Strafe des Kurfürsten zu entgehen. Was seid Ihr nur für ein erbärmlicher, hundsgemeiner Schlabbesack. Meine Mutter ist bei der anschließenden Folter gestorben. Wisst Ihr das?"

„Um Himmels willen, nein. Man hat sie zu Tode gefoltert? Heilige Maria und Josef!"

Mit zittrigen Händen kramte er eine Branntweinflasche hervor, bekreuzigte sich und nahm einen großen Schluck. Wusste er tatsächlich nicht, was mit der Mutter geschehen war oder gab er sich nur unwissend? Felix war zu sehr in Rage, als dass er die aufrichtige Bestürzung des Fuhrmanns registriert hätte.

„Ihr seid schuld am Tod meiner Mutter. Ihr habt ihr die tödliche Folter eingebrockt. Ich verdamme Euch. Ich bete zum Allmächtigen, dass Ihr am Jüngsten Tag Eure gerechte Strafe bekommt. Ihr sollt in der Hölle schmoren! Und lasst Euch lieber nicht mehr in Lympurg blicken!"

Nun war es heraus. Er hatte gesagt, was zu sagen war. Mit einem Satz sprang er vom Kutschbock herunter.

„Halt, du hast was vergessen", rief Jupp kreidebleich hinterher. Doch Felix stürmte davon, ohne sich umzudrehen ...

38

Es war noch früher Morgen, als er wie verloren in der Dietzer Pfaffengasse stand. Sein Wams war vom Regen durchnässt. Er fröstelte und sehnte sich nach einem warmen Wannenbad. Am Lahnufer unterhalb der alten Grafenburg kamen ihm zahlreiche, schwer beladene Ochsenfuhrwerke entgegen. Sie waren auf dem Weg zur Baustelle des neuen Schlosses Oranienstein.

Die Gräfin Albertine Agnes von Oranien-Nassau hatte nach dem Krieg auf den Grundmauern des ehemaligen Benediktinerinnenklosters Dierstein das Schloss Oranienstein als ihren Witwensitz errichten lassen. Die Schweden hatten das Kloster im Dreißigjährigen Krieg bis auf die Grundmauern geschliffen. Nach ihrem Tod hatte sich es ihre Schwiegertochter, die ehrgeizige Henriette Amalie, zum Ziel gesetzt, mit Hilfe von holländischen Baumeistern Oranienstein zu einem prunkvollen Stammsitz der Oranier herzurichten. Die halbe Stadt glich einem Heerlager von Steinmetzen, Leyendeckern, Zimmerleuten, Glasern, Stuckateuren und Anstreichern. Alle mussten aus den Kesseln über dem offenen Feuer verpflegt werden. Felix konnte den Wohlgerüchen der Feldküchen nicht widerstehen. Eine warme, gehaltvolle Kappessuppe ließ ihn die nasse Kälte vergessen.

Hatte Peter nicht von einer Badstube in Dietz gesprochen, die sein Vater regelmäßig aufsuchte? Die Handwerker wiesen ihm den Weg, die Stuffa habe sicher schon geöffnet. Felix staunte, als er die Badstube betrat, die ihm weitaus geräumiger und moderner als das Bad in Lympurg erschien. Die großzügigen Schwitzbänke, die penibel sauberen Wannen, der geschrubbte Steinfußboden, alles machte einen sehr gepflegten Eindruck. Ein Gehilfe reichte ihm sorgsam zusammengelegte, linnerne Handtücher und einen Schurz, den er um die Lenden wickeln sollte. Als ihn der Bader Francis freundlich begrüßte und nach seinem Begehren fragte, kreuzten sich ihre Blicke. Schon bei der ersten Begegnung empfanden sie eine vertrauliche Sympathie, die sie aber nicht zu deuten wussten. Felix nahm auf der Schweißbank Platz.

„Ihr seid doch sicher aus Dietz?“, fragte Felix seinen Nachbarn. „Stimmt es, dass in Dietz die Weiber das Regiment führen?“

„So ist es. Der Mann von Gräfin Albertine hat sich beim Reinigen seiner Pistole erschossen. Sie übernahm die Regentschaft. Ihr einziger Sohn, der Heinrich Casimir, diente im Heer seines Onkels Fürst Wilhelm, dem heutigen König von England. Doch als der Schwächling vom Pferd fiel, musste er den Dienst quittieren. Dann heiratete er die Henriette Amalie, die ihm den Johann Wilhelm Friso gebar. Der jugendliche Friso erwarb sich in den Schlachten des Spanischen Erbfolgekrieges große Verdienste und wurde als Kriegsheld gefeiert. Erst kürzlich ist er aber mit einem Fährboot ertrunken. Er war erst 23 Jahre alt. Seine Mutter Amalie führt nun das Regiment in Dietz.“

„Manchmal haben die Frauen eine glücklichere Hand beim Regieren als die Männer“, fügte ein anderer Badegast schmunzelnd hinzu. „Ich komme aus Lympurg. Wenn ich an unseren Kurfürsten von Trier denke, dann wünschte ich mir manchmal lieber eine Regentin.“

„In Kurtrier herrscht ein Pfaffe. Weiblicher Instinkt ist für ihn ein Fremdwort“, lachte Felix.

„Ich kann Euch ein Beispiel für eine typisch weibliche Regentschaft geben“, fuhr der Dietzer fort. „Ich meine die heldenhafte Tat von Sophie Hedwig, die während des Dreißigjährigen Kriegs die Herrschaft über Dietz innehatte. Ihr Mann weilte – wie fast alle männlichen Oranierfürsten – in den Niederlanden. Die starke, füllige Sophie war eine fürsorgliche Regentin und kümmerte sich vorbildlich um ihre Untertanen. Sie hatte im Krieg die Dietzer Lahnbrücke zerstören lassen, um die gefürchteten Schweden fernzuhalten. Doch eines Tages zog ein gewaltiges, spanisches Heer aus Richtung Mensfelden gen Dietz. Die unbrauchbare Brücke würde die Truppen sicher nicht lange aufhalten, sorgte sich Sophie, denn die Spanier schienen zu übermächtig. Mutig setzte sie die listigen Waffen einer Frau ein. Sie zog ihr bestes, mit Knorpelornamenten besticktes Kleid mit tiefem Dekolleté an und trat herrschaftlich herausgeputzt dem Spanier Don Fernando entgegen. Sophie ließ ihren ganzen Charme spielen und lud den Kommandanten und seine Soldaten zu einem Festmahl in die Stadt ein. Vielleicht waren es der Spundekäs oder der Runkeler Rote, die den Spanier gnädig stimmten. Am nächsten Morgen zogen die spanischen Truppen weiter, ohne Schaden in Dietz anzurichten. Mit ihrem mutigen, bezaubernden Einsatz verhinderte Sophie Plünderungen und Einquartierungen in ihrem Gebiet."

„Unser Trierer Erzbischof hätte das nie und nimmer geschafft", lachte Felix. „Entweder hätte er es auf eine Schlacht ankommen lassen oder die Stadt feige den Besetzern überlassen."

„Aber lasst Euch nicht täuschen. Die gestrenge Fürstin scheute sich auch nicht, Hexen auf den Scheiterhaufen zu schicken, da kannte sie kein Pardon."

„In dieser Hinsicht zeigt sich unser Kurfürst gnädiger. Der Teufelsspuk ..."

Felix konnte seinen Satz nicht mehr zu Ende bringen. Bader Francis unterbrach ihn barsch, er wolle in seiner Stuffa nichts vom Hexenwerk hören. Sofort verstummte das Gespräch. Dann wandte er sich an Felix:

„Ich habe Euch in meiner Badstube noch nie gesehen."

„Das ist mein erster Besuch. Ich bin aus Lympurg."

„Seid willkommen. Darf ich Euch außer einem erholsamen Wannenbad sonst noch etwas anbieten?"

„Gern. Mein Wams ist vom Regen durchnässt. Kann ich ihn hier trocknen lassen?"

Schnell fand sich eine Leine am heißen Ofen. Als Bader Francis dem Felix beim Aufhängen der durchfeuchteten Kleider behilflich war, stutzte er einen Moment: Ein auffälliges Feuermahl am Halsansatz des Badegasts sah seinem eigenen Blutflecken recht ähnlich ...

39

Bald kündigte sich der Winter mit kalten Stürmen und ersten Schneeflocken an. Genau das richtige Wetter für ein kurzes, wohliges Aufwärmen auf der Schweißbank. Zu seinem Erstaunen war die Stuffa am Katzenturm jedoch ohne jeden Hinweis zugesperrt. Ungewöhnlich. Zu dieser Jahreszeit sehnte sich doch jeder nach einem warmen Bad, dachte Felix. Ist der Bader krank? Auch der Bartscherer Raab war nicht anzutreffen. Umso mehr erstaunte es ihn, als er den Barbier eines Abends in der Brauschenke bei einem Krug Bier antraf.

„Meister Raab, mit Verlaub. warum habt Ihr die Badstube geschlossen? Ausgerechnet jetzt, bei der Kälte!“, fragte ihn Felix sofort.

„Ja, das ist ein Jammer, eine bodenlose Ungerechtigkeit! Der Schultheiß Schupp hat das angeordnet. Er beschuldigt meinen Bader, einen Bauern falsch behandelt zu haben. Nun wartet der arme Kerl im Katzenturm auf seinen Prozess. Ward Ihr nicht damals beim Starstechen dabei?“

„Sicher, ich erinnere mich. Erst haben die Knechte behauptet, der Bader habe ihn vergeblich zur Ader gelassen, dann haben sie verlangt, er solle den Star stechen. Aber der Bauer konnte danach doch wieder sehen!“

„Manchmal hält die Wirkung leider nicht lange an. Der Bauer ist erneut erblindet und hat den Bader verklagt. Könnt nicht Ihr als Entlastungszeuge aussagen?“

Felix überlegte einen Moment. Ihm tat der Bader zwar Leid, aber er scheute sich, vor Gericht zu erscheinen. Wenn er sich für den ungehobelten Flabbes einsetzte, könnte er selbst unter Verdacht geraten, ihn mit einer Falschaussage schützen zu wollen. Vor Gericht Partei für den Beschuldigten zu ergreifen, erzürnte den Schultheiß. Wenn der einen Schurken vor die

Schöffen zerrte, war die Schuldfrage für ihn kein Thema mehr. Im Prozess ging es dann nur noch um die Höhe der Strafe. Da konnte ein Fürsprecher schnell ins Visier des unbarmherzigen Schultheißen geraten. Mitgefangen, mitgehangen. Andererseits drängte ihn sein Sinn für Gerechtigkeit, dem bedauerlichen Bader zur Seite zu stehen.

„Wie kann ich für ihn als Fürsprecher eintreten? Ich bin kein Medicus und kann nur berichten, was ich gesehen habe. Das wird den Bader aber nicht entlasten."

„Ich weiß, ich weiß. Ohne Bader bleibt meine Stuffa geschlossen. Ich habe keinen anderen. Der Schultheiß hat einen studierten Arzt des Hospitals zur fachlichen Beurteilung eingeschaltet. Der wird kein gutes Haar am Bader lassen. Ärzte und Bader sind sich spinnefeind. Was soll ich nur machen, um meine Stuffa zu retten?"

Die Lage schien ausweglos. Felix empfand großes Mitleid mit dem Raab. Er wolle sich die Sache noch einmal überlegen, beschied er dem Barbier und kredenzte ihm eine Kanne Bier.

Zwei Tage später warteten Felix und Bruder Ansgar im Gerichtssaal auf den Prozessbeginn. Felix hatte den Klostermedicus mit Engelszungen überredet, zumindest zuzuhören. Nur wenige Beobachter fanden sich im Rathaus am Fischmarkt ein, das Interesse am Prozess hielt sich in Grenzen. Der Bader war als grobschlächtiger Wundheiler verschrien, den man nur im äußersten Notfall um Hilfe bat. Die Kranken gingen eher zum Klostermedicus oder – sofern sie es sich leisten konnten – zum Hospitalarzt. Dem armseligen Flabbes war die grauenvolle Zeit anzusehen, die er im Katzenturm bis zu seinem Prozess verbracht hatte. Die Augen gerötet vor Schlaflosigkeit, die Haare zerzaust, die Hände flatterten vor Aufregung. Schiere Angst und Verzweiflung waren ihm ins Gesicht geschrieben, obgleich er sich doch keiner Verfehlung bewusst war.

Der Gerichtsschreiber verlas mit fester Stimme die Anklage. Mit ernsten Mienen hörten sieben Schöffen zu. Dann wandte sich der Schultheiß Johann Simon Schupp an den Angeklagten, wobei ein unheildrohendes Funkeln in seinen Augen lag.

„Bader, Ihr habt dem bedauernswerten Bauern großes Leid zugefügt. Es gibt nichts Schlimmeres, als einem Menschen das Augenlicht zu nehmen, so wie es die Sarazenen tun, wenn sie einen glühenden Dolch vor die Augen des Feindes halten, bis er geblendet ist. Ihr seid ein verdammter Pfuscher und nur nach dem Geld aus."

Der Bader vernahm die Worte mit offenem Mund und einem stummen Kopfschütteln. Er bewegte die Lippen, war aber unfähig, etwas zu erwidern. Der Schultheiß hatte gleich zu Beginn jeden Zweifel an der Schuld des Angeklagten vom Richtertisch gewischt. Niemals würde er dulden, seine Anschuldigung infrage zu stellen oder gar ein Für und Wider zu diskutieren. Jetzt drohten dem armen Bader der Pranger mit dem Schandjoch um den Hals, Wegsperren in den Trill, die Brandmarkung oder gar Schlimmeres.

„An jenem Tag habt Ihr Euch zunächst geweigert, den Bauern zu behandeln. Mir liegt ein Protokoll vor, in dem ein honoriger Ratsherr Euch eindringlich auf Euren Eid hinweisen musste. Warum wolltet Ihr dem Bauern nicht helfen? Ich werde es Euch sagen: Weil Ihr das Stechen nicht beherrscht. Und dennoch habt Ihr zur Nadel gegriffen. Ihr seid ein nichtsnutziger Quacksalber, ein hundsgemeiner, gefährlicher Scharlatan, dem man das Handwerk legen muss. Als Bader werdet Ihr nicht mehr arbeiten, dafür werde ich sorgen, vielleicht reicht es bei Euch gerade noch zum Nonnenmacher."

Jetzt hielt es den Bartscherer Raab nicht mehr auf seinem Sitz.

„Schultheiß, das zu behaupten, ist aus der Luft gegriffen, ungerecht und eine bodenlose Unverschämtheit. Mein Bader hat nicht zum ersten Mal den Star gestochen. Nie ist ihm ein Fehler unterlaufen. Ihr richtet mit medizinischem Unverstand ..."

„Raab, hab ich Euch zum Sprechen aufgefordert? Schweigt, sonst lass ich Euch aus dem Saal werfen. Für Eure ungebührliche Beleidigung des Gerichts setze ich eine Strafe von einem Sester Wein für die Schöffen fest. Ich erteile dem Hospitalarzt das Wort."

„Hohes Gericht, ich habe das Auge des Bauern inspiziert. Die getrübte Linse hat sich in Teilen wieder vor die Pupille geschoben. Das Stechen des Stars war vergebens. Der Mann ist wieder blind."

„Ich konstatiere, der vermaledeite Wundheiler hat durch eine unsachgemäße Behandlung dem Bauern einen bleibenden, schwerwiegenden körperlichen Schaden zugefügt. Wir können zum Schuldspruch schreiten ..."

„Halt!", schrie Felix in den Saal. „Ich war bei der Behandlung zugegen. Der Bader hat keinen Fehler gemacht ..."

„Was mischt Ihr Euch ein, Geselle? Ihr wollt Euch als Bierbrauer ein Urteil anmaßen? Oder wollt Ihr mir weismachen, dass Ihr mehr wisst als der Hospitalarzt? Also, verschließt Euer vorschnelles Maul."

Felix schnaufte vor Wut. Dem Bader könne so niemals Gerechtigkeit widerfahren. Hilfe suchend, nahezu flehend sah Felix Bruder Ansgar an. Der Klostermedicus erhob sich. Sofort trat Ruhe im Saal ein. Schultheiß Schupp ließ sich jedoch in seinem Drang, den Prozess zu beenden, nicht aufhalten.

„In meinem Gericht wird nicht disputiert, sondern gerichtet. Schluss mit den Wortmeldungen. Bruder Ansgar setzt Euch wieder. Die Schuld ist eindeutig bewiesen", verkündete der Schultheiß schroff und griff zur Gerichtsglocke zum Zeichen, dass er das Urteil sprechen wolle.

„Ehrenwerter Richter, wir sollten den Klostermedicus anhören. Vielleicht hat er etwas zur Urteilsfindung beizutragen", forderte ein Schöffe, den Bruder Ansgar als seinen Patienten kannte.

„Hohes Gericht, erlaubt mir, auf zwei Fakten hinzuweisen." Ansgar sprach in ruhigem Tonfall, ohne dem Schultheiß auch nur einen Blick zu schenken. Der stierte indes mit hochrotem Kopf und zugekniffenen Augen in den Saal. „Ad eins, der Felix

Diezinger ist im Kloster aufgewachsen. Er hat unter meiner Anleitung sehr wohl medizinische Kenntnisse erworben. Seinem Urteil kann man getrost Glauben schenken. Ad zwei, jedem Mediziner ist bewusst, dass das Starstechen eine recht diffizile Angelegenheit und oft nicht von langem Erfolg gekrönt ist. Beim Stechen wird die Linse in den Glaskörper gedrückt. So kann wieder Licht in den Oculus fallen. In vielen Fällen löst sich die Linse jedoch im Glaskörper auf. Das ist nicht zu vermeiden und keineswegs auf eine falsche Behandlung zurückzuführen. Setzen sich die Linsenteile wieder vor die Pupilla, ist es vorbei mit dem Sehen. Ich frage meinen Kollegen vom Hospital: Stimmt Ihr mir zu?"

Der Hospitalarzt nickte stumm mit dem Kopf. Die Schöffen registrierten seine Bestätigung mit sichtlicher Verwunderung. Hatte der studierte Arzt zuvor seine Aussage bewusst negativ und unzureichend formuliert, um dem Bader zu schaden? Schultheiß Schupp kochte vor Wut und trommelte mit seinen Fingern ungehalten auf den Tisch. Ansgar fuhr mit ruhiger Stimme fort:

„Noch ist das Augenlicht für den Bauern nicht verloren. Der Bader hat dank seiner medizinischen Vorsicht nur einen Star gestochen. Noch kann das andere Auge behandelt werden. In Gottes Namen, ich kann keine grobe Nachlässigkeit des Baders testieren."

Schultheiß Schupp erblasste. Welch blamable Niederlage für den Richter! Jeder Prozess, der mit einem Freispruch endete, war für ihn ein Faustschlag ins Gesicht. Die gewichtigen Argumente des angesehenen Klostermedicus konnten die Schöffen nicht ignorieren. Die Anklage wurde zurückgezogen.

40

Das Patronatsfest zu Ehren des Heiligen Nikolaus, neben dem Sankt Georg der zweite Schutzheilige der Stiftskirche, endete mit einem Eklat. Der junge Stadtpfarrer nutzte die Gelegenheit, in der Predigt seine wirren Gedanken zur Reformierung der katholischen Kirche zu äußern. Er wagte tatsächlich, Kritik an der heiligen Ekklesia und deren althergebrachten Dogmen zu üben, wenn auch nicht als offene Konfrontation, so doch in versteckten, aber brisanten Nebensätzen. Die entsetzten Stiftsherren schnauften vor Entrüstung.

Felix hatte die unterschwellige Beckmesserei nicht in vollem Umfang verstanden. Dass die unselige Predigt aber die Gemüter der Kleriker erregte, hatte er wohl bemerkt. Als er den Glöckner Schmidt mit blassem Gesicht neben dem Chorraum entdeckte, wo es zur Sakristei abging, schlängelte er sich durch die Gläubigen zu ihm durch.

„Was geht hier vor?“, flüsterte er ihm zu.

Der Glöckner gab ein Zeichen, ihm in die Sakristei zu folgen. Der kleine Raum hinter dem Chorraum war mit hohen Schränken vollgestellt. Am einzigen Fenster stand ein großer Eichentisch, bestückt mit allerlei Vasa Sacra, goldenen Kelchen und Patenen.

„Unter den Klerikern gibt es noch immer Eiferer, die eine Erneuerung der Kirche fordern. Sie haben sich von den Reformierten und Lutheranern anstecken lassen. Solange die Diskussionen innerhalb des Klerus geführt werden, ist nichts einzuwenden. Aber ihre abstrusen Ideen öffentlich vorzutragen, grenzt an Ketzerei.“

Felix gab sich mit dieser Aussage nicht zufrieden und wollte mehr wissen. Peters Vater klärte ihn auf. Man unterscheide grundsätzlich drei Formen der christlichen Lehren: die katholische, die lutheranische und die reformierte Kirche. Alle drei seien um Lympurg herum vertreten. Das katholische Gebiet des Erzbistums Trier bilde eine schmale Zunge von Lympurg bis Camberg. Es werde von einem weitläufigen Gebiet von Weilburg bis Wiesbaden von den Lutheranern umschlossen. Im Westen grenze von Dietz bis Kirberg das reformierte Herrschaftsgebiet der Nassau-Oranier an.

Was denn die Unterschiede der Religionen ausmache, hakte Felix nach.

„Die Reformierten orientieren sich an den radikalen Reformen von Zwingli und Calvin. In ihrer Theologie nimmt allein die Bibel die zentrale Stelle ein. Nach ihrem wichtigsten Grundsatz glauben sie, das Leben sei vorbestimmt und durch die Menschen nicht beeinflussbar. Ihre Gotteshäuser sind schlicht, ohne jeden Prunk gehalten. Lutheraner dagegen basieren im Prinzip auf der katholischen Lehre. Sie lehnen jedoch die Marienverehrung und das Papsttum als gotteslästerlich ab und folgen den Wittenberger Reformgedanken von Martin Luther."

„Und was ist nun die richtige Lehre? Soll sich das jeder selbst aussuchen?"

„Nein. Bei uns gilt der Grundsatz ‚Cuio regio eius religio', wessen Land, dessen Glaube. Hadamar zum Beispiel. Als sich der Graf Johann Ludwig entschlossen hatte, zum Katholizismus zu konvertieren, mussten alle Untertanen von der reformierten Religion zur alten Lehre wechseln. Selbst die Hadamarer Geistlichen. Das ging natürlich nicht ohne Widerstände ab. Zur Missionierung hat der Graf die Jesuiten nach Hadamar geholt."

„Ich bin ein Römer, weil es unser Kurfürst so bestimmt hat?"

„Genau. Wenn du Lutheraner werden willst, musst du nach Runkel ziehen."

„Und was bezweckt der Stadtpfarrer mit seiner Predigt?"

„Der rebellische Geist lehnt sich gegen die nach seiner Meinung überholte Tradition und die auf angeblich falschen Prämissen beruhende Dominanz der Kirche auf. Er meint, die katholische Kirche solle vom alten, erzkonservativen Muff entstaubt werden. In manchen Punkten mag er recht haben. Aber wenn sich die Kirche erneuern will, dann bleibt dies dem Heiligen Stuhl in Rom vorbehalten. Soll er doch seine ketzerische Meinung dort vortragen und nicht unsere Gläubigen verunsichern und dumm schwätzen."

„Was wird unser Erzbischof mit ihm machen?"

„Keine Ahnung. Vielleicht sind seine Tage in Lympurg gezählt. Normalerweise enden solche widersässigen Priester im Schweigekloster ... Oh Gott, gleich wird das Te Deum angestimmt. Ich muss mich sputen und die Glocken läuten."

„Noch eine Frage, bitte. Wann kommt Peter zurück?"

„Zu Weihnachten."

Zur Christmette platzte die Stiftskirche aus allen Nähten. Im Chorraum war ein immergrüner Baum aufgestellt. Er sollte den Paradiesbaum darstellen und an den Sündenfall Adams und Evas erinnern. Nur durch die Menschwerdung und den Kreuzestod von Christus seien die Menschen von der Erbsünde erlöst worden. Um die hohe Bedeutung der Geburt Jesu als Versöhnung mit den Menschen zu unterstreichen, wurde zu Beginn der Messe ein Krippenspiel aufgeführt, das die Scholaren der Stiftsschule einstudiert hatten.

Der aufmüpfige Stadtpfarrer war unter den Geistlichen am Altar nicht zu sehen. Felix reckte den Hals und suchte seinen Freund Peter. Er saß neben seiner Mutter in der fünften Bankreihe. Nach dem Schlusssegen kämpfte sich Felix durch die Menschenmasse nach vorn. Freudestrahlend kam Peter auf ihn zu und umarmte ihn überglücklich, einem inneren Drang folgend.

„Schön, dich wiederzusehen. Ich habe viele Neuigkeiten. Können wir uns morgen nach dem Hochamt an der Lahn treffen?"

Sie bummelten, dick eingehüllt in ihre wollenen Schauben, den ‚Steiger' am Lahnufer entlang. Der Weg war beinhart gefroren, ebenso die Lahn. Ein eisiges Flimmern lag in der klirrenden

Luft. Felix machte einen aufgekratzten, fröhlichen Eindruck, trotz der frostigen Kälte.

„Das Schicksal hat es gut mit mir gemeint. Ich habe das Gymnasium verlassen. Das Lateinbüffeln hat endlich ein Ende."

„Hatte dein Vater ein Einsehen?"

„Einsehen nicht gerade. Aber er hat sich entschlossen, das Theologiestudium in Mainz aufzunehmen. Jetzt verhandelt er mit dem Stadtrat, dass ich die Stelle des Türmers übernehme. Wenn das klappt, habe ich mein eigenes Einkommen und kann meine Agnes heiraten."

„Und was sagt der Trippler dazu?"

„Mein Vater hat sich mit ihm ausgesprochen. Das Verlöbnis ist jetzt verabredet."

„Dann werdet ihr zusammen im Turm wohnen?"

„Ja. Meine Eltern ziehen in das Haus meiner Großeltern an der Bergstraße. Ich kann es kaum erwarten, mit Agnes über den Dächern von Lympurg zu leben."

„Wann wollt ihr heiraten?"

„Der Stiftsdekan hat Anfang Mai vorgeschlagen. Dann ist die übliche Verlobungszeit vorbei."

„Und wenn der Stadtrat einen anderen zum Glöckner bestimmt?"

„Das wagt er nicht. Der Dekan will meinen Vater zum Stiftsscholaster ausbilden lassen. Die Stiftsherren machen Druck auf den Stadtrat. Jetzt kommt mir meine schulische Ausbildung in Hadamar zugute. Vielleicht war das der Grund, warum mich mein Vater ins Jesuitengymnasium gesteckt hat."

41

Es dauerte noch drei Monate, bis Peter Schmidt zum neuen Türmer bestellt wurde. Mit sichtlichem Stolz und voller Eifer übte er sein neues Amt sehr zur Zufriedenheit der Stadtväter aus. Er konnte es kaum abwarten, Agnes vor den Altar und danach in die Glöcknerwohnung hoch in den Turm der Georgskirche zu führen.

Zum Osterfest stellte Peter den Freunden strahlend vor Glückseligkeit seine Verlobte vor. Felix ließ sich nicht anmerken, dass er sich ein gänzlich anderes Bild vom künftigen Eheweib seines Freundes gemacht hatte. Hübscher, zierlicher, fröhlicher. Agnes glich eher einer Bauernmagd, stämmig, ein rundes, volles Gesicht, und nicht gerade holdselig. Sie müsse andere Vorzüge haben, wenn sich Peter ausgerechnet in dieses Weib verguckt habe, schluckte er seine Verwunderung hinunter und setzte ein unehrliches Lächeln auf.

„Du musst der Braugeselle Felix sein", sprach ihn ein hübsches Mädchen an, das bei Agnes untergehakt war. Peter beeilte sich, sie als Christina vorzustellen, die Schwester seiner Agnes. Schwarze Haare, nachtschwarze, funkelnde Augen, gertenschlank, ganz das liebreizende Gegenstück zur Schwester. Wenn Christina lachte, zeigten sich zwei Grübchen in den rosa Wangen. Insgeheim gestand sich Felix ein, er hätte an Peters Stelle die Schwester der Agnes als Braut vorgezogen.

„Felix, träumst du, oder hat es dir die Sprache verschlagen?", riss ihn Peter aus seinen Gedanken.

„Was habt ihr vor?", erwiderte Felix nach einem kurzen Kopfschütteln.

„Das fragst du noch?", antwortete die junge Christina aufgekratzt. „Auf dem Kornmarkt wartet der Tanzboden auf uns." Sie nahm Felix am Arm und zog ihn fort zum Marktplatz, wo eine Elzer Musikantengruppe zum Tanz aufspielte. Er ließ es widerwillig geschehen. Agnes drängte ihren Peter mit einem betörenden Lachen auf die Tanzbühne. Felix zögerte, sich anzuschließen und wich zunächst den bittenden Blicken von Christina aus.

„Komm Felix, sonst holt mich ein anderer Junker“, bestürmte sie ihn. Stumm sah er sie an. Christina war einige Jahre jünger als er, mädchenhaft im Vergleich zu seiner früheren Maria. Nein, er wollte sich von weiblichen Reizen nicht betören lassen, nicht tanzen, sich nicht mit einer Weibsperson einlassen. Das Kapitel hatte er abgeschlossen. Zu sehr litt er noch unter der Schmach, die ihm die Vorgängerin zugefügt hatte. Doch Anna Maria drückte seine Hand fester, als wolle sie signalisieren, sie lasse nicht von ihm ab. Just in diesem Moment kam ein fescher Bursche auf sie zu und schlug dem erschrockenen Felix seine flache Hand auf den Rücken.

„Mit Gunst, Geselle Felix, was hast du denn für eine hübsche Jungfer an deiner Seite?“

Stefan stand vor ihm. Felix hatte seinen ehemaligen Lehrjungen nicht sofort erkannt. Die Walz hatte Stefan reifer gemacht, selbstsicherer und mannhafter. Er hatte einen bajuwarischen Akzent in seiner Stimme.

„Da staunst du, Geselle. Meine Mutter hatte mir geschrieben, dass der Peter heiraten wird. Jo mei, das kann ich mir doch nicht entgehen lassen.“ Dann wandte er sich an Christina. „Und wer bist du?“

„Die Schwester der Braut“, gab sie ihm kurz zur Antwort und wartete noch immer darauf, dass Felix sie zum Tanz aufforderte.

„Freut mich, ein so hübsches Madel in der Verwandtschaft zu haben. Wollen wir ein Tänzchen wagen?“

Felix hatte bis dahin kein Wort gesagt. Verwirrt schaute er auf Stefan und auf Christina. Dann fasste er sich ein Herz.

„Der Tanz war mir versprochen“, sagte er forsch und stieg mit Christina auf den erhöhten Tanzboden.

Später, als sie zusammen ein Bier tranken, kam wieder dieser schreckliche Verdacht hoch. Ob der Braugeselle Stefan nach seiner Wanderzeit die Meisterstelle von Molitor antreten würde? War das Schicksal von Felix bereits besiegelt? Würde er sich nach einer anderen Meisterstelle umsehen müssen? Musste er gar selbst auf die Walz gehen? Stefan löcherte ihn für seinen Geschmack zu viel über die Braugeschäfte vom Molitor. Felix wich der Fragerei aus und wollte im Gegenzug wissen, wie es ihm ergangen sei.

„Mein Weg hat mich über Würzburg, Nüremberg und Regenspurg schließlich nach München geführt. Wenn du magst, zeige ich dir, wie man das obergärige Weißbier braut. Aber das wird wohl hier in Lympurg keinen so hohen Anklang finden. Es schmeckt nur bei heißem Wetter richtig gut, wenn die Leute bei strahlender Sonne im Biergarten schwitzen."

„Willst du weiterziehen? Du wolltest doch bis Bremen."

„Vorerst nicht. Ich habe jetzt ein Gspusi. Eine feurige Münchnerin hat mir den Kopf verdreht. Sie ist die Tochter meines Braumeisters. In Bayern fühle ich mich sauwohl und dazu habe ich noch eine gut gehende Brauerei als Mitgift in Aussicht. Also keine Sorge, Geselle Felix. Mein Oheim ist mit dir zufrieden. Die Meisterstelle ist dir sicher."

Felix atmete mit Erleichterung auf. Doch sein Traum sollte nicht in Erfüllung gehen ...

42

Allmählich ärgerte es ihn, dass Christina Abend für Abend in der Brauschenke erschien. Felix war nicht bereit, eine neue Liebschaft einzugehen, obgleich das Mädchen sympathisch und bildhübsch war. Sie sprühte voller Lebenslust, glaubte in Felix ihren Wunschprinzen gefunden zu haben und umschwärmte ihn wie eine verliebte, eifersüchtige Jungfer. Felix begegnete ihr höflich, freundlich, machte jedoch keine Anstalten, ihre Werbungen zu erwidern. Nein, er werde den Weibern aus dem Weg gehen. Dennoch brachte er es nicht übers Herz, sie abzuweisen, ihr wehzutun.

Peter war inzwischen mit seiner angetrauten Agnes in den Turm gezogen, währenddessen sein Vater zum Theologiestudium in Mainz weilte. Er fand keine Zeit mehr für seinen Freund Felix. Auch Emma ließ sich nicht mehr sehen, nachdem ihm seine Frau einen Sohn geschenkt hatte. Er hatte sich entschlossen, seinem reichen Schwäher zur Hand zu gehen. Der Eisenhandel brummte, wie es Haag vorausgesagt hatte. Emma verdiente überaus gut und leistete sich bald ein eigenes Haus in der Böhmergasse. Um Felix wurde es einsam, wenn nicht Christina gewesen wäre. So nahm er ihre lieb gemeinte Aufdringlichkeit hin und empfand ihre Gesellschaft als angenehme Abwechslung, ohne jedoch ihre Schmeicheleien zu erwidern.

Tagsüber stürzte er sich verbissen in die Arbeit. Seine Übellaunigkeit und schlechte Stimmung suchte er mit einem Kügelchen Rindspech in der Tobakspfeife zu verdrängen. Das Einzige, was ihn in seinem Eifer antrieb, war die Aussicht auf die Meisterstelle, denn Meister Molitor kränkelte, ihn plagte das Asthma. Immer öfter arbeitete Felix allein im Sudhaus. Immer häufiger wurde er von den Kunden in Versuchung geführt, wenn sie ihn offen drängten, das Bier unter der Hand zu liefern.

Doch Felix blieb standhaft. Loyalität zu seinem Meister, Gesetzestreue und Ehrlichkeit bedeuteten ihm viel.

Es war wieder einmal Fastenzeit. Im Sudhaus roch es süßlich nach Dunkelbier. Das gehaltvolle Franziskanerbier zog sogar seinen Freund Peter wieder an.

„Hältst du es in deinem Turm nicht mehr aus?“, frotzelte Felix. Peter verstand den unterschwelligen Vorwurf richtig, der in dieser Frage lag.

„Entschuldige Felix, dass ich mich so lange nicht habe sehen lassen. Ich musste mich in meiner neuen Situation erst zurechtfinden. Du hast dich bei mir auch nicht blicken lassen, oder?“

„Ich wollte euer junges Glück nicht stören. Lass uns eine Kanne Franziskanerbier runterspülen. Alles in Ordnung bei dir?“

„Ja schon. Agnes ist schwanger. Ehrlich gesagt, es ist einsam oben im Turm. Ich vermisse meine Freunde, vermisse die Stadt und den Becher Bier bei dir. Aber ich komme kaum mehr weiter als bis zur Sakristei und zurück in die Turmwohnung zu meinem Sorgenstuhl, den mir der Vater überlassen hat.“

Das starke Bier löste ihre Zungen. Aus den Worten Peters war eine gewisse Resignation herauszuhören. Seine Arbeit als Glöckner hatte sich eingeschliffen, war zur Routine geworden. Auch das Eheglück verblasste langsam. Agnes hütete meist das Bett ob ihrer Schwangerschaft. So war es nicht verwunderlich, dass ihn die selbst gewählte einsame Zweisamkeit zunehmend bedrückte.

„Ich muss mal wieder was anderes sehen. Mein Vater löst mich jetzt tagsüber ab. Er meint, bei mir habe sich der übliche Koller eingestellt. Das sei normal. Ihm erging es anfangs ebenso. Wollen wir etwas unternehmen? Kannst du mal einen Tag raus aus dem Sudhaus?“

„Kein Problem, Molitor ist wieder einigermaßen auf dem Damm. Was schlägst du vor?“

„Ich hatte dir mal einen Besuch in der Dietzer Badstube meines Oheims Francis versprochen.“

„Lang, lang ist es her. Dachte schon, du hast es vergessen. Ich war sogar schon in der Dietzer Stuffa. Hat mich sehr beeindruckt.“

„Meine Nichte Mechthildis hat morgen Namenstag, darum werde ich mit meiner Mutter nach Dietz fahren. Ich lade dich ein. Bitte komm doch mit. Erst nehmen wir ein Bad, dann wird gefeiert.“

In diesem Moment schneite Christina überraschend zur Brauschenke herein und setzte sich unaufgefordert an den Tisch der Freunde.

„Na, was heckt ihr beiden aus?“

„Wir wollen morgen zu meinem Oheim nach Dietz. Ohne Agnes. Sie fühlt sich gerade nicht wohl. Kannst du dich derweil um deine Schwester kümmern?“

„Ich würde viel lieber mit euch fahren und dem Felix Gesellschaft leisten.“

„Komm, Christina, tu mir den Gefallen“, bat Peter noch einmal.

„Einverstanden, aber nur unter einer Bedingung. Felix verbringt den nächsten Sonntag mit mir allein.“

Peter sah seinen Freund verblüfft an. Lief da etwas zwischen den beiden? Felix zuckte nur kurz mit der Schulter. Sein linkes Auge plinkerte dabei.

43

Der Bader Francis begrüßte die beiden Freunde aufs Herzlichste in Dietz.

„Ihr ward schon einmal bei mir, nicht wahr?“, wandte er sich an Felix. „Peter, willst du mir deinen Freund nicht vorstellen?“

„Das ist Felix Diezinger, ein rechtschaffener Braugeselle beim Molitor.“

Wie vom Blitz getroffen stand Francis einen Moment kreidebleich da und starrte Felix an. Hitze stieg in ihm auf. Erinnerungen kamen hoch. Nach einem tiefen Luftzug löste sich sein Schreck.

„Du bist der Sohn vom Anton? Mein Gott, das letzte Mal habe ich dich auf dem Arm der Annemarie gesehen. Welch stattlicher Bursche bist du geworden! Du musst mir erzählen, wie es dir ergangen ist“, keuchte er kurzatmig. In seinem geröteten Gesicht spiegelten sich Schrecken und Freude zugleich wider. Felix vermochte dessen Bestürzung nicht zu deuten. Dann setzte sich der Bader zu den Freunden, und Felix erzählte seine Geschichte.

„Hast du etwas von deinem Vater gehört?“, fragte der Bader.

„Vater? Ich habe keinen Vater mehr und will auch nichts von ihm wissen. Erzählt mir lieber etwas über meine Mutter.“

„Deine Mutter Annemarie und ich waren die besten Freunde. Wir sind wie Geschwister beim Lohgerber Emmerich in der Lympurger Löhrgasse aufgewachsen und hatten keine Geheimnisse voreinander. Ja, ich mochte sie sehr gern und werde Annemarie mein Lebtag lang in liebevoller Erinnerung behalten.“

„Felix kennt das grausame Schicksal seiner Mutter. Klas Emmerich und mein Vater haben mit ihm gesprochen“, wandte Peter sofort ein.

„Du tust mir Leid, mein Junge. Umso mehr freue ich mich, dass aus dir ein ehrbarer Mann geworden ist, so stark und tüchtig und klug dazu. Von nun an bist du bei mir immer willkommen. Ich darf dich duzen, oder? Fühl dich bei mir wie zu Hause, so, als ob du zur Familie gehörst."

Felix schluckte. So große Herzlichkeit war ihm noch nie widerfahren. Warum hat mich der Bader in sein Herz geschlossen? Meiner Mutter zuliebe? Ihm war die freundliche Aufnahme fast peinlich. Hatte er hier wirklich eine Art neuer Familie gefunden? Was wohl die Baderfrau dazu sagen würde?

Francis wandte sich den anderen Badegästen zu. Dann verschwand er und ließ sich in der Badstube nicht mehr blicken.

„Es gibt keine bessere Stuffa als diese hier", sprach sie ein schwitzender Badegast an. „Ich komme aus Niederstaffel extra rüber. Zweimal im Monat. Das ist es mir wert."

„Niederstaffel? Kenn ich nicht. Ihr meint Staffel, oder?", korrigierte ihn Peter.

„Ihr habt natürlich recht, ich wohne in Staffel. Aber meine Familie stammt aus Niederstaffel. Mein Großvater hat mir erzählt, warum es Niederstaffel nicht mehr gibt. Es muss wohl einige Jahre vor dem großen Krieg gewesen sein, als eine arme, kranke Frau in Elz für sich und ihren kleinen Sohn um ein Nachtlager und etwas Brot bettelte. Doch die Elzer hatten selbst kaum etwas zum Beißen. Alle wiesen sie ab. Die Frau starb vor Hunger und Gram. Der Sohn fand schließlich bei einem armen Bauern Unterschlupf und schwor dem Dorf blutige Rache. Im Dreißigjährigen Krieg ließ sich der inzwischen herangewachsene Mann bei den Soldaten anwerben. Dank seiner Tüchtigkeit, seiner Unerschrockenheit und seiner Klugheit wurde er zum General befördert. Eines Tages lagen seine Truppen in der Gegend von Elz. Jetzt war die Zeit gekommen, Rache zu üben. Er gab den Befehl, das Dorf zu plündern und niederzubrennen. Irrtümlicherweise brandschatzten die Landsknechte aber nicht Elz, sondern Niederstaffel. Seither ist Niederstaffel dem Erdboden gleichgemacht. Auch mein Großvater hatte seinen Hof verloren."

Im Garten hinter dem Haus zur Lahn hin hatte die Frau des Baders einen langen Tisch gedeckt. Sie begrüßte die erfrischten Freunde aufs Herzlichste.

„Mein Mann hat mir von dir erzählt, Felix. Sei herzlich willkommen bei uns und fühl dich wie zu Hause."

Felix wunderte sich über die unerwartete Freundlichkeit, mit der er hier aufgenommen wurde. Er soll sich wie zu Hause fühlen? Er hatte nie ein familiäres Zuhause gekannt. Drei Badertöchter lächelten ihn scheu und neugierig an. Peter stellte sie vor:

„Die Große mit den blonden Zöpfen und den blauen Augen ist Mechthildis. Die Mittlere mit der bunten Schürze und dem vorlauten Mundwerk ist Sophie. Die Jüngste, gerade elf Jahre alt geworden, heißt Johanna."

„Ich habe gehört, Mechthildis feiert heute ihren Namenstag. Herzlichen Glückwunsch. Ich habe dir auch etwas mitgebracht", wandte sich Felix an die älteste Tochter, kramte in seinem Hosensack und holte ein Lederhalsband mit einem glatten, gelbbraunen Schmuckstein hervor. Das Band hatte er einstmals für seine Maria erstanden.

„Für dich, Mechthildis. Der Stein ist aus Eisenspat und wird in den Erzgruben des Westerwalds gefunden", beeilte er sich zu sagen. „Er soll das Unglück abwenden, wenn du daran reibst. Möge er dir viel Glück bringen."

Mit hochrotem Kopf machte Mechthildis aus Verlegenheit einen Knicks und nahm mit zitternden Händen das Halsband entgegen. Ihre Schwestern bestaunten nicht ohne Neid den Schmuck. Felix hatte von diesem Zeitpunkt an die Herzen der Baderfamilie erobert.

Die hübsche Mechthildis wich nicht mehr von seiner Seite ...

44

Gleich nach der Sonntagsmesse fing sie Felix am Kirchenportal ab. Die quirlige Christina Trippler forderte das Versprechen ein, das er ihr halbherzig gegeben hatte. Felix sah sich Hilfe suchend nach Peter um, doch der war wohl noch in der Sakristei. Emma war ebenfalls nicht zu sehen. Warum lässt sich Emma nicht mehr blicken?, fragte er sich. Früher besuchte er regelmäßig die Sonntagsmesse in der Stiftskirche. Hoffentlich fällt es nicht dem Sendschöffen auf. Das fällige Bußgeld würde den reichen Emma aber nicht im Geringsten stören. Lebte der überhaupt noch in Lympurg?

„Also, was wollen wir machen, Felix? Die Sonne lacht, genau richtig für einen kleinen Ausflug. Ich schlage vor, wir gehen hinauf zur Kreuzkapelle auf den Greyffenberg."

So überrumpelt konnte er sich ihrem unwiderstehlichen Lachen nicht entziehen. Entschlossen fasste sie seine Hand und stieg mit ihm die Lange Treppe hinunter zur Klosterkirche. Als sie am kleinen Friedhof ankamen, blieb Felix unvermittelt stehen. Christina stutzte.

„Ich möchte einen kurzen Besuch am Grab meiner Mutter abstatten", sagte Felix mit leiser Stimme. Bald standen sie vor dem schlichten Holzkreuz nahe der Kreuzigungsgruppe. Felix faltete die Hände und betete leise. Christina stand einen Schritt hinter ihm. Dann wandte er sich ab und wollte weggehen.

„Ich wusste nicht, dass deine Mutter gestorben ist. Das tut mir leid. Sie war noch sehr jung, wie ich gesehen habe. Woran ist sie gestorben?"

Felix war den Tränen nahe. Nein, er wollte die grausame Wahrheit nicht preisgeben. Aber lügen wollte er auch nicht. Stumm schaute er auf das Grab.

„Meine Mutter starb, als ich zwei Jahre alt war. Da war ich noch zu klein, um mich an den Tod meiner Mutter zu erinnern."

„Und dein Vater?"

„Ich habe keinen Vater mehr. Darum bin ich im Kloster gelandet."

„Dann kennst du kein Familienleben? Hast du noch Geschwister?"

„Nein, die Franziskaner waren meine Familie ... Komm, lass uns weiterziehen."

Zu seinem Erstaunen suchte Christina einen glatten Stein und legte ihn zum Grabkreuz. Felix sah sie verwundert an.

„Ich habe gelesen, dass die Juden bei jedem Besuch einen Stein am Grab hinterlassen. Als Zeichen, dass sie an den Verstorbenen gedacht haben. Eine schöne Sitte, nicht wahr?"

„Du kannst lesen?"

„Natürlich, meine Mutter hat darauf bestanden, dass alle Töchter lesen und schreiben lernen. Wir sind doch nicht mehr im Mittelalter, wo alle Frauenspersonen dumm gehalten wurden."

Sie zogen weiter zur Hammerpforte hinaus, ein Stück die Franckfurter Straße entlang zur Schiede, dem Landwehrgraben. Vor dort stiegen sie auf dem Prozessionsweg den Greyffenberg hinauf. Der steile Aufgang gestaltete sich recht mühsam in der heißen Luft. Die Sonne brannte unbarmherzig.

„Wie geht es deiner Schwester Agnes?", fragte Felix, um das Thema zu wechseln.

„Agnes ist in guter Hoffnung. Also, ich könnte nicht oben im Turm wohnen. Das ist mir zu einsam. Ich brauche die Abwechslung in der Stadt. Meine Schwester tut mir leid. Mein Schwager ist tagsüber müde und nachts muss er die Augen aufhalten. Was ist das nur für ein Leben?"

„Aber deine Schwester hat es sich doch selbst ausgesucht, oder?"

„Na, ich weiß nicht. Mein Vater hat das Verlöbnis verabredet. Er meint, erst muss die Agnes unter die Haube, bevor die anderen Töchter an eine Hochzeit denken dürfen. Aber ich glaube, meine Schwester liebt den Peter ... Und du? Für welche Maid schlägt dein Herz?"

Felix lachte. Da gäbe es kein Weib, für das er sich interessiere, gab er ihr kurz und bündig zur Antwort und hoffte, endlich den leidigen Fragen aus dem Weg gehen zu können.

„Das verstehe ich nicht. Du bist doch ein schmucker Bursche und ein tüchtiger Brauer dazu. Da schlägt doch jedes Mädchenherz höher."

„Lass gut sein, Christina. Erst will ich meinen Meister machen. Dann könnte ich ..."

„Und wann hast du deine Meisterstelle in Aussicht?"

„Das weiß nur der liebe Gott ... So, nun Schluss mit der Fragerei. Ich möchte in der Kapelle für meine Mutter beten."

In der kleinen Kapelle kniete er sich hin und faltete die Hände. Christina wartete indessen im Schatten der Bäume. Ich sollte ihm noch Zeit lassen, dachte sie.

Anschließend setzten sie sich auf einen Stein und genossen die freie Sicht über die Stadt. Die Stiftskirche auf dem Lahnfelsen lag weit unter ihnen im Tal.

„Fantastischer Blick von hier oben. Ich kann sogar die neue Figur auf der Lahnbrücke erkennen", staunte Christina.

„Du meinst den Brückenheiligen Nepomuk. Der Kaiserliche Postverwalter Johann Philipp Scheurer hat die Statue gestiftet. Kennst du die Legende des Heiligen Nepomuk?"

Christina schüttelte den Kopf.

„Der böhmische König Wenzel verdächtigte seine Frau der Untreue. Nachdem sie beim Pater Johannes aus Nepomuk die Beichte abgelegt hatte, wollte der König vom Beichtvater Gewissheit haben. Johannes widersetzte sich jedoch der Aufforderung des Königs, das Beichtgeheimnis zu brechen. Daraufhin ließ ihn der König foltern und von der Karlsbrücke in Prag in die Moldau stürzen. Als der tote Priester im Wasser trieb, soll sein Leib von fünf Flammen umsäumt gewesen sein. Die Menschen verehrten ihn daraufhin als Märtyrer. Das war vor über dreihundert Jahren. Seitdem wird der Heilige Nepomuk als Brückenheiliger und als Schutzpatron gegen Hochwasser angesehen."

„Was du nicht alles weißt! Und was wird dort unten gebaut?" Sie zeigte auf eine große Baustelle.

„Ein Aquädukt aus Holz. Der Kurtrierer Hofbaumeister Ravenstein hat auf Geheiß des Oberamtmanns eine Wasserleitung zum Schloss geplant. Sie soll einmal vom Kasselbach, der etwa fünfhundert Ruten vom Schloss entfernt entspringt, das Wasser abzweigen und es über eine hohe Holzkonstruktion hinüber zum Schlosshof leiten. Dann braucht man das Wasser nicht mehr mit Eseln auf dem langen Weg vom Lahnufer hinauf zum Felsen zu schaffen. Früher haben die Wasserträger das Lahnwasser den Steiger hinaufgeschleppt. Aber die Lympurger haben den Steiger im Krieg zum Schutz vor feindlichen Truppen unbrauchbar gemacht."

„Genial mit der Holzleitung. Hoffentlich klappt es auch so, wie es sich der Oberamtmann vorgestellt hat ... Und was wird im Franziskanerkloster gebaut? Da im Garten wird eine große Grube ausgehoben."

„Tatsächlich", staunte Felix. „Keine Ahnung."

Sie saßen noch eine Weile und ließen die Blicke über die Stadt schweifen. Christina schwatzte ununterbrochen, fragte dies und das, wie ein wissbegieriges Mädchen, und schmeichelte ihm ob seiner Klugheit. Felix genoss ihre heitere, aber nie aufdringliche Art. Sie wollten sich gerade zum Angelusläuten erheben, da drückte ihm Christina unversehens einen verschämten Kuss auf die Wange. Felix erstarrte zur Salzsäule.

45

Er fühlte sich geschmeichelt, himmelte ihn doch die Christina an. Nein, er werde standhaft bleiben, entschied Felix. Keine neue Liebelei. Zu tief saß der Liebeskummer in seinem Herzen, zu tief hatte ihn die Demütigung gekränkt. In den Träumen, die ihm das Opium bescherte, wähnte er sich immer wieder allein mit seiner Maria bei zärtlichen, liebevollen, sinnlichen Nächten in der kleinen Buhlkammer des Freudenhauses. Immer wieder wachte er schweißgebadet auf. Immer wieder sah er seine Maria davonziehen, ohne ein letztes Lächeln, ohne Abschiedsgruß, ohne eine entschuldigende Erklärung, ohne einen letzten Kuss. Immer wieder endete sein sinnlicher Traum in einem quälenden Albtraum.

Eine Woche später lieferte Felix Bierfässer an die Gaststätten ‚Goldener Adler' und ‚Zu den drei Kronen' in der Salzgasse aus. Kein leichtes Unterfangen, wenn die übrigen Fuhrleute wild fluchend eine freie Durchfahrt durch die enge Gasse reklamierten. Schließlich zog er den altersschwachen Gaul mit dem Bierwagen weiter in den Fischmarkt. Er wollte die Eulengasse hinauf zum Schloss, um dem Keller ein Fass des Franziskanerbiers zu bringen. Sein Blick fiel wehmütig auf das elterliche Zuhause neben dem Rathaus.

„Horch emol. Ihr seid doch der Sohn des Diezingers?“, rief ihm der Fischhändler zu. „Ei, Ihr habt mich doch über Euren Vater befragt, erinnert Ihr Euch?“

Felix nickte stumm und hielt einen Moment an.

„Letzte Woche habe ich in Coblentz meinen Bruder besucht. Da habe ich mich bei den Fischhändlern im Florinsmarkt umgesehen. Und was soll ich Euch sagen: Da habe ich doch tatsächlich den Anton Diezinger getroffen.“

Felix erschrak. Sein Vater lebte? Er war den Flammen entkommen?

„Ei, da staunt Ihr aber. Ja, er verkauft immer noch Fisch. Er hat mir erzählt, dass im letzten Jahr sein Haus gebrannt habe, er aber das Feuer mit viel Glück überlebt habe, weil er im Fischkeller eingeschlafen war. Im Fischkeller! Wahrscheinlich war er wohl ziemlich betrunken. Anders kann ich mir nicht erklären, warum er im Keller schlafen sollte."

„Und ist sein Haus jetzt Schutt und Asche?"

„Nein, die Flammen hatten nur das obere Stockwerk vernichtet. Er hat es wieder herrichten lassen. Sein verstorbener Bruder – der war wohl Uhrmacher gewesen – hat ihm sein Gebäu vermacht. Diezinger hat das Erbe verschachert und von dem Geld sein Haus wieder aufbauen lassen."

„Es geht ihm also gut?"

„Offensichtlich. Aber mehr konnte ich nicht in Erfahrung bringen. Ich habe ihm gesagt, dass ihn sein Sohn in Lympurg sucht. Daraufhin ist er ganz wild geworden. Er habe keinen Sohn, schrie er mich wütend an und bedeutete mir, ich solle verschwinden. Ein komischer Kauz ist Euer Vater. Er ist doch Euer Vater, oder?"

„Danke, dass Ihr mir vom Diezinger erzählt habt. Aber jetzt muss ich weiter. Der Oberamtmann will sein Bier haben. Ich muss den Weg freigeben. Die Fuhrleute zetern schon."

Das Schicksal hatte es so gewollt. Insgeheim dankte er Gott, dass er nicht zum Vatermörder geworden war. Der bittere Kelch der Todsünde war an ihm vorübergegangen. Er atmete erleichtert auf. Dennoch hatte er Rache geübt, wenn auch nur durch einen materiellen Schaden. Dass sein Vater mit dem Leben davonkam, nahm er gelassen hin. Soll der sich doch dem Suff hingeben, soll er doch verbittert weiterleben, ihm war es gleichgültig. Er werde ihn nie mehr sehen wollen. Er strich ihn aus seinem Gedächtnis. Für ihn war sein Vater gestorben.

Auf dem Weg hinauf zum Schloss überholte ihn Christina mit einer älteren Frau im Laufschritt. Sie rief ihm aufgeregt zu:

„Die Agnes kommt nieder. Wir müssen uns sputen!"

Im Schlosshof herrschte hektisches Treiben. Die Zimmerleute waren emsig dabei, die neue Wasserleitung fertigzustellen. Das riesige Aquädukt vom Greyffenberg stand schon auf gewaltigen Stützen. Nun musste nur noch die hölzerne Rohrleitung im Schlosshof an den Springbrunnen angeschlossen werden. Der kurfürstliche Keller nahm das Fass Bier mit dem Hinweis entgegen, es sei für die Handwerker, sofern sie heute Abend endlich mit den Arbeiten fertig werden sollten. Ein Zimmermann in schwarzer Zunfttracht kam freudestrahlend auf Felix zu. Meister Emmerich, der Vater seines Freundes Jacob.

„Ei, Felix, hast du uns das Bier gebracht? Wie geht es dir? Hast du deinen Vater inzwischen gefunden?"

„Danke der Nachfrage. Ich habe gerade erfahren, dass er in Coblentz lebt und nach wie vor Fisch verkauft. Aber das ist mir jetzt völlig egal. Wenn der nichts von mir wissen will, dann will ich ihn auch nicht treffen. Was macht Jacob? Ich habe ihn so lange nicht mehr gesehen."

„Dem Jacob ist der Reichtum zu Kopf gestiegen. Jetzt hat er sich doch tatsächlich in das Silbergeschäft vom Marioth in Weinähr eingekauft. Die meiste Zeit verbringt er dort bei der Silbergrube und lässt seine Familie im Stich. Seine bedauernswerte Elsbeth lebt derweil allein mit dem Kind in Lympurg. Wenn das nur gut geht! Geld verdirbt den Charakter."

Im Schlosshof lieferten einige Bauern den Zehnten ab. Emsig schleppten die Säcker die Getreidesäcke hinauf in den Speicher. Felix wollte gerade sein Pferd zum engen Schlosstor führen, als er den Bauern entdeckte, den der Bader Flabbes einst ob seines Stars behandelt hatte.

„Ei, wie dann. Ihr könnt wieder sehen?", fragte er verdutzt den alten Mann. „Ich habe damals beim Stechen in der Stuffa zugeschaut. Aber Euer Auge war doch wieder starr, oder?"

„Jetzt hat ein kundiger Starstecher das andere Auge geöffnet. Auf dem Jahrmarkt in Hadamar. Der Mann hat sein Handwerk verstanden. Gott sei Dank!"

Hoffentlich trübt sein Auge nicht wieder ein, dachte Felix. Den so gelobten Starstecher könnte er nicht mehr vor das Gericht zerren, der hat sich längst aus dem Staub gemacht. Als er den Glockenturm der Stiftskirche passierte, vernahm er lautes Kindsgeschrei. Agnes hatte dem Peter ein Mädchen geschenkt. Ob er selbst auch einmal Kinder haben würde, kam es Felix in den Sinn. Die Zeit schien reif. Jacob und Peter hatten es ihm vorgemacht. Aber noch wollte er sich nicht mit einem Weib einlassen. Die junge Christina wäre vielleicht ein gutes Eheweib. Nein, noch war er nicht bereit.

46

Drei Tage später kam Peter in die Brauschenke gestürmt und bedeutete dem Felix, er habe eine Überraschung für ihn. Felix war übel gelaunt. Am Vortag war ihm eine Sudpfanne misslungen. Meister Molitor hatte ihn heruntergeputzt wie einen lausigen Pfuscher. Felix ließ sich zunächst nicht von seiner Hollpotria ablenken und schob mürrisch den Hornlöffel mit Eintopf in den Mund.

„Was machst du für ein saures Gesicht, Felix? Sauer wie Ziegenpisse."

„Ach, lass mich. Was treibt dich vom Turm herunter?"

„Wir wollen am Sonntag meine Kleine in der Stiftskirche taufen lassen."

„Wie dann? Ist das die Überraschung? Wie soll das Kind denn heißen?"

„Anna Ursula."

„Anna Ursula?", murmelte Felix mit vollem Mund.

„Doppelnamen sind bei den Mädchen halt in großer Mode. Der Rufname ist aber Ursula. Das ist der Vorname der Gevatterin Ursula Kalkoffen, der Frau des Camberger Schultheißen. Sie wohnt in der Böhmergasse, in dem Haus mit dem schönen Erker. Und jetzt die Überraschung: Ich habe dich als zweiten Paten ausgesucht. Bist du dazu bereit?"

„Ich? Wie kommst du gerade auf mich?"

„Du hast alle Voraussetzungen. Bist katholisch, ein ehrbarer Bürger und mein Freund. Ich würde mich freuen, dich in meine Familie aufzunehmen."

„Wieso in die Familie aufnehmen?"

„Als Gevatter gehörst du zur Familie und wirst zu allen Familienfeiern eingeladen. Und eines muss ich dir noch sagen. Unsere Verwandtschaft ist sehr groß und mit bedeutendem Einfluss in der Stadt. Deine Stellung in der Gesellschaft wird sich mit einem Schlag enorm verbessern."

„Und was habe ich zu tun?"

„Gemeinsam mit der Kalkoffenerin wirst du dafür sorgen, dass das Mädchen christlich erzogen wird und zu einer ehrbaren Bürgerin heranwächst."

„Und wenn ich ablehne?"

„Komm, Felix. Tu mir den Gefallen. Mein Schwäher ist ganz besessen, einen anderen Patrizier zu bitten. Aber du bist mein Freund. Ich will dich haben."

Die Taufe im engsten Familienkreis, wie Peter angekündigt hatte, entpuppte sich als eine feudale Versammlung der beiden Familien Schmidt und Trippler. Um den Taufstein in der Sankt Georgskirche drängten sich die Angehörigen in solch großer Anzahl, dass Felix nicht mehr aus dem Staunen kam. Die glücklichen Eltern standen voller Stolz am wuchtigen, alten steinernen Taufbecken, das von gotischen Figuren sowie einer Darstellung der Taufe Christi getragen wurde. Agnes hielt voller Mutterglück das schlafende Mädchen im Arm. Der greise Stiftsdekan Diestel tauchte seinen kleinen Finger in eine Salzschale und schob den salzigen Finger in den Mund des Täuflings. Als er die erschrockenen Augen einiger Gäste sah, erklärte er, das ‚salis sapientiae' stehe symbolisch dafür, dass der neue Christ durch die Taufe gegen dämonische Versuchungen festgemacht werde, so wie Fleisch durch Einsalzen gegen Fäulnis konserviert werde. In der Folge hallte ein kräftiges Schreien des Säuglings durch die Kirche. Dann beugte die Mutter das Kind über das Becken, der Priester goss mit der flachen Hand das geweihte Taufwasser über das Köpfchen und sprach die Taufformel. Felix und die schon in die Jahre gekommene Ursula Kalkoffen hielten schützend ihre Hände über das noch immer schreiende, auf den Namen Anna Ursula getaufte Mädchen und beteten dabei das Glaubensbekenntnis.

Felix dachte an seine eigene Taufe, als seine Eltern einst wohl auch in friedlicher Eintracht am Weihwasserbecken standen. Ob seine Mutter auch hier getauft wurde? Nein, sie wurde im Westerwald geboren und sicher in einer anderen Kirche getauft. Aber sein Vater vielleicht? Er wischte den Gedanken an den ungeliebten Vater mit einem kurzen Kopfschütteln weg.

Es war ein sonniger, trockener Tag. Der Stiftsdekan hatte den Stiftsgarten für das Tauffest zur Verfügung gestellt. Peter hatte eine lange Tafel aufstellen und ein Wildschwein auf dem Drehspieß braten lassen. Ausgelassen schwatzten die Gäste und griffen beim Fassbier zu, das Felix unermüdlich zapfte. Christina ging ihm dabei übereifrig zur Hand. Unter den Gästen entdeckte Felix auch die blonde Mechthildis, die Tochter des Baders aus Dietz. Scheu blickte sie zu ihm hinüber, rieb verlegen an dem Schmuckstein ihres Halsbandes und bekam einen roten Kopf, als Felix sie heranwinkte.

„Ist dein Vater auch hier? Ich habe ihn noch nicht gesehen?“, fragte Felix.

„Nein, ich bin mit meinen Schwestern und der Mutter gekommen.“

„Ihr kennt euch doch wohl? Das ist die Christina, die Schwester der jungen Mutter“, sagte Felix, als er den verwunderten Blick der Mechthildis bemerkte.

Ein kurzes Kopfnicken, kein Händeschütteln, ein schneller Blickkontakt, eher feindselig als freundlich. Felix wusste die offensichtliche Rivalität nicht zu deuten und bat Christina, ihm eine Schüssel Fleisch vom Drehspieß zu holen. Gerade wollte er mit Mechthildis plaudern, als alle Augen plötzlich auf eine silberbeschlagene Kutsche gerichtet waren, die vor dem Garten hielt. Ein junger Mann in edler Kleidung, einen Spazierstock mit silbernem Knauf in der Hand, kam auf Peter zu, umarmte ihn und überreichte ihm ein Geschenk, das er mit so lauten Worten pries, dass es alle hören konnten.

„Das ist ein Pentakel-Amulett. Ich habe es aus dem Silber meines Bergwerks anfertigen lassen. Das Pentagramm im Kreis soll deine Tochter vor allen erdenklichen schlechten Einflüssen schützen, vor Zauber- und Hexenwahn bewahren und den Teufel vertreiben. Möge es deinem Mädchen nur Glück bringen."

Dem Peter war die Überraschung anzusehen. Er hatte seinen Freund Jacob Emmerich zwar einladen wollen, konnte ihn aber nicht erreichen.

„Emma, schön, dass du gekommen bist, und danke für das Amulett. Komm, greif dir ein Bier. Felix wird dir einen Becher zapfen."

Auch Felix freute sich, seinen Freund nach so langer Zeit wieder zu sehen.

„Mensch Emma, ich brauche wohl nicht zu fragen, wie es dir geht, so vornehm und edel, wie du hier auftrittst."

„Ja, ich habe mein Glück mit Silber gemacht. Lass mich erst einmal die Runde machen und alle begrüßen. Wir sprechen uns später."

Inzwischen hatte Christina den köstlichen Wildschweinbraten gebracht. Mechthildis wich nicht mehr von Felix' Seite. Christina ebenfalls nicht ...

47

Das Bier floss reichlich. Jacob Emmerich stand bald ob seines zur Schau gestellten Wohlstands im Mittelpunkt. Als habe Geld eine magische Anziehungskraft, wurde der ehemalige Zimmermann wegen seines mutigen, erfolgreichen Geschäftssinns umschwärmt, mit Lobhudeleien und Schmeicheleien überschüttet. Es dämmerte, als sich der schon angetrunkene Freund endlich zum Felix gesellte.

„Emma, du lässt dich in Lympurg nicht mehr sehen. Bist du jetzt ganz nach Weinähr gezogen?“, fragte ihn Felix.

„Ja, das ist einfacher für mich. Da kann ich mich voll um meinen Betrieb kümmern. Das Silbergeschäft läuft sehr gut, ich verdiene ein Schweinegeld. Jetzt habe ich mir in der Nähe der Silbermine ein herrschaftliches Haus gebaut. Viel zu groß für mich allein. Knechte und Mägde kümmern sich um mein Wohlergehen.“

„Und deine Familie lebt noch in Lympurg?“

„Elsbeth meint, es wäre besser, wenn der Junge in der Stadt aufwächst. Ich sehe sie kaum noch. Ist mir auch scheißegal.“

„Sag bloß, du kümmerst dich nicht mehr um sie? Was sagt denn dein Schwäher dazu?“

„Der Haag ist sauer auf mich, weil ich ihm seinen Traum vom Silbergeschäft vermasselt habe. Die Elsbeth kommt ganz gut ohne mich aus. Schließlich lebt sie gut von meinen regelmäßigen Zahlungen. Wozu brauche ich ein zänkisches Eheweib? Mein Liebesleben erfüllen die Mätressen, die ich mir zuhauf kaufen kann.“

„Mätressen? Du meinst Huren, oder?“

„Ach, nenn es doch, wie du willst. Seit wann sprichst du so abfällig über die Metzen? Du warst doch auch in eine verknallt. Ich lebe mein Leben so, wie ich es will. Ich kann es mir im Gegensatz zu dir leisten.“

„Dein Reichtum hast du dem Haag zu verdanken. Wenn du nicht seine Tochter geheiratet hättest, wärst du immer noch Zimmermann. Hast du gar die Elsbeth aus purer Berechnung zur Frau genommen?"

„Jeder muss zusehen, wie er sein Glück macht. Hast du dich nicht auch in die feine Gesellschaft als Gevatter der Kleinen eingeschlichen? Ein schlauer Schachzug! Alle Achtung! Nur so kommst du zu etwas. Oder hast du das Geld, dich beim Molitor in die Brauerei einzukaufen? Ohne gute Beziehungen zu den Patriziern bleibst du ein gemeiner, abhängiger Braugeselle, ein Knecht deines Herrn. Aber jetzt hast du potente Fürsprecher in der Verwandtschaft, die dir von Nutzen sein werden."

Felix erschrak. Sein Puls raste. Einen Augenblick lang überlegte er, dem Jacob einen schallenden Backenstreich ob seiner Unterstellung zu verpassen, er habe aus reiner Berechnung die Gevatterschaft akzeptiert. Ob gar die anderen Gäste auch so von ihm dachten?

„Wie dein Vater schon sagte, Emma. Dir ist der Reichtum zu Kopf gestiegen. Du bist ein Sklave des Geldes geworden. Um des schnöden Mammons willen würdest du dich selbst mit dem Teufel einlassen. Du tust mir Leid. Habgier ist eine schwere Sünde. Aber das schert dich wohl nicht, du Geldkratzer. Zudem trittst du deinen ehelichen Treueschwur mit Füßen. Du führst kein gottgefälliges, sondern ein sündiges Leben, forderst Gottes Strafe heraus und wirst in der Hölle landen."

„Komm mir nicht mit frommen Sprüchen, du lausige Klosterratte. Für mein Seelenheil sorgen schon die Chorherren des Klosters Arnstein. Die beten für mich gegen eine Spende oder Silbervasen. Meine Sünden beichte ich einfach weg. Das muss reichen, um dem Fegefeuer zu entkommen", gab Jacob bissig und unfreundlich zurück.

„Für dich ist der Beichtstuhl nur der Abtritt für die Notdurft deines schlechten Gewissens, mehr nicht."

Jacob lachte gequält, als habe Felix einen schlechten Witz gemacht, bevor er zu einer unsäglichen Belehrung anhub, die

Felix die Sprache verschlug. „Begreif doch endlich, du falscher Pharisäer: Die Hölle findet hier auf Erden statt, hier musst du ihr entkommen, hier und jetzt musst du dein Heil und dein Glück suchen und nicht erst nach dem Tod. Ein sorgloses, angenehmes Leben und die Erfüllung persönlicher Sehnsüchte, das ist das wahre Glück! Reichtum ist der Schlüssel zum wahren, sorgenfreien Leben mit kirchlichem Segen! Früher mussten die Kreuzfahrer für ihr Seelenheil Jerusalem erobern. Und heute? Wenn du den Pfaffen mit deinem gefüllten Geldbeutel winkst, werden dir auf der Stelle all deine Sünden vergeben. Für Geld ist alles möglich. Hat die liederliche Lilli nicht auch für lumpige zwei Gulden ihre Beine für jeden geilen Bock mit prallen Eiern gespreizt? Dabei war sie den Liebeslohn nicht einmal wert, das kannst du mir glauben." Jacob grinste dabei hämisch.

Unbändige Wut kochte in Felix auf, sein linkes Auge zuckte wild. Hatte sich etwa Jacob auch mit seiner Maria vergnügt? Er holte tief Luft, als habe er einen Faustschlag in die Magengrube verspürt. Drohend stellte er sich vor ihn, doch bevor es zu einem Wutausbruch kommen konnte, fuhr Jacob mit seinen Gemeinheiten fort:

„Leb du nur weiter in deiner kleinkarierten, frömmlerischen Welt. Eigentlich wollte ich dich heute zu mir nach Weinähr einladen, aber es ist wohl besser, wir gehen uns künftig aus dem Weg. Mit einem scheinfrommen Hosenscheißer, einem krähwinkligen Duckmäuser, einem heimtückischen Giftmischer habe ich nichts mehr gemein."

Das wollte der gedemütigte Felix nicht ungestraft stehen lassen. In schierer Berserkerwut schleuderte er ihm ein „Arschloch" und einen Becher Bier ins Gesicht. Dann zeigte er ihm wildentschlossen die Fäuste. Doch der verdutzte Jacob griente nur, schüttelte sein nasses Haupt, zeigte ihm die Feige und torkelte mit einem teuflischen Lachen auf den Lippen zur wartenden Kutsche. Von diesem Tag an ward er in Lympurg nicht mehr gesehen.

An jenem Tag drohte dem Felix ein anderes Ungemach, das er jedoch noch nicht in seinem vollem Ausmaß erkennen konnte. Christina hatte der Mechthildis voller Stolz anvertraut, sie wäre mit Felix allein zur Kreuzkapelle auf den Greyffenberg hinaufgestiegen. Dort sei es zum ersten Kuss gekommen. Der Felix mache ihr den Hof. Es sei nur eine Frage der Zeit, wann er um ihre Hand anhalten werde.

48

Dass er einen guten Freund verloren hatte, wurmte Felix. Die Sucht nach Reichtum hatte Jacob hartherzig und skrupellos gemacht. Geld war Segen und Fluch zugleich. Auf einen solch geldgierigen Freund konnte er verzichten, redete sich Felix ein. Ihn als Hosenscheißer und Giftmischer zu bezeichnen, war zutiefst entwürdigend. Dass er auch noch die Maria in den Dreck gezogen hatte, war gemein und boshaft dazu. Damit hatte Jacob für immer seine Freundschaft verwirkt. Dennoch quälte ihn sein Gewissen. Hätte er doch lieber sein vorschnelles Maul gehalten! Musste er ihm seine Sünden vorhalten? Gerade er, der eine weitaus größere Schuld auf sich geladen hatte. Es stand ihm wirklich nicht an, seinen Freund zu maßregeln. Missmutig stopfte Felix wieder ein Opiumkügelchen in seine Tobakspfeife und stürzte sich in die Arbeit.

Meister Molitor lag mit Fieber im Bett. Die Hospitalärzte ließen ihn zur Ader und verabreichten lauwarme Wadenwickel. Mit Schrecken überlegte Felix, was geschehen würde, sollte der Meister das Zeitliche segnen. Die Brauerei würde dann der Meisterin zufallen. Wie oft heirateten die Gesellen die Witwe, um an die Meisterstelle zu gelangen! Felix schmunzelte bei diesem Gedanken. Bevor er der übellaunigen, schrulligen, alten Frau den Hof machte, würde er lieber auf den Meister verzichten. Und der Geselle Stefan? Der wollte doch sein Glück in München finden. Hatte Jacob recht? Er bliebe ein abhängiger Brauer und nach des Meisters Tod ein Diener der herrischen Meisterin! Einmal Knecht, immer Knecht. Mit ehrlicher Arbeit allein konnte er sich den Traum von einer eigenen Brauerei nicht erfüllen. Sollte er seine neue gesellschaftliche Stellung nutzen? Vielleicht könnte der Bürgermeister Trippler seinen Einfluss geltend machen? Nein, und nochmals nein. Die neuen, verwandtschaftlichen Beziehungen auszureizen, ging ihm gegen den Strich.

Nach Feierabend stieg Felix mit einer Kanne Bier hinauf zur Glöcknerwohnung. Peter war allein im Turm. Seine Frau hatte es vorgezogen, zunächst bei ihren Eltern in der Salzgasse zu wohnen, weil das markerschütternde Glockengeläut das kleine Mädchen verschreckte. Peter freute sich über den überraschenden Besuch.

„Was war denn gestern mit Emma los?", fragte Peter.

Nun konnte Felix endlich seinen ganzen Missmut über Jacob loswerden. Peter pflichtete ihm bei, Jacob habe sich sehr zu seinem Nachteil verändert. Selbst Freundschaften hätten keinen Bestand mehr, wenn er nicht davon profitiere.

„Er hat wohl von Anfang an nur ein Ziel im Auge gehabt: Zur besseren Gesellschaft, ich meine, zur reichen Oberschicht zu gehören. Das schafft man eben nur, wenn man hineingeboren wird oder einheiratet oder durch Geld. Aber ob man mit Wohlstand glücklicher lebt, ist eine andere Frage."

„Und bist du glücklich, Peter?"

„Ja. Ich habe eine Familie und eine Aufgabe, die mir ein auskömmliches Leben sichert, was will ich mehr? Mit Mammon kann sich Jacob keine göttlichen Privilegien erschleichen. Gott ist nicht bestechlich. Er wird am Jüngsten Tag nicht danach richten, welchen Reichtum Jacob angeschafft hat. Dann zählen nur sein Sündenkonto und sein Leben nach Gottes Willen."

„Du meinst also auch, dass man sich auf Erden keinen besonderen Platz im Paradies erkaufen kann?"

„Jedenfalls nicht mit Geld. Es sei denn, du setzt dein Vermögen zum Wohl der Ecclesia ein. Wenn du eine Kirche baust, zum Beispiel, so wie es der Konrad Kurzbold getan hat, als er die Stiftskirche Sankt Georg gründete, dann bringt das sicher Pluspunkte beim Herrgott. Dennoch hilft es nichts, wenn du kein gottgefälliges Leben führst."

„Ich glaube, dem Jacob ist das Leben nach dem Tod ziemlich egal. Er will auf Erden in Saus und Braus leben getreu dem Motto: nach mir die Sintflut!"

„Genau das ist die eigentliche Sünde. Das irdische Leben ist eine Bewährungsprobe für das ewige Leben nach dem Tod. So sagt es die Bibel. Ob es stimmt, weiß ich nicht. Bisher ist noch kein Verstorbener zurückgekommen und hat uns darüber aufgeklärt. Wir müssen es eben glauben, und glauben heißt nicht wissen ... Aber jetzt mal eine andere Frage: Die Christina behauptet, eure Verlobung stehe bevor?“

„Was? Das ist der Gipfel der Unverschämtheit. Wie kommt sie denn darauf?“

„Die Christina protzt damit herum. Dabei habe ich bemerkt, dass Mechthildis ziemlich verschnupft reagiert hat.“

„Ich will erst an eine Hochzeit denken, wenn ich den Meisterbrief in der Tasche habe. Und ob das dann die Christina sein wird, steht noch in den Sternen. Ich werde mich in nächster Zeit von ihr fernhalten. Falls du sie wieder siehst, dann sage ihr, dass mich ihr dummes Gewäsch ärgert. Ich lasse mich nicht überrumpeln.“

49

Von nun an nahm Felix sein Abendessen nicht mehr in der Brauschenke, sondern in der Küche ein, um der Christina aus dem Weg zu gehen. Gleich am nächsten freien Arbeitstag machte er sich zu Fuß auf den Weg zum Bader in Dietz. Er wollte raus aus Lympurg. Zu seiner Überraschung wiesen die Badknechte sein Eintrittsgeld ab. Der Bader habe ihnen aufgetragen, er sei jederzeit als ein persönlicher Gast willkommen. Kaum saß er auf der Schwitzbank, gesellte sich der Bader Francis zu ihm und ließ sich ausführlich von der Tauffeier berichten. War es die Freundlichkeit, mit der ihm Francis begegnete, oder eine gewisse Sympathie, die Felix für den Bader empfand? Bei seiner Schilderung ließ er kein Detail aus und erwähnte auch das Zerwürfnis mit seinem Freund Jacob.

„Du hast völlig richtig reagiert", beruhigte ihn Francis. „Ein guter Freund muss die Wahrheit vertragen, auch wenn sie ihm nicht passt. Er sollte dir dankbar sein. Wenn er sich deshalben von dir abwendet, hat er deine Freundschaft nicht verdient. Du hast deinen Standpunkt mutig vertreten. Glaub mir, deine Enttäuschung wäre noch größer, wenn du ihm nach dem Mund geredet hättest. Dann hättest du dich in die Reihe der Schleimer eingefügt. Das liegt uns nicht, weder dir noch mir."

Ein Lächeln huschte über Felix´ Gesicht. Der Bader sprach zu ihm wie ein Vater. Jetzt spürte er, wie sehr er ein solch vertrauliches Gespräch vermisst hatte.

„Horch emol, Felix. Meine Tochter Mechthildis meint, du würdest bald heiraten?"

„Ach, hat sich das dumme Geschwätz bis nach Dietz herumgesprochen? Nein, da ist absolut nichts dran. Mag sein, dass die Christina alles daran setzt, mich in ein Verlöbnis zu drängen.

Aber nicht mit mir. Ich will erst meinen Braumeister machen. Dann sehe ich weiter."

„Recht so, mein Junge. So ein Schritt will überlegt sein. Ich habe gehört, der Molitor ist krank und du führst die Brauerei allein. Will er denn sein Geschäft dir vermachen?"

„Bisher hat er nichts angedeutet. Da gibt es noch einen Verwandten, den Stefan, der ist Braugeselle und auf der Walz in Bayern. Vielleicht erbt der einmal die Brauerei."

„Willst du nicht einmal mit deinem Meister sprechen, ob er dich an der Brauerei beteiligt?"

„Was bringt es? Ich habe nicht das Geld dazu."

„Daran soll es nicht scheitern. Ich will dir gern unter die Arme greifen. Deine Zukunft liegt mir am Herzen. Also frage ihn, dann sehen wir weiter."

„Ich glaube, mir ist es zu heiß hier auf der Bank", keuchte Felix mit hochrotem Kopf. Seine aufsteigende Hitze war jedoch nicht dem glühenden Saunaofen geschuldet. Er schwitzte vor innerlicher Erregung. Der Bader hatte ihm doch tatsächlich ein großzügiges Angebot gemacht. Warum? Warum hatte der Bader einen Narren an ihm gefressen? Zur Abkühlung stürzte er einen Kübel kaltes Wasser über den Kopf.

„Ich hoffe, du bleibst noch zum Abendessen?", lud ihn Francis ein und wandte sich den anderen Gästen zu.

Felix fühlte sich im Kreis der Baderfamilie pudelwohl. Fröhlich schwatzend nahmen alle das gemeinsame Mahl ein. Mechthildis saß dem Felix gegenüber und wandte ihre Blicke nicht von ihm ab.

„Die Christina hat sich wohl in dich verguckt?", fragte sie aus heiterem Himmel den Felix, der vor Schreck erblasste.

„Mag sein", antwortete er ungehalten. „Aber ich mich nicht in sie."

„Lass den Felix in Ruhe, Mechthildis. Das geht dich nichts an", fauchte sie ihr Vater an.

„Warum reagiert du so bärbeißig?“, mischte sich die Baderfrau Anna ein. „Der Felix wird die Frage deiner Tochter doch nicht übel nehmen, oder?“

Felix beantwortete ihre Frage mit einem breiten Schmunzeln. Mechthildis lächelte zurück. Ihr war die große Erleichterung anzusehen. Nach dem Essen animierten die Töchter des Baders den Felix, mit ihnen Blinde Kuh zu spielen. Schon tobten sie ausgelassen im Garten. Als Felix eine von ihnen zu fassen bekam, zog er die Binde von seinen Augen. Er hatte Mechthildis von hinten gepackt. Sie drehte sich geschwind zu ihm um, so dass ihre Gesichter nahe beisammen waren. Mechthildis errötete. Felix sah ihr tief in die blauen, sanften Rehaugen und spürte dabei einen sonderbaren Schmerz in seiner Brust, als habe ihn Amors Pfeil getroffen. Er glaubte, einen Engel in seinen Armen zu halten und empfand eine innige Zuneigung, die er noch nie zuvor in solcher Heftigkeit gespürt hatte, selbst bei seiner Maria aus dem Freudenhaus nicht. Der Funken der Liebe war übergesprungen.

50

Alle Lympurger mit Rang und Namen strömten am späten Vormittag zur Brauschenke in der Barfüßergasse. Meister Molitor feierte seinen 60. Namenstag. Das Freibier – natürlich wurde Bockbier ausgeschenkt – floss in Strömen. Die erlauchten Gäste bedienten sich an den Körben mit Salzgebäck. Als sich die Besucherschar, mehr mit Rücksicht auf den gesundheitlich angeschlagenen Meister als mit Rücksicht auf die Fastenzeit, am späten Nachmittag allmählich auf den Heimweg machte, half Felix dem Wirt beim Aufräumen. Die Familie Molitor hatte sich einen Tisch am Eingang reserviert, an dem die Meisterin und die beiden Töchter Katherina und Anna Platz genommen hatten. Molitor war die Anstrengung des Tages anzusehen und wollte sich hinlegen, aber die Töchter baten ihn, noch zu bleiben, es gäbe etwas zu besprechen.

„Vater, ist es nicht an der Zeit, dass Ihr Euch ganz aus der Brauerei zurückzieht?", fragte Katharina. „Die Arbeit strengt Euch zu sehr an. Wenn Ihr Eure Gesundheit weiter so ruiniert, werden wir bald an Eurem Grab weinen."

Es war reiner Zufall, dass Felix gerade die Becher vom Nachbartisch einsammelte. Das Gehörte ließ ihn aufhorchen. Er war auf die Reaktion des Meisters gespannt. Doch der sagte nichts. An seiner statt antwortete die Meisterin, wobei eine vernehmbare Verärgerung in ihrer Stimme lag.

„Katherina, du kannst es aber auch nicht lassen. Das Thema haben wir schon so oft besprochen. Alles ist geregelt. Der Geselle schafft die Arbeit auch, ohne dass ihm der Meister täglich über die Schulter schaut oder gar mit anpackt. Also lasst euren Vater mit derartigen Fragen in Frieden."

„Nichts ist geregelt, Mutter. Stellt Euch vor, der Felix will die Brauerei zu Ostern verlassen, weil er keine Aussicht auf eine Meisterstelle bei Euch hat. Was macht Ihr dann?"

„Der Stefan kann jederzeit übernehmen“, gab die Meisterin barsch zurück.

„Seid Ihr sicher, dass er das überhaupt will? Vielleicht zieht er es vor, in München zu bleiben?“

„Stefan hat ein Anrecht auf die Brauerei. Blutsverwandtschaft hat immer Vorrang. Er wird eine Erbschaft niemals ausschlagen.“

Jetzt platzte der Katherina der Kragen. Wütend sah sie ihre Mutter an.

„Stefan ist der Sohn Eurer Schwester. Vor dem Stefan erben wir Töchter. Oder habt Ihr ein anderslautendes Testament gemacht, Vater?“ Meister Molitor schüttelte mit blassem Gesicht den Kopf. Ihm war das Gezeter zuwider. „Ist die Verwandtschaft wichtiger als ein tüchtiger Geselle, der jetzt schon die Brauerei führt? Felix ist zudem Gevatter meiner Enkelin, er gehört zur Familie“, entrüstete sich Katherina und ihre Schwester fügte hinzu:

„Katherina hat recht. Vater, macht dem Felix doch ein Angebot, dass er sich an der Brauerei beteiligen kann. Dann können wir wenigsten sicher sein, dass er bleibt.“

Ein leichtes Schmunzeln strich über Felix´ Gesicht. Er hatte unverhofft in den Töchtern des Meisters starke Fürsprecher gefunden. Meister Molitor erhob sich mühsam und ging wortlos davon. Kaum war er verschwunden, kam die Meisterin mit der Sprache heraus:

„Macht euch keine Hoffnungen, Kinder. Wenn euer Vater das Zeitliche segnen sollte, was wir alle nicht hoffen, fällt mir die Brauerei zu. So ist es abgesprochen. Und was ich dann damit mache, müsst ihr schon mir überlassen. Ich brauche euren Rat nicht. Bis dahin aber bleibt alles, wie es ist. Euer Vater will auf die Arbeit im Sudhaus nicht verzichten. Der Geselle Felix schafft ganz passabel. Glaubt mir, der geht nicht weg. Der hat ein Liebchen hier. Und jetzt Schluss mit dem Thema.“

Kopfschüttelnd schwiegen die Töchter. Nach einer Weile standen sie auf und verließen ohne Abschied die Schenke. Felix verschwand im Sudhaus, griff nach einem Opiumkügelchen und zündete seine Pfeife an. Er war aufgekratzt und musste sich beruhigen. Die Meisterin hatte ihm seine missliche Situation unverblümt vor Augen geführt. Hatte Jacob recht? Er war und bliebe nichts anderes als ein gemeiner Arbeitsknecht? Er werde den Platz mit Stefan tauschen müssen und selbst auf die Walz gehen! In seinem berauschten Traum sah er sich als Tippelbruder mit dem Bündel über der Schulter zum Tor hinausziehen. Nur weg aus dieser Stadt, hinaus in die weite Welt. Doch dann stellte sich schnell eine gewisse Schwermut ein. Das vertraute Lympurg war ihm ans Herz gewachsen. Er wollte seinen Freund Peter nicht auch noch verlieren. Er würde die familiäre Geborgenheit beim Bader Francis vermissen und vor allem das Lachen der Mechthildis, die ihm nicht mehr aus dem Kopf ging. Ein mulmiges Gefühl machte sich in seinem Magen breit. Zeigte der wehmütige Traum tatsächlich sein Schicksal?

51

Der erste Schnee war gefallen. Die Arbeiten im Sudhaus liefen auf Sparflamme. Es mangelte an Brennholz, auch die Gerste im Speicher ging zur Neige. Felix kam dennoch nicht zur Ruhe, zu sehr quälten ihn Zweifel, ob er seine Zukunft in Lympurg sehe. Sollte er sofort alles hinschmeißen? So sehr ihn der Gedanke zermürbte, das Brauhaus zu verlassen, so sehr wurde ihm bewusst, dass er bis Ostern in den Diensten bei Molitor bleiben musste. Das verlangte die Zunftregel. Vier Monate musste er noch beim Molitor aushalten. Bis dahin würde noch viel Wasser die Lahn hinunter fließen. Vielleicht besann sich der kränkelnde Meister noch, wenn Stefan tatsächlich in München bleiben sollte, tröstete er sich.

In jenen Tagen stapfte Felix des Öfteren hinauf zur Georgskirche, um seinen Freund zu besuchen, der ein einsames Leben im Turm fristete. Einmal traf er Christina in der Glöcknerwohnung. Felix begegnete ihr zwar nicht unfreundlich, aber mit sichtlicher Distanz.

„Das ist aber eine Überraschung", bestürmte sie ihn sofort mit einem freudigen Lächeln. „Ich habe immer wieder nach dir Ausschau gehalten, Felix. Bist du mir aus dem Weg gegangen? Warum? Habe ich dir etwas getan?"

Peter kam ihm mit der Antwort zuvor.

„Christina, bitte höre mir mal gut zu. Ein Mann kann es absolut nicht verkraften, wenn er zu sehr bedrängt wird. Wie kommst du auf die Idee, überall herumzuerzählen, dass Felix und du zusammen seid? Man munkelt sogar, ihr hättet euch verlobt. Damit hast du Felix ins Gerede gebracht. Kein Wunder, dass er dir aus dem Weg geht."

„Mein Gott, nun seid nicht so zimperlich. Zwischen uns ist doch alles klar. Felix will erst seinen Meister machen, dann denkt er an eine Hochzeit. Also ich kann warten. Aber wenn ihr wollt, dann halte ich eben meinen Schnabel. Einverstanden?“

Sie streckte Felix ihre Hand entgegen und strahlte ihn mit madonnenhaften Augen an. Zögerlich schlug Felix die zur Entschuldigung gereichte Hand nicht aus.

„Ich glaube, ich gehe jetzt wieder. Ihr habt sicher etwas zu besprechen“, meinte er und schnappte sich seine wollene Schaube.

„Bleib doch, Felix“, bat Peter. „Lass uns erst ein Bier trinken. Meine Frau will endlich wieder zu mir in den Turm ziehen. Christina will mir helfen, die Wohnung herzurichten. Aber das kann auch warten.“

Felix setzte sich wieder und trank bedächtig einen Schluck des Franziskanerbiers.

„Peter, hast du etwas von Stefan gehört?“

„Ei, wie kommst du jetzt auf den?“

„Meine Mutter hat mir gesagt, dass er aus München geschrieben hat“, mischte sich sofort Christina ein. „Er will zu Weihnachten nicht nach Lympurg kommen. Dem gefällt es wohl in Bayern besser.“

„Hast du immer noch Sorge, dass der Stefan die Brauerei übernimmt?“, wunderte sich Peter. „Mach dir keinen Kopf. Der Stefan ist weit weg.“

Christina, die einfach den Mund nicht halten konnte, frohlockte lauthals:

„Dann kannst du bald den Meister machen, wie schön!“

Felix starrte dagegen ausdruckslos vor sich hin.

„Oder willst du etwa auf Wanderschaft gehen?“, hakte Peter vorsichtig nach.

„Ehrlich gesagt, trage ich mich mit dem Gedanken, Lympurg zu Ostern zu verlassen.“

„Felix, das kannst du mir nicht antun!“, entrüstete sich Christina. „Nein, du darfst nicht weggehen. Das überlebe ich nicht.“

„Willst du mich schon wieder unter Druck setzen, Christina?“, erwiderte Felix unwirsch. „Noch entscheide ich allein und muss auf niemanden Rücksicht nehmen." Sie erschrak, unterdrückte mühsam die Tränen und verließ fluchtartig die Wohnung.

Jetzt habe sie es wohl endlich begriffen, meinte Peter. „Unter uns will ich dir noch etwas anvertrauen. Mein Vater und der Bader Francis – du weißt, sie sind enge Freunde – haben sich über dich unterhalten. Sie wollen dir helfen. Mein Vater hat mit meinem Großvater gesprochen. Er wollte ihn dazu überreden, dir einen Teil der Brauerei zu überschreiben."

„Ehrlich?" Felix staunte. „Warum wollen sie sich für mich ..."

„Frag doch nicht so viel. Dein Schicksal liegt ihnen halt am Herzen."

„Und was hat der Molitor dazu gesagt?"

„Der wollte es sich überlegen und mit seiner Frau sprechen."

Mit einem Schlag war die anfängliche Zuversicht aus seinem Gesicht gewichen. Die herrische Meisterin würde niemals zustimmen, Felix als Partner in der Brauerei zu akzeptieren.

52

Als er unwillig das Sudhaus aufräumte, traute er seinen Augen kaum. Unvermittelt stand Mechthildis vor ihm, schmunzelnd mit strahlenden Augen, engelsgleich. Hatte er aus Versehen ein zu großes Stück Opium in seine Pfeife gestopft? Fantasierte er?

„Welch himmlischer Glanz im Sudhaus! Mechthildis, wo kommst du denn her? Was machst du in Lympurg?“ Er schenkte ihr ein glückliches Lächeln.

„Ich bin einige Tage bei meiner Muhme in Lympurg zu Besuch. Sie hütet mit Fieber das Bett und braucht meine Hilfe, weil doch mein Oheim wochentags in Mainz beim Theologiestudium ist.“

Felix bekam schweißnasse Hände, sein Puls schnellte in die Höhe, sein linkes Auge zuckte, wie schon lange nicht mehr. Der Klang ihrer weichen Stimme ließ sein Herz hüpfen, ihre unverhoffte Anwesenheit ließ ihn erröten.

„Wollen wir uns ein wenig die Füße vertreten? Es hat aufgehört zu schneien. Am Lahnufer ist es jetzt am schönsten“, schlug er verlegen vor. Seinem Meister und vor allem der Meisterin würde es missfallen, wenn er allein mit Mechthildis im warmen Sudhaus angetroffen würde.

Sie folgten dem Steiger, dem Uferweg von der Obermühle bis zur Lahnbrücke. Schneeverzuckerte Uferbäume, ein festgetretener Weg, eine kalte, aber angenehm klare Luft, ein wolkenloser Himmel und eine herrliche Stille erwarteten sie. Mechthildis hatte sich fein herausgeputzt. Nur ihr Schuhwerk war nicht für einen Spaziergang im knirschenden Schnee geeignet. Ihre glatten Sohlen ließen sie straucheln. Beherzt fasste Felix zu, um einen Sturz zu verhindern. Er spürte einen stechenden Schmerz in seiner Brust, als hätte ihn erneut Amors Pfeil getroffen. Sodann hakten sie sich unter und Mechthildis schmiegte sich an ihn, suchte seine Wärme. Sie schwiegen wie bei einem vertrauten Paar, wenn Schweigen zu einer besonderen, intimen Form telepathischer Kommunikation wird. Felix spürte eine tiefe, innige Zuneigung, ein Gefühl, welches das Empfinden, das er einst seiner geliebten Maria entgegengebracht hatte, bei Weitem übertraf.

„Wie geht es deinem Vater?“, brach Felix die gedankenvolle Ruhe.

„Gut. Übrigens hat er wohl einen Narren an dir gefressen. Jeden Abend kommt er auf dich zu sprechen. Er will dir helfen, die Brauerei zu übernehmen.“

„Bestell deinem Vater einen schönen Gruß von mir. Ich bin ihm sehr dankbar für seine Fürsorge. Natürlich ist es mein größter Wusch, eine Meisterstelle zu bekommen. Aber es liegt nicht in meiner Macht. Wir werden sehen.“

„Nimm es mir bitte nicht übel, wenn ich nochmals frage. Hat dir die Christina den Kopf verdreht?“

„Mit Sicherheit nicht. Ich habe ihr zu verstehen gegeben, dass sie mich in Ruhe lassen soll. Wenn mir eine den Kopf verdreht, dann bist du es, Hilde. Ich darf dich doch Hilde nennen?“

Mechthildis errötete. Felix wunderte sich über seinen Mut, ihr seine Zuneigung zu gestehen. Sein Verstand müsse ausgesetzt haben, schoss es ihm durch den Kopf und erinnerte sich an den Vorsatz, die Weiber seien ihm gleichgültig nach der tiefen Schmach, die ihm Maria zugefügt hatte. Nun hatte ihn ein leidenschaftliches Gefühl übermannt, sein Herz hatte sich geöffnet, seine Emotionen waren mit ihm durchgegangen. Dennoch bereute er den Ausrutscher nicht. Im Gegenteil, er war erleichtert. Nun war es heraus.

„Dann geht es dir so wie mir auch“, stammelte Mechthildis. „Ich muss unablässig an dich denken und kann den Tag unseres Wiedersehens kaum erwarten.“

Felix legte den Arm um seine Hilde. Sie schmiegte sich noch dichter an ihn. So wie sie nun eng umschlungen mit feurigen

Gesichtern daher gingen, würde sie ein Außenstehender als frisch verliebtes Paar ansehen.

In den nächsten Tagen trafen sie sich immer wieder am vereisten Wasserrad der Obermühle, bei jedem Wetter, selbst wenn die Schneeflocken noch so wild herumwirbelten. Felix schwelgte im Glück. Mechthildis himmelte ihn an, wie eine Jungfer, die ihren Liebsten gefunden hatte. Als sie nach fünf Tagen mit leidender Miene erklärte, sie müsse nun wieder zurück nach Dietz, drückte ihr Felix unversehens einen verschämten Kuss auf die errötete Wange. Sie legte ihren Kopf liebvoll an seine Schulter. Dann kramte Felix ein Messer hervor und ritzte in eine starke Linde an der Obermühle ein Herz mit den Initialen F und M ein. Dies sei nun ihr heimlicher Treffpunkt, an dem sie sich wiedersehen sollten, selbst in Gedanken.

„Du kommst mich doch in Dietz besuchen? Bitte warte nicht zu lange, meine Sehnsucht nach dir zermürbt mich sonst“, sagte Mechthildis zum Abschied. Felix hatte sich längst vorgenommen, in den nächsten Tagen die Badstube von Francis aufzusuchen.

53

Das Fastenbier zog auch den alten Fuhrmann des Oberamtmanns an. Wie gewöhnlich genoss er das Freibier, das ihm Felix kredenzt hatte.

„Fahrt Ihr mal wieder nach Dietz?", fragte ihn Felix beiläufig.

„Wenn es das Wetter zulässt, bringe ich am Wochenende ein Fass Moselwein zum Schloss Oranienstein. Der Oberamtmann schenkt es der Fürstin zu Weihnachten. Geschenke erhalten die Freundschaft, meint er."

„Nehmt Ihr mich mit? Ich finde mich am Samstag in der Früh bei Euch ein. Bitte wartet auf mich."

„Einverstanden. Ach, was ich dich noch fragen wollte: Bist du eigentlich damals mit dem alten Fuhrmann des Kurfürsten mitgefahren?"

Felix erschrak. Sollte er die Wahrheit sagen?

„Wieso fragt Ihr? Ja, er hat mich bis Dietz mitgenommen."

„Dann weißt du es nicht?"

„Was soll ich wissen?"

„Der Jupp hat es nicht mehr bis Trier geschafft. Hinter Coblentz hat man das Gespann am Wegesrand stehend gefunden. Jupp saß tot auf dem Kutscherbock." Der Perzknecht schlug hastig ein Kreuz auf der Brust. „Er hatte wohl zu viel getrunken. Zu seinen Füßen lag eine leere Flasche Kräuterlikör. Der Alkohol hat seinem kranken Herzen den Rest gegeben. Gott hab ihn selig. Ich würde mir auch solch einen sanften Tod wünschen."

Felix bekreuzigte sich mit bleichem Gesicht. Sein Plan war aufgegangen. Gewiss, er hatte eine mörderische Falle gestellt. Aber eben nur eine Falle. Warum hatte sich Jupp an dem zurückgelassenen Kräuterlikör vergriffen? Er hätte es auch bleiben lassen können. Gottes Schicksal. Deus lo vult.

Noch am selben Tag suchte er das verschneite Grab seiner Mutter auf und hielt stumme Zwiesprache. Das Werk war vollbracht, er hatte seinen Schwur erfüllt. Alle am Tod seiner Mutter Beteiligten hatten ihre gerechte, irdische Strafe erhalten. Dennoch plagte ihn ein schlechtes Gewissen. Vielleicht sollte er seine Sünden beichten? In Gedanken hörte er die mahnenden Worte seiner Mutter, er solle ein gottgefälliges Leben führen, seine Sünden bekennen und Reue zeigen, wenn er zu ihr in den Himmel kommen wolle. Schließlich gelobte er, zur Beichte zu gehen, aber nicht in Lympurg, sondern in der Sankt Lubentiuskirche zu Dietkirchen.

Trotz des stürmischen Winterwetters stapfte Felix am nächsten Tag im tiefen Schnee die Hanegasse entlang nach Dietkirchen. Die Stiftskirche thronte majestätisch hoch oben auf den Lahnfelsen. Sie war während des Dreißigjährigen Kriegs stark in Mitleidenschaft gezogen worden. Inzwischen war die bemalte Holzdecke wieder eingezogen, der Lettner entfernt, die Kirchenfenster erhielten eine runde Form. Der Stiftsvikar bat den unbekannten Beichtling in die kleine Dreifaltigkeitskapelle, dort seien sie ungestört. Der Beichtstuhl werde noch renoviert. Vor dem Altar mit der Darstellung der Maria Immaculata, den die Hadamarer Barockschule geschaffen hatte, kniete Felix nieder und bekannte mit stockender, atemloser Stimme in schonungsloser Offenheit seine Sünden. Der sichtlich erschrockene Vikar holte erst einmal tief Luft, bevor er sich mit leiser Stimme an den Pönitenten wandte:

„Mein Sohn, auch wenn du deine Freveltaten nicht mit eigener Hand durchgeführt hast, so hast du dich doch schwer versündigt. Du hast den Tod oder die Verletzungen billigend in Kauf genommen. Du hast mit Bedacht und Vorsatz Rache geübt und in Gedanken getötet ..."

Felix hörte die eindringlichen Worte mit ernster Fassung. Er habe in Selbstjustiz den Tod seiner Mutter gesühnt, Blutrache geübt, das Gebot der christlichen Nächstenliebe missachtet und dazu einen heimtückischen, perfiden Plan zugrunde gelegt. Als ihm der Priester in nachdrücklicher Deutlichkeit seine schwere Schuld vor Augen führte, bereute Felix aus vollem Herzen. Erst bei den entscheidenden Worten „ego te absolvo a peccatis tuis in nomine Patris et Filii et Spiritus Sancti. Amen" – „ich spreche dich frei von deinen Sünden im Namen des Vaters, des Sohnes und des Heiligen Geistes" – fiel ihm ein beklemmender Stein vom Herzen. Jetzt war er frei von Sünde, sein Gewissen war erleichtert, seine Seele gerettet, selbst wenn am Jüngsten Tag noch das Fegefeuer drohte. Die Bußauflagen nahm er ungerührt hin. Neben den Gebeten, die er sogleich in der Kapelle sprach, sollte er ein Votivgemälde stiften und eine Blutswallfahrt nach Walldürn antreten.

Geläutert kehrte er nach Lympurg zurück. Sein erster Weg führte ihn zum Friedhof. In tiefer Reue gedachte er seiner Mutter. Nachdem er noch ein Ave Maria gebetet hatte, suchte er die Linde an der Obermühle mit dem eingeschnitzten Herzen auf und freute sich auf das Wiedersehen mit seiner lieb gewonnenen Hilde, der er nun frei von Sünden unter die Augen treten konnte.

54

Die Arbeiten im Sudhaus kamen gänzlich zum Erliegen. Meister Molitor ließ sich seit längerer Zeit nicht mehr in der Brauerei blicken, er hütete fiebernd das Bettlager. Stattdessen ging die gestrenge Meisterin dem Gesellen auf die Nerven und trieb ihn herrisch zur Arbeit an.

„Geselle, hier sieht es aus wie in einer Gerümpelkammer. Das Lager strotzt vor Dreck und Spinnweben. Die Mäuse tanzen auf den Darrboden. Schnapp dir einen Reiserbesen, nimm einen Feudel und mach hier gefälligst sauber. Vergiss das Ofenloch nicht. Verdammich, muss man dir denn alles sagen?“

„Mit Gunst, Meisterin. Meine Aufgabe beschränkt sich auf das Brauen. Schickt mir einen Lehrjungen oder eine Magd, die kann besser putzen als ich.“

„Willst du dich jetzt auf die faule Haut legen? Wofür bezahle ich dich, wenn du nicht arbeiten willst? Die Magd hat bei mir im Haus zu schaffen. Heute ist Waschtag, oder willst du deine dreckigen Leibchen selber waschen?“

In diesem Augenblick stürmte Christina in die Brauerei.

„Felix schau, ich habe dir einen Krimmelkuchen gebacken. Komm, wir wollen uns doch wieder vertragen.“ Der Meisterin stockte der Atem, als habe sie den Gesellen in flagranti erwischt.

„Ich sehe wohl nicht recht? Das schlägt dem Fass den Boden aus! Du machst es dir hier mit deinem Liebchen gemütlich? Ich dulde kein Techtelmechtel in meinem Brauhaus. Aber wenn das Mädchen schon mal da ist ... Die Jungfer kann sich nützlich machen und dir meinetwegen zur Hand gehen. In zwei Stunden komme ich wieder, dann ist hier alles blitzblank, verstanden?“, schnaufte sie und schwirrte davon. Ihre Schelte war gespielt. Insgeheim begrüßte sie den Besuch in der Hoffnung, die Jungfer werde den Gesellen davor bewahren, weiterzuziehen.

Kaum war die Meisterin verschwunden, schickte Felix die Christina barsch fort. Es sei nicht schicklich, wenn sie allein im Sudhaus verblieben. Er wolle den Tratsch nicht noch mehr anheizen. Christina schmollte und trottete beleidigt davon. Den Kuchen ließ sie da.

Am Samstag fand sich Felix schon beim Morgengrauen im Schlosshof ein. Die Schneestürme hatten sich gelegt, der dunstige Himmel ließ einen trockenen Tag erwarten. Er fand den alten Fuhrmann im Pferdestall. Gewiss meinte dieser, heute werde er nach Dietz fahren. Felix half ihm, das Weinfass aufzuladen.

Unterwegs berichtete der Perzknecht beiläufig, dass der Kurfürst Hugo von Orsbeck verstorben sei. Felix kam das Gespräch mit dem alten Jupp in den Sinn, der ihm erzählt hatte, der Fürstbischof habe sich schon zu Lebzeiten eine Grabstätte im Trierer Dom herrichten lassen.

„Und wer ist nun sein Nachfolger?“, fragte Felix.

„Karl Joseph von Lothringen. Der war zuvor Bischof von Olmütz und Osnabrück. Aber er lässt sich kaum in Trier sehen, der residiert lieber in seinem prunkvollen Stadtschloss in Osnabrück. Die hohen Herrschaften schanzen sich gute Ämter zu und scheffeln Reichtümer auf unsere Kosten nach der Devise: Geld kommt zu Geld. Ob es ihm nützt? Man munkelt, er habe sich die Pocken eingefangen. Lange wird er es sicher nicht mehr machen, trotz seine Pfründe.“

Mechthildis errötete vor Aufregung, als Felix beim Bader eintraf. Er zwinkerte ihr kurz zu, dann verschwand er in der Stuffa, um sich auf der Schweißbank zu erwärmen und seinen Rotlauf auszukurieren. Dem Bader Francis fiel der trockene Husten sofort auf. Er bot ihm ein Wannenbad mit Pimpernellwurz und Eisenkraut an, das würde seiner Verkühlung guttun.

„Und dann schaust du noch beim Barber vorbei. Deine weibisch gedrehten Nackenrollen können einen Haarschnitt vertragen. Kann ich sonst noch etwas für dich tun?“

Felix verneinte und setze sich in die wohltuende Wanne.

„Du bleibst doch zum Essen? Wir würden uns freuen. Kannst meinetwegen auch über Nacht bleiben. Ich organisiere eine Kutsche, die dich morgen nach Lympurg bringt. Einverstanden?“

Felix strahlte, nahm die unerwartete Einladung voller Freude an und verbrachte den Rest des Tages im Kreis der Familie. Die Töchter überredeten ihn zu einem Spaziergang an der zugefrorenen Lahn. Vorsichtig suchte Felix die Hand seiner Hilde zu greifen, ihr liebevolle Blicke zuzuwerfen. Doch Mechthildis schüttelte verschämt den Kopf, ohne dass es die Schwestern bemerkten. Plötzlich rutschte die jüngste Schwester Johanna auf dem eisglatten Boden aus. Felix half ihr sofort auf und fragte besorgt, ob sie sich wehgetan habe. Johanna verneinte, und von diesem Zeitpunkt fassten sich alle bei den Händen. Felix griff die glutheiße Hand seiner Hilde, drückte sie und strich mit den Fingern liebevoll darüber, dass der Puls von Mechthildis in die Höhe schnellte. Sie sprachen kaum ein Wort miteinander, dafür schnatterten die Schwestern unaufhörlich.

Beim gemeinsamen Abendessen – es gab gebratenen Lahnbarsch, den Felix mit Genuss verspeiste, obwohl ihm Fisch sonst zuwider war – platzte plötzlich die vorlaute Sophie heraus:

„Mutter, ich glaube, Mechthildis hat sich in den Felix verliebt.“

Mit einem Schlag war die Unterhaltung verstummt. Alle Augen waren abwechselnd auf Mechthildis und Felix gerichtet, die mit hochroten Köpfen wie zu Stein erstarrt dasaßen. Die Badersfrau löste schließlich die gespannte Stille:

„Ei, das kann ich gut verstehen. Der Felix ist ein gut aussehender Bursche, und tüchtig dazu.“

Bader Francis indes ließ den Löffel fallen, riss die Augen auf und schnappte nach Luft, als habe er eine Herzattacke erlitten ...

55

Nach der Rückkehr aus Dietz überraschte Peter seinen Freund in der Brauschenke mit einer schlimmen Nachricht.

„Emma ist tot!"

„Heilige Maria und Josef, was ist geschehen?" Hastig bekreuzigte sich Felix.

„Er wurde in seiner Silbermine verschüttet. In einem Stollen hat der Holzausbau nicht mehr standgehalten und ist zusammengebrochen."

„Mein Gott, sind noch mehr Bergleute zu Schaden gekommen?"

„Zum Glück nein. Aber es ist schon seltsam, dass das Unglück ausgerechnet Emma erwischt hat. Die herbeigerufenen Helfer haben den Stollen freigelegt und alle Kumpels aus der Grube geholt. Nur ein recht kurzes Stück im Stollen war eingestürzt. Just in dem Moment, als Jacob an dieser Stelle war."

„Du meinst, das ging nicht mit rechten Dingen zu?"

„Wer weiß. Es kursieren wilde Gerüchte. Tatsache ist, dass es vorher Zoff mit den Bergleuten gab. Sie hätten sich wütend bei Jacob ob der schlechten Bezahlung und der miserablen Zustände im Bergwerk beschwert. Emma soll mit Holz gespart haben, obwohl es dringend für den Ausbau gebraucht wurde. Zudem soll es minderwertig und nicht für Grubenstempel geeignet gewesen sein. Es gab in der Vergangenheit schon einmal einen Einsturz, bei dem drei Bergmänner schwer verletzt wurden. Aber Jacob habe alle Warnungen zornig ausgeschlagen und stattdessen mit Rausschmiss gedroht."

„Sprichst du etwa von Rache?"

„Wenn Jacob nur einen Hungerlohn gezahlt hat und Kumpel zu Schaden gekommen sind, liegt der Verdacht durchaus nahe. Es wird sogar gemunkelt, dass er erschlagen worden sein soll. Später habe man den Mord mit dem fingierten Grubeneinsturz vertuschen wollen. Wahrscheinlich kommt die Wahrheit niemals zutage. Aber eins steht außer Zweifel: Jacob hatte sich Feinde gemacht."

„Die Gier nach Reichtum hat Emma umgebracht. Wenn der Teufel Geld riecht, ist er sofort zur Stelle und stiftet Unfrieden. Gott möge sich dem Jacob erbarmen." Felix bekreuzigte sich noch einmal. „Wo und wann wird er begraben?"

„Die Patres des Klosters Arnstein wollten ihn im Abteifriedhof bestatten. Sie hofften auf ein gutes Grabgeld. Aber Emmas Vater hat eine Bittschrift an den Kurfürsten geschrieben. Jacob soll in Lympurg seine letzte Ruhestätte finden. Der Trierer Erzbischof hat sich einst das Kloster Arnstein unter den Nagel gerissen und liegt seither in Unfrieden mit dem aufmüpfigen Probst des Prämonstratenserordens. Deshalben hat der Kurfürst dem Gesuch stattgegeben. Der Probst schäumte vor Wut ob der verlustigen Bestattungspfründe. Gestern wurde der Leichnam nach Lympurg überführt. Morgen ist die Beerdigung auf dem Friedhof der Sebastianskirche bei den Franziskanern."

„Normalerweise muss der Tote doch nach drei Tagen bestattet werden, oder?"

„Ja, schon. Aber der Leichnam ist beinhart gefroren, da kann man sich noch Zeit lassen."

Nach der Beisetzung, die Haag nicht ohne Hintergedanken mit üppigem Brimborium ausstattete, versammelte sich die Trauergemeinde im „Goldenen Hirsch" am Kornmarkt zum Totenschmaus. Auch hier tuschelte man über die mysteriöse Todesursache. Warum habe man den Unfall nicht untersuchen lassen? Niemand wollte an einen Schicksalsschlag glauben. Warum hatten die Bergleute dem Verstorbenen kein letztes Geleit gegeben? Waren sie froh, den ungeliebten Arbeitgeber los zu sein? An den Tischen zerriss man sich die Mäuler mit verworrenem Klatsch.

Elsbeth nahm mit Tränen in den Augen die Kondolenzen entgegen. Hinter ihrem Rücken verbreitete sich ein gemeiner Tratsch über sie. Sie spiele die trauernde Witwe nur, obwohl doch jeder wisse, dass der Jacob seine Frau im Stich gelassen, dass er sie auf Teufel komm raus betrogen und sich um seine Familie kaum gekümmert habe. Nun könne sich Elsbeth mit dem gewaltigen Erbe trösten. Der Haag habe doch noch sein Ziel erreicht. Er werde alles daran setzen, die einträglichen Geschäfte fortzuführen. So eindringlich wie er mit dem Marioth bei einem Glas Wein verhandelte, konnte es keinen Zweifel daran geben.

56

Felix konnte sich auf die heftige Reaktion des Baders Francis keinen Reim machen. Er war ihm doch bislang mit überaus großem Wohlwollen begegnet. Warum war er so erschrocken, als die vorlaute Sophie gepetzt hatte? Felix hatte sofort seine aufrichtige Zuneigung zu Mechthildis versichert und zum Erstaunen aller von Verlöbnis gesprochen. Vielleicht war das etwas zu überhastet, zu ungestüm, er war mit der Tür ins Haus gefallen. Besser wäre es gewesen, er hätte vorab sein Ansinnen von Mann zu Mann mit dem Bader besprochen. Aber er war zu aufgeregt, um vorsichtig und diplomatisch zu taktieren. Im Grunde war er froh, dass die Geheimniskrämerei ein Ende hatte, und hoffte, von Francis wenigstens ein Zeichen grundsätzlicher Zustimmung zu erhalten. Doch anstelle von Freude schlug ihm vonseiten des Baders ein bestürztes, nahezu feindseliges Unverständnis entgegen. Felix war wie vom Blitz getroffen, als ihm Francis mürrisch die warme Badstube als Schlafstatt zugewiesen hatte. Wie einem gemeinen Badknecht! Er duldete den Felix nicht über Nacht in seinem Haus. Schon am frühen Morgen hatte eine Kutsche bereitgestanden, die ihn nach Lympurg bringen sollte, ohne Abschied von Mechthildis, ohne Frühstück.

„Felix, ich bitte dich, meiner Tochter nicht den Kopf zu verdrehen. Mechthildis ist noch zu jung. Halte dich in Zukunft von ihr fern!", hatte ihm Bader Francis eiskalt mit auf den Weg gegeben.

In seinem Magen rumorte es, ihm war speiübel. Warum sollte er seine aufrichtige Liebe zu Mechthildis verdrängen? Seine Hilde war doch weiß Gott alt genug. Wie viele Mädchen kamen schon mit fünfzehn Jahren unter die Haube? Oder meinte der Bader gar, er wäre keine standesgemäße Partie für seine Tochter? Ohne seinen Segen war ein Verlöbnis nicht möglich. Aber so schnell ließ er sich nicht ins Bockshorn jagen, überlegte er, wobei sein linkes Auge nicht aufhörte, zu zucken. Ein Gespräch unter Männern sollte Klarheit schaffen, nahm er sich trotzig vor. Später, wenn sich die Gemüter beruhigt hätten.

Nur eine Woche später erschien Mechthildis in Lympurg, um ihrer Muhme wieder zur Hand zu gehen. So kam es, dass er seine Hilde viel früher als gedacht in die Arme schließen konnte. Die Wiedersehensfreude schlug jedoch schnell in Melancholie um. Mechthildis litt sichtlich und schluchzte unter Tränen:

„Mein Vater hat an jedem Abend fürchterlich getobt. Nie habe ich ihn so wütend gesehen. Noch stehe es ihm an, meinen künftigen Bräutigam zu bestimmen, schimpfte er. Er lasse sich nicht vor vollendete Tatsachen stellen. Die Zeit sei noch nicht reif für ein Verlöbnis. Er hat mein Gefühl für dich als naive Schwärmerei abgetan und mir jeden Umgang mit dir untersagt." In ihrer Stimme lag eine solche bittere Enttäuschung, so viel Schmerz, dass Felix erschrak und sie an sich zog. Ihre Mutter habe volles Verständnis für sie gezeigt und ihr zugeredet, sie solle ruhig nach Lympurg fahren und den Felix treffen. Der Vater werde sich wieder beruhigen. „Aber bei uns hängt nun der Haussegen schief."

Voller Liebesschmerz lagen sie sich minutenlang stumm in den Armen. Je stärker sich die Qualen in ihre Seelen eingruben, desto inniger empfanden sie Zuneigung zueinander. Felix strich ihr liebevoll über das blonde Haar und tröstete sie mit dem festen Willen, noch einmal mit dem Bader zu sprechen. Von Mann zu Mann. So schnell werde er nicht aufgeben, notfalls werde er um sie kämpfen.

So vergingen die nächsten Monate, ohne dass sich Felix nach Dietz getraut hatte. Je länger sie getrennt waren, desto stärker blühte ihre Liebe auf. Felix spürte, dass seine Liebe zu Mechthildis anders war als damals zu Maria. Er empfand eine tiefe Zuneigung, die aus dem Herzen kam, aus seiner Seele, ohne auch nur einen Gedanken an eine amouröse Liaison zu hegen. Niemals würde er seine Hilde zu einem Liebesabenteuer verführen wollen. Er verzehrte sich nicht nach ihrem Körper, sondern nach ihrer Nähe, ihrem engelhaften Lächeln und ihrer sanften Stimme. Das musste die echte, wahre Liebe sein, dachte er.

Zweimal schaffte es Mechthildis, mit dem Segen ihrer Mutter nach Lympurg zu kommen. Das freudige Wiedersehen entschädigte die Verliebten für den Trennungsschmerz, der sie zermürbte. Mechthildis litt besonders darunter. Sie war abgemagert und machte einen kränklichen Eindruck. In der Familie des Baders wurde die Liebe der beiden totgeschwiegen, und Mechthildis vermied es, ihren Liebeskummer offen zu zeigen. Felix beruhigte sie, strich ihr mitfühlend über das Haupt. Er hoffte, Francis werde sich besinnen. Noch ahnte er nicht, dass das Schicksal einen Strich durch seine Rechnung machen würde.

57

Der Guardian des Franziskanerklosters kehrte gerade vom gemeinsamen Frühstück im Refektorium an sein Schreibpult zurück, da traute er seinen Augen kaum. Ein Mann in edler Kleidung und weißer Perücke stand unvermittelt vor ihm. Bruder Johann stutzte einen Augenblick, meinte den unverhofften Gast zu erkennen, rannte geschwind zur Tür und warf sie ins Schloss.

„Francis, hat dich der Teufel geritten? Du hast dich nach Lympurg getraut?"

Doch Bader Francis lächelte nur verschmitzt und nahm seinen Freund zur Begrüßung in die Arme.

„Hennes verzeih mir den Überfall, aber ich muss dich dringend sprechen."

„Haben dich die Wachen ohne Probleme durchgelassen?"

„So einfach war es nicht. Ich bin mit einem Kahn bis zur Badstube am Katzenturm gefahren. Meinen alten Partner Raab hat es vor Schreck fast umgehauen, als ich in seiner Barbierstube aufgetaucht bin. Wir haben bis Mitternacht geplaudert und uns an die gemeinsame Zeit in Lympurg erinnert. Die Nacht habe ich in der Stuffa verbracht. Am frühem Morgen sind wir dann gemeinsam durch das Löhrtor gegangen. Einfach so, als begleite der Raab einen honorigen Badegast in die Stadt. Er meinte, ich solle mir keine Sorgen machen. Es sei schließlich dreißig Jahre her, dass ich aus Lympurg und Kurtrier verwiesen wurde. Die Wachen seien zu jung, um sich daran zu erinnern."

„Dennoch, Francis, wenn dich jemand erkennt, landest du wieder im Katzenturm. Mein Gott, warum riskierst du das?"

„Mir brennt etwas auf der Seele. Hennes, ich brauche deine Hilfe."

„Willst du beichten?"

„Nein, ich habe schon die Absolution erhalten. Von Bruder Ludolf."

„Bruder Ludolf ist friedlich von uns gegangen. Gott erbarme sich seiner."

Francis bekreuzigte sich. Die traurige Nachricht brach ihm das Herz. Mit Wehmut erinnerte er sich an Bruder Ludolf, der sich so liebevoll um ihn gekümmert hatte, nachdem er zunächst als Findelkind bei den Schwestern im Kloster Bethlehem Aufnahme gefunden hatte. Zusammen mit dem heutigen Guardian hatte er die ersten Jahre im Franziskanerkloster verbracht. Von Kindheit an verband sie eine innige Freundschaft.

„Wenn dich Bruder Ludolf von deinen Sünden erlöst hat, dann ist deine Seele doch gerettet, oder?"

„Es geht mir nicht um mein Seelenheil, Hennes. Ich sorge mich um meine Tochter Mechthildis."

„So wie ich deine Mädchen kenne, gibt es doch wahrlich keinen Grund zur Sorge. Also raus mit der Sprache, was bedrückt dich?"

„Meine Mechthildis hat sich in den Braugesellen Felix verliebt."

„Felix, den unser Bruder Ludolf ebenfalls hier im Kloster groß gezogen hat?"

„Genau der, der Sohn von Annemarie. Du kannst dich doch noch an sie erinnern? Sie war zunächst Magd beim Gerbermeister Emmerich, bei dem ich in die Lehre gegangen bin. Dann hat Annemarie den Fischhändler Anton Diezinger geheiratet."

„Und später hat sie der feige Fuhrmann des Kurfürsten als Hexe denunziert. Sie hat die grausame Folter nicht überlebt und liegt bei uns mit kirchlichem Segen im Herrgottsacker. Natürlich erinnere ich mich genau an diese bodenlose Ungerechtigkeit. Ob Felix das Schicksal seiner Mutter kennt?"

„Ja. Er hat es mir erzählt."

„Aber was hat das alles mit deiner Tochter zu tun?"

„Ich muss die Verbindung zwischen Mechthildis und Felix unterbinden. Sie dürfen nicht heiraten. Du musst mir helfen."

Bruder Johann schüttelte fragend den Kopf.

„Ich verstehe immer noch nicht."

Der Guardian erhob sich und schenkte zwei Becher mit Runkeler Rotem ein. Er wusste nur zu gut, dass sein Freund Francis den Wein besonders schätzte …

58

Zur gleichen Zeit plagten den Felix andere Sorgen. Ostern stand vor der Tür und damit die quälende Entscheidung, die Brauerei zu verlassen oder zu bleiben, denn seine Vertragszeit lief zum Fest aus. Sollte er sich entschließen, beim Molitor zu kündigen, musste er das rechtzeitig kundtun. Ohne jeden Zweifel würde er mit Wonne bleiben wollen, sofern eine gemeinsame Zukunft mit seiner Hilde vorstellbar war. Aber das stand noch in den Sternen.

Hatte er überhaupt eine Zukunft in der Brauerei von Molitor? Die schroffe Meisterin trieb ihn herrisch zur Arbeit an, so wie sein ehemaliger Freund Jacob, der die Bergleute geschunden hatte. Sie hatte ihm großzügig, wie sie von oben herab betonte, einen Gehilfen zur Seite gestellt. Einen dümmlichen, aber kräftigen Jungen, der nur für Handlangerarbeiten zu gebrauchen war. Als der ihm stolz erzählte, er sei mit der Meisterin verwandt, sank seine Laune auf den Tiefpunkt. Natürlich, sie wollte ihre ganze Sippe im Brauhaus unterbringen, auch der Stefan würde dazugehören, da war sich Felix sicher. Vielleicht sollte er sich bei einer anderen Brauerei in der Nähe Lympurgs oder in Dietz umsehen? Er hatte sich schon in der Zunft umgehört, bisher jedoch ohne Erfolg.

Felix griff wieder zum Opium.

Der Gesundheitszustand seines Meisters hatte sich von Tag zu Tag verschlechtert. Man musste das Schlimmste befürchten. Die Meisterin schickte die Magd zum Kloster mit der dringlichen Bitte, einen Pater für einen Versehgang abzustellen. Sie kehrte mit einem vollbärtigen Minderbruder, dem eine Branntweinfahne vorauseilte, und einem jungen Ministranten zurück. Meister Molitor erhielt das Sakrament der Letzten Ölung und die Wegzehrung gegen Zahlung eines Guldens. Tief besorgt eilten die Töchter Anna und Katherina zum Brauhaus und verbrachten die Nacht in Tränen aufgelöst am Sterbebett. In der Morgendämmerung wurde Molitor von seinen Leiden erlöst. Die Meisterin verhängte den Spiegel im Schlafraum und öffnete ein Fenster, damit die Seele des Verstorbenen entweichen konnte. Dann ließ sie die Leichenwäscherin rufen. Diese schnitt dem Toten die Fingernägel, wusch und kämmte ihn, bestrich das bleiche Gesicht mit Branntwein, um es vor vorzeitiger Verwesung zu schützen, und bettete den Toten in ein weißes Totentuch. Die Meisterin zündete zwei Kerzen am Kopfende des Verstorbenen an. Eine herbeigerufene Leichenbitterin sollte alle Verwandten und Bekannten über den Tod des Meisters verständigen.

Die Totenwache teilte der eilends verständigte Zunftmeister der Brauer ein. Felix bot sich an, gemeinsam mit Peter die erste Nacht zu wachen. In den nächsten drei Tagen wimmelte es nur so von Menschen, die von Molitor Abschied nahmen. Die Dreitagesfrist war ein kirchliches Gebot, um sicher zu sein, dass der Tod tatsächlich eingetreten war. Das Bier floss in Strömen, die Trauergäste bedienten sich ausgiebig an der gereichten Kappessuppe, den bereitgestellten Braten sowie am Dornburger Klaren.

„Jetzt ist deine Chance gekommen, Felix. Soweit ich gehört habe, hat mein Oheim kein schriftliches Testament gemacht. Aber meine Mutter meinte, ihr Vater habe am Sterbebett deinen Namen genannt."

„Da bin ich mir nicht sicher, Peter. Die Meisterin hegt andere Pläne. Sie will ihre Sippe in der Brauerei unterbringen. Hast du schon etwas vom Stefan gehört?"

„Nein, aber er wurde benachrichtigt. Wahrscheinlich wird er es nicht mehr zur Beerdigung schaffen."

59

Guardian Johann erwartete mit Spannung, was Francis so sehr bekümmerte, dass er sogar das hohe Wagnis eingegangen war, nach Lympurg zu kommen. Schließlich war er einst aus der Stadt verbannt worden und riskierte eine Blendung, so man ihm in der Stadt habhaft werden sollte.

„Im Grunde genommen sollte ich noch einmal die Beichte ablegen", begann Francis zögerlich. „Das, was ich dir jetzt anvertraue, habe ich vor langer Zeit Bruder Ludolf bekannt. Ich erwarte von dir, dass auch du Stillschweigen hältst. Ich kann mich doch auf dich verlassen?"

„Mein Freund, sind wir nicht immer vertrauensvoll miteinander umgegangen? Also, was bedrückt deine Seele?"

Francis nahm einen großen Schluck des Rotweins, sah verträumt auf das halb volle Glas und sprach mit stockender Stimme:

„Während meiner Zeit beim Gerber Emmerich habe ich die Magd Annemarie in mein Herz geschlossen. Zwischen uns gab es kein Geheimnis, wie unter Geschwistern. Nachdem Annemarie den Fischhändler Anton Diezinger geheiratet hatte, gestand sie mir eines Tages unter Tränen, dass es mit ihrer Ehe nicht zum Besten stehe. Der Anton habe sich mit der Zeit verändert, er saufe maßlos und sei unausstehlich. Ständig habe er sie angeschrien, nichts konnte sie ihm recht machen. Sie verzweifelte, konnte sie doch keinen Anlass sehen für seine ständigen Schimpftiraden. Den Grund habe sie später von einer Marktfrau erfahren. Der Diezinger war schon einmal verheiratet. Er soll seine erste Frau in den Wahn getrieben haben, weil sie ihm kein Kind geschenkt hatte. Anton solle sie sogar geschlagen haben. Die Frau sei aus Gram gestorben. Auch mit der Annemarie hatte es noch nicht geklappt mit dem Nachwuchs. Die Schmach, keine Kinder zu haben, war für ihn unerträglich.

Er fühlte sich von der Gesellschaft und der Kirche geächtet. Annemarie hatte höllische Angst, der Anton könne ihr das Gleiche antun wie seinem ersten Weib."

„Aber der Grund dafür, dass sie keine Kinder bekommen konnte, muss doch nicht bei der Annemarie gelegen haben?"

„Richtig. Aber der Anton war ein verbohrter Sturkopf. Er wollte sich seine Impotentia nicht eingestehen. Annemarie wollte unbedingt ihre Ehe retten. Wir haben uns heimlich an der Kreuzkapelle auf dem Greyffenberg getroffen. Dort bat sie mich inständig schluchzend um einen Liebesdienst."

„Sag nur, die Annemarie hat dich gebeten, mit ihr ein Kind zu zeugen? Das ist Ehebruch, Sünde und verwerflich."

„Spar dir deine Kanzelsprüche. Bruder Ludolf hat mir die Absolution schon erteilt. Ja, sie bedrängte mich aus tiefer Not, sie flehte mich an. Du kannst dir sicher meine Gewissenskonflikte vorstellen. Hätte ich ihr Ansinnen ausschlagen sollen? Sollte ich zulassen, dass Annemarie beim Anton die Hölle durchmacht? Nein, das war kein sinnliches Verlangen, das war ein reiner Freundschaftsdienst. Ich brachte es nicht übers Herz, Annemarie in ihrer tiefen Verzweiflung im Stich zu lassen. Schließlich hatte ich Sorge, sie würde sich etwas antun, so hilflos und ausweglos wie ihre Lage war. Sollte ich tatenlos zusehen, wie sie der Diezinger in den Tod treibt?"

„Sag nur, du hast wahrhaftig mit ihr ein Kind gezeugt?"

„Ja, einen strammen Jungen. Annemarie hat den Anton im Glauben gelassen, der Neugeborene sei von ihm. Er schwelgte endlich im ersehnten Vaterglück, war wie ausgewechselt und himmelte von nun an seine Annemarie an. Die Ehe war gerettet."

„Weißt du, ob Annemarie den Ehebruch gebeichtet hat? Oder ist sie gar ohne Absolution bestattet worden?"

„Bruder Ludolf hat ihr die Beichte abgenommen. Keine Sorge, sie ist ohne Sünde von uns gegangen."

„Kenne ich den Jungen?"

„Natürlich, es ist der Felix. Nachdem Annemarie der Hexerei beschuldigt und die verdammte Folter nicht überlebt hatte, beschlichen den Anton böse Zweifel. Er war von der Annahme besessen, Annemarie habe ihm eine teuflische Hexenbrut untergeschoben. Das war auch der Grund, warum er sich von Felix losgesagt und ihn in die Obhut des Klosters gesteckt hatte."

„Jetzt dämmert es mir langsam. Bruder Ludolf hat gewusst, dass der Felix dein Sohn ist. Darum hat er mich damals mit Engelszungen überredet, den Knaben in den Konvent aufzunehmen."

„Und jetzt will der herangereifte Felix meine Tochter ehelichen. Wie soll ich dem verliebten Paar beibiegen, dass ein Verlöbnis für sie nicht möglich ist?"

„Weiß deine Frau, dass Felix dein leiblicher Sohn ist?"

„Nein. Niemand außer Bruder Ludolf wusste davon."

„Kerle, da hast du dich ganz schön ins Schlamassel geritten. Dass die beiden eine tiefe, gegenseitige Zuneigung verspüren, liegt auf der Hand. Schließlich sind sie Geschwister."

„Und Geschwister dürfen nicht heiraten. Das ist inzüchtig, oder?"

„Abgesehen von der Sünde, birgt der Inzest auch gesundheitliche Gefahren für die Nachkommen. Sehen wir das nicht bei den Königshäusern, die munter innerhalb der Verwandtschaft heiraten aus purem Machtstreben? Sie scheren sich nicht um das kirchliche Tabu, das nur für einfältige Untertanen gelte. Und die Folgen sind schwachköpfige Herrscher. Wir aber müssen uns an das Inzestverbot halten, das der Kirchenlehrer Thomas von Aquin schon vor vierhundert Jahren erlassen hat."

„Jetzt kennt du meine Besorgnis. Also, was soll ich tun, Hennes?"

„Bekenne, beichte deiner Frau den Fehltritt. Sie wird es verstehen, wenn sie die Umstände kennt. Ob sie dir aber dein langes Schweigen verzeiht, weiß ich nicht. Anschließend musst du mit Felix sprechen und die volle Wahrheit offen legen. Den Gang nach Canossa kann ich dir nicht ersparen."

60

Zur Beerdigung des Meisters war Stefan nicht erschienen. Er kam erst eine Woche später nach Lympurg. Felix braute gerade mit dem dümmlichen Gehilfen das Klosterbier für die Fastenzeit vor Ostern, als Stefan unvermittelt ins Sudhaus hereinschneite.

„Mit Gunst, Geselle Felix. Schön dich bei der Arbeit zu sehen. Wie gehen die Geschäfte?"

„Mit Gunst Geselle. Wir haben dich zur Beerdigung erwartet."

„Ich wäre auch gekommen, aber die Nachricht vom Tod meines Oheims erreichte mich zu spät. Du bist doch ganz gut ohne mich ausgekommen, oder? Mir steigt ein süßlicher Duft in die Nase. Braut ihr gerade ein Dunkelbier?"

Felix gab sich wortkarg und ließ ihn spüren, dass er nicht willkommen war. Wollte Stefan gar das Erbe antreten, wie es die Meisterin kundgetan hatte?

„Und wie ist es dir ergangen? Hast du nun die Brauerei deines Schwähers in München übernommen? Oder bist du noch nicht verehelicht?"

Stefan verzog das Gesicht, nein verheiratet sei er noch nicht. Ein durchtriebener böhmischer Braugeselle habe die feurige Tochter seines Brauherrn mit Schmeicheleien eingewickelt, nein vielmehr ausgewickelt, denn der gerissene Sauhund habe sie geschwängert.

„Aus und vorbei, München ade! Meine Muhme hat mich gebeten, die Molitorsche Brauerei zu führen. Sapperlot, ich lasse mir das doch nicht entgehen, wenn hier eine Meisterstelle winkt."

Felix erstarrte zur Salzsäule. Also doch! Für ihn gab es keinen Platz mehr in der Brauerei Molitor. Jetzt war das Fass übergelaufen. Gleich morgen würde er der Meisterin eröffnen, dass er seine Arbeit zu Ostern beenden werde. Keinen Tag länger würde er bleiben, schoss es ihm durch den Kopf.

„Geselle, ich sehe dir an, dass du schockiert bist. Nun mach kein Gesicht wie Sauerbier. Natürlich kannst du bleiben. Ich mache dir einen Vorschlag. Lass uns zusammen die Brauerei führen. Ich biete dir eine Teilhaberschaft an."

„Wie stellst du dir das vor?"

„Ganz einfach. Wir lassen den Wert der Brauerei von einem unabhängigen Kaufmann schätzen. Du kaufst dich dann in das Geschäft ein. Aber ich will die Mehrheit behalten. Sagen wir, du übernimmst ein Drittel der Anteile. Mit dem Zunftmeister werden wir schon einig werden, dass du den Meisterbrief erhältst. Mein Oheim, der Bürgermeister Trippler, wird bestimmt ein gewichtiges Wort für dich einlegen. Notfalls werden wir mit etwas Geld nachhelfen. Bist du einverstanden?"

Sein linkes Auge zuckte wie schon lange nicht mehr. Gewiss, der Vorschlag war nicht von der Hand zu weisen. Aber ob er sich auch realisieren ließe? Zu viele Fragezeichen türmten sich vor Felix auf.

„Das kann ich heute nicht entscheiden. Ein solcher Schritt muss überlegt sein."

Schon machten sich große Zweifel bei Felix breit. Hatte es der Stefan ehrlich gemeint? Wollte er nur rasch zu barer Münze kommen? Zudem würde Stefan das Sagen in der Brauerei haben. Er selbst bliebe im Grunde ein abhängiger Brauknecht, wenn auch am Gewinn beteiligt. War das sein erhoffter Traum von einer eigenen Brauerei?

Er musste jemanden zum Plaudern haben, dem er seine Gewissensnöte anvertrauen konnte. Mit Wehmut registrierte er, dass allein Peter für ein offenes Gespräch unter vier Augen infrage kam. Emma und auch den Bader Francis hatte er als Vertraute verloren. Peter zeigte aufrichtige Bestürzung ob der Entscheidung, dass dem Stefan nun die Brauerei zugesprochen wurde.

Zum ersten Mal hörte Felix den Peter abfällig über seine hartherzige Großmutter sprechen.

„Felix, ehrlich gesagt, würde ich es mir an deiner Stelle sehr genau überlegen, in der Molitorschen Brauerei zu bleiben. Das kann nicht gut gehen."

„Ein klares Wort. Mein Verstand rät es mir ebenfalls. Aber wenn ich Lympurg verlasse, dann gebe ich auch die Mechthildis auf. Das bringe ich nicht übers Herz."

„Dann nimm doch die Mechthildis mit."

„Ein Brauer auf der Walz mit einem Weib im Schlepptau? Das lässt die Zunft nicht zu."

„Dann suche dir erst eine gute Arbeitsstelle und später holst du deine Mechthildis nach. Oder kann die Hochzeit nicht warten? Hast du vielleicht schon ...?"

„Nein, wo denkst du hin. Noch ist sie mir nicht versprochen."

„Dann musst du das zuerst regeln. Sprich mit deinem künftigen Schwäher. Wenn der auch weiterhin eurer Verbindung entgegensteht, kannst du Mechthildis vergessen. Das tut zwar weh, aber das ist die Realität. Übrigens soll ich dir von Mechthildis Mutter ausrichten, dass dich der Bader sehen will. Also reiß dich zusammen und kämpfe."

61

Mit klopfendem Herzen und flauem Gefühl im Magen betrat Felix die Dietzer Badstube. Was würde ihn erwarten? Eine Abfuhr? Ein deftiger Rausschmiss? Würde er seine Hilde heute für immer verlieren? Oder hatte sich der Bader besonnen? Hatte er seine Meinung geändert? Alles lag im Bereich des Möglichen. Nur eines wusste Felix: Heute war der Tag der Entscheidung gekommen, der sein künftiges Leben bestimmen sollte. Lympurg oder Wanderschaft, Hilde oder Liebesschmerz.

Zu seiner großen Überraschung begrüßte ihn Francis überaus wohlwollend, ja sogar väterlich. Nein, er solle seine Kleider nicht ablegen, bedeutete er ihm.

„Lass uns ein Stück des Weges gehen, Felix. Da sind wir ungestört."

Sie überquerten wortlos die Lahnbrücke, stiegen den Halfterweg hinauf zur Kirche Sankt Peter und setzten sich auf eine Bank, von der sie einen malerischen Blick auf das alte Grafenschloss hoch über der Dietzer Altstadt hatten, das nun als Amtsgebäude genutzt wurde. Felix warf einen kurzen Blick in das Gesicht von Francis. Warum redete er kein Wort? War der Aufstieg auf den Kirchfelsen schon zu mühsam für ihn? Warum wirkte er so grüblerisch?

„Ich habe gehört, der Stefan ist zurück und hat die Brauerei übernommen?", beendete Francis endlich das endlose, lange Schweigen.

„So ist es. Er hat mir eine Teilhaberschaft angeboten."

„Und? Wirst du einsteigen? Du weißt, dass ich dich finanziell unterstützen werde, wenn du willst. Ich stehe zu meinem Wort."

Ein Hauch von erleichterndem Lächeln zog über das Felix´ Gesicht. Hatte er sich im Bader doch getäuscht?

„Ich habe mich noch nicht entschieden, ob ich in Lympurg bleibe."

„Wovon machst du das abhängig?"

Felix schluckte. Ein flaues Gefühl machte sich in seinem Magen breit. Sollte er noch einmal seine Liebe zu Mechthildis gestehen? Wie würde der Bader reagieren? Dann fasste er sich ein Herz. Die Gelegenheit schien ihm günstig.

„Ich habe mich in Eure Tochter Mechthildis verliebt. Ich möchte um ihre Hand anhalten."

Der Bader erblasste. Jetzt musste er Farbe bekennen. Jetzt musste er dem Felix jedwede Hoffnung auf seine Tochter nehmen. Es würde ihn wie aus heiterem Himmel treffen. Wie würde er sein Schicksal aufnehmen, wie würde er das verkraften? Er musste behutsam vorgehen.

„Felix, ich versichere dir, dass ich dich mit Freude als Schwiegersohn annehmen würde."

Ein erleichterndes Lächeln huschte über das Antlitz von Felix. Doch dann erfror es, als Francis fortfuhr.

„Mein Junge, ich muss dir etwas gestehen, das dich nicht erfreuen wird. Da gibt es ein gut gehütetes Geheimnis zwischen deiner Mutter und mir. Ja, ich hatte Annemarie in mein Herz geschlossen, aber ich wollte ihrem Glück mit Anton nicht im Wege stehen. Annemarie war wohl gerade ein Jahr mit dem Fischhändler verheiratet. Anton hat sich so sehr ein Kind gewünscht, aber ..."

Felix lauschte mit hochroten Ohren den Ausführungen des Baders. Dann sprang er erbost auf und schrie den Francis an:

„Wollt Ihr mir weismachen, dass ich ein uneheliches Kind, ein lausiger Bastard bin? Dass der Diezinger nicht mein leiblicher Vater ist? Dass Ihr mein wahrer Vater seid?" Felix sprang wütend auf, das Blut war ihm ins Gesicht gestiegen, er rang nach Luft. Die stürmische Reaktion ließ Francis erschrecken, obgleich er damit gerechnet hatte.

„Genau so ist es, mein Junge. Bitte verstehe doch. Annemarie wollte den Anton nicht betrügen. Nein, sie wollte ihre Ehe und die Ehre Antons retten. Wer keine Kinder hat, ist doch von der Gesellschaft geächtet und von der Kirche ebenso. Anton litt fürchterlich unter der Kinderlosigkeit. Annemarie hatte panische Angst, der Anton würde sie verstoßen oder gar in den Wahnsinn treiben."

„Das kann ich nicht glauben. Ihr habt meine Mutter verführt, gebt es doch zu! Und der Anton hat davon gewusst und hat mich und meine Mutter deshalben verdammt. Kein Wunder, dass er so abweisend zu mir war."

„Du hast den Anton getroffen?"

„Ja, ich habe ihn in Coblentz aufgesucht. Weggeschickt hat er mich wie einen räudigen Hund. Hexenbrut hat er mich beschimpft. Er hängt an der Flasche. Jetzt wird mir einiges klar." Seine Stimme überschlug sich vor Erregung.

„Felix, beruhige dich. Der Anton kann die Wahrheit nicht kennen. Vielleicht glaubte er sogar, die Annemarie sei zu Recht als Hexe angeklagt worden. Den Hexenverdacht und den Tod seiner Frau hat er nicht verkraftet. Wirr im Kopf ist er Hals über Kopf aus der Stadt geflohen."

Sollte Felix dem Bader Glauben schenken? Er blickte stumm mit festem Blick in Francis Augen. Diese Augen konnten nicht lügen. Langsam beherrschte er seinen Zorn, allmählich fand er seine Fassung wieder.

„Wer weiß, dass ich Euer Sohn bin?"

„Bruder Ludolf, dem habe ich meine Sünde gebeichtet, genauso wie damals die Annemarie. Ludolf hat unser Geheimnis mit ins Grab genommen."

Wieder Schweigen. Felix ging einen Schritt abseits und starrte aufgewühlt zur Grafenburg hoch auf dem Felsen hinüber. Mit zittrigen Händen fasste er in seinen blonden Haarschopf und grübelte. Dann sprudelte es aus ihm heraus:

„Das heißt, Mechthildis ist meine Halbschwester? Deshalb seid Ihr so erschrocken, als ich meine Liebe zur Hilde gestanden habe?"

„Felix, verstehe doch", keuchte Francis und setzte eine leidende, um Vergebung flehende Miene auf. „In dir fließt mein Blut. Du kannst meine Tochter nicht heiraten."

Mit keuchendem Atem setzte sich Felix wieder und überlegte krampfhaft. Seine Lage war aussichtslos. Sein Herz raste. Schweißnasse Hände. Sein linkes Auge zuckte wild. Hilde würde niemals sein Eheweib werden.

„Mechthildis weiß auch nicht über uns Bescheid?"

„Wo denkst du hin. Selbst meine Frau kennt mein Geheimnis nicht."

„Dann müsst Ihr es ihnen sagen. Ich kann Mechthildis nicht einfach aufgeben, ohne den wahren Grund zu nennen. Ich möchte ihr nicht wehtun."

„Das ist lobesam, mein Sohn. Gleich heute Abend werde ich mit meiner Anna sprechen. Wir werden beraten, wie wir es den Mädchen beibringen. Versprochen. Und eines musst du noch wissen: Du wirst in meinem Haus immer als mein Sohn willkommen sein."

62

Ohne seine geliebte Mechthildis zu sehen, kehrte Felix völlig niedergeschlagen und mit tränenvollen Augen nach Lympurg zurück. Unterwegs ließ er das Gespräch noch einmal in Gedanken passieren. Dass der Diezinger nicht sein leiblicher Vater war, verschmerzte er. Aber den Bader Francis als seinen Vater zu akzeptieren, daran musste er sich erst gewöhnen. Er mochte den Francis, ohne Frage. Hatte er nicht schon bei der ersten Begegnung ein seltsames Zutrauen zu ihm empfunden? Dieser väterliche Zuspruch, diese liebevolle Aufnahme in der Familie. Mit einem Schlag verspürte er ein nie gekanntes Gefühl der Geborgenheit. Wie lange hatte er diese Wärme vermisst! Jetzt war er nicht mehr allein, sich selbst überlassen. Sein Glücksgefühl schlug aber sofort in Wehmut und Verzweiflung um. Glaubte er doch, sein wahres Glück gefunden zu haben. Zu tief saß die Enttäuschung, dass er seine geliebte Hilde nicht ehelichen durfte. Sein Atem ging schwer, er spürte eine Beklemmung in der Brust, sein Blick richtete sich gen Himmel. Warum schickt ihm der gnädige Gott eine solche Prüfung? War das die eigentliche Buße für seine Sünden? Jetzt blieb ihm nichts anderes, als sich seiner unverhofft veränderten Lage zu stellen und sein Schicksal anzunehmen, auch wenn es noch so schmerzlich war. Ob Hilde darüber hinwegkommen würde? War die gegenseitige tiefe Zuneigung allein der Blutsverwandtschaft zuzuschreiben? Nur reine Geschwisterliebe? Nein, wahrlich nicht, das war echte Liebe. Eine Liebe, die ihn aufzehrte. Jetzt, wo er seine Liebste gefunden zu haben schien, konnten und durften sie nicht zusammenkommen. Was sollte er tun? Je näher er auf Lympurg zukam, desto fester reifte sein Entschluss, der Stadt den Rücken zu kehren.

In der Brauerei erwartete ihn eine böse Überraschung. Christina schwatzte ausgelassen mit dem Gesellen Stefan. Zunächst schien es, als wolle sie ihn eifersüchtig machen. Dem Stefan war unverhohlen anzusehen, dass es ihm Spaß machte, dem Felix seine Flamme auszuspannen. Immer wieder schielte Christina zu ihm herüber, als erwartete sie von ihm, er würde den Stefan zur Rede stellen, ihm mit aller Deutlichkeit zeigen, dass sie sein Mädchen war. Natürlich hätte Felix am liebsten dem Stefan eine Lektion erteilt, aber was scherte ihn jetzt noch die Tändelei der Christina. Er hatte absolut keinen Sinn für ihr falsches Spiel. Gereizt, wollte er das Sudhaus verlassen. Nur weg von hier, bevor es zum Knall kommt.

„Wo willst du hin, Felix? Es gibt reichlich Arbeit hier", maßregelte ihn Stefan.

„Ach lass mir meinen Frieden. Die Christina kann dir ja zur Hand gehen. Mich brauchst du nicht mehr."

„Halt, Geselle. Noch stehst du in den Diensten der Meisterin. Oder willst du einfach stiekum verduften? Die Zunft wird dir die Hölle heiß machen und deinen Verstoß gegen die Regeln ins Zunftbuch eintragen. Dann wirst du nirgendwo mehr Arbeit finden. Was ist mit meinem Vorschlag? Überlege es dir gut. Ein zweites Mal wiederhole ich mein Angebot nicht."

„Schieb dir deinen blöden Vorschlag sonst wo hin. Ich ziehe fort."

In diesem Moment erschien die Meisterin und fauchte den Felix wütend an.

„Das ist doch die Höhe. Was fällt dir ein, einfach zu schwänzen? Wo warst du?"

„Das geht Euch nichts an, Meisterin. Ich kündige und verlasse Lympurg."

„Du bist wohl nicht bei Troste? Deine Kündigungsfrist ist abgelaufen. Jetzt ist es zu spät. Du hast deinen Vertrag um ein Jahr stillschweigend verlängert."

„Lass den Halunken doch ziehen", wandte Stefan ein. „Ich schaffe das schon allein. Aber wenn er geht, dann müsst Ihr ihm noch eine gesalzene Rechnung aufmachen. Der Geselle hat für das Fastenbier viel zu viel Stammwürze genommen. Bei uns in

Bayern kommen wir mit weit weniger aus. Wenn er schon ein solch starkes Bier braut, hätte er einen ganz anderen Preis nehmen müssen. Der Geselle hat Euch nach Strich und Faden betrogen."

Felix erblasste. Was bezweckte Stefan mit dem absurden Vorwurf? Wollte er ihn denunzieren, ihn fertig machen? Wild entschlossen baute sich Felix vor ihm auf. Sein feuriger Blick, seine kampfbereiten Hände, sein zuckendes Auge ließen einen bevorstehenden Wutausbruch befürchten.

„Betrüger", fauchte Stefan voller Zorn und schob ihn mit beiden Händen von sich. Das Fass war übergelaufen. Felix holte mit geballter Faust aus und verpasste dem verdutzten Stefan einen kräftigen Nasenstüber, der ihn umriss. Mit blutender Nase lag Stefan am staubigen Boden.

„Hört sofort auf. Bei mir prügelt sich niemand. Christina lauf zum Schultheiß. Er soll sofort kommen."

Die Meisterin trennte die Kampfhähne und schickte sie in die Ecken des Sudhauses. Nach einer halben Stunde des Wartens erschien der Schultheiß Johann Simon Schupp mit einem Stadtknecht. Die Meisterin, außer sich vor Wut, schilderte den Vorfall.

„Geselle Felix, warum hast du dich mit dem Gesellen Stefan geprügelt?", wollte Schupp wissen.

„Er hat mir vorgeworfen, ich braue ein zu starkes Bier und nehme dafür einen zu niedrigen Preis. Dabei hatte noch der Meister, Gott hab ihn selig, den Preis selbst festgesetzt und die Rezeptur genehmigt."

„Niemals! Nach dem Tod des Meisters hast du aus eigenem Antrieb ein stärkeres Bier gebraut. Der Geselle hat die Meisterin betrogen", schrie Stefan wutentbrannt.

„Somit beschuldige ich den Gesellen Felix Diezinger des Betrugs", gab die Meisterin eiskalt kund. „Zudem hat er heute die Arbeit niedergelegt, dabei steht er nach wie vor in meinen Diensten. Waltet Eures Amtes, Schultheiß."

„Meisterin, beruhigt Euch. Dass die Gesellen manchmal einen Streit mit den Fäusten austragen, ist nicht unbedingt verwerflich, sintemal niemand ernsthaft zu Schaden gekommen ist."

„Er hat wohl nicht richtig verstanden", entzürnte sich die Meisterin. „Ich erhebe Anklage wegen Betrugs. Der Geselle hat mich um mögliche Einkünfte gebracht."

„Liebe Frau, da seid Ihr bei mir an der falschen Adresse. Ob der Geselle tatsächlich verschwenderisch mit der Stammwürze umgegangen ist, bedarf einer fachmännischen Untersuchung. Zu diesem Behuf haben wir das Zunftgericht. Wendet Euch an den Zunftmeister. Ich werde ihm Bericht erstatten und bestimme, beide Gesellen haben sich dem Zunftgericht zu stellen. Keinem ist es erlaubt, die Stadt bis dahin zu verlassen, sonst wird er aufgetrieben."

63

Das Zunftgericht setzte sich aus den Zunftältesten zusammen. Nachdem diese vom Schultheiß Schupp ob der Anklage instruiert worden waren, beauftragten sie eine Kommission, bestehend aus den Bierkiesern und erfahrenen Brauern, um den Sachverhalt zu prüfen. Nach einer Woche trat das Zunftgericht im ‚Goldenen Adler' in der Salzgasse zusammen, dem Zunfthaus der Bäcker.

„Mit Gunst, wir haben heute über drei Anklagepunkte zu verhandeln", begann der älteste Brauer, seines Zeichens Vorsitzender des Zunftgerichts. „Zum Einen geht es um Verstöße gegen die Moral und Harmonie innerhalb der Zunft. Zum Anderen wird der Geselle Felix Diezinger beschuldigt, die Stammwürze des Fastenbiers aus eigenem Antrieb erhöht zu haben und somit gegen die von der Stadt erteilte Bierlizenz verstoßen zu haben. Die Meisterin erhebt Forderungen wegen eines möglicherweise entgangenen Gewinns. Zum Dritten hat sich der Geselle unentschuldigt von der Arbeit entfernt und kundgetan, er werde seine Arbeit im Brauhaus Molitor niederlegen, obwohl er noch in Diensten steht. Ich erteile dem Zunftmeister Hensler das Wort."

„Ehrwürdiges Gericht. Die Gesellen Stefan und Felix haben sich hinreißen lassen, eine mündliche Auseinandersetzung unter Zeugen mit den Fäusten auszutragen. Es liegt mir fern, die Gründe für die Prügelei zu ergründen. Es steht den Gesellen nicht an, die Moral innerhalb der Zunft in derart rüpelhafter Form in Misskredit zu bringen. Ich beantrage daher, beiden Gesellen eine gebührliche Strafe zu erteilen."

Stefan hielt es nicht auf seinem Stuhl. Empört sprang er auf und geiferte:

„Mit Gunst. Die Zeugen können bestätigen, dass Felix mich angegriffen und verletzt hat. Warum soll auch ich bestraft werden? Das ist ungerecht."

„Geselle Stefan, setz dich", herrschte ihn der Vorsitzende des Gerichts an. „Ich habe dich nicht aufgefordert zu sprechen. Ihr habt den Spruch des Zunftmeisters gehört. Uns interessiert wahrlich nicht, wie es zum Streit gekommen ist, wer mit dem abholden Streit angefangen hat. Ihr habt die Zunftregeln missachtet. Das allein zählt. Ich bestimme, beide Gesellen haben je zehn Gulden in die Zunftlade zu zahlen. Kommen wir nun zum zweiten Anklagepunkt. Hat der Geselle Felix gegen die Bierlizenz verstoßen? Ich erteile dem Bierkieser das Wort."

„Ehrenwerte Meister, die Güte des Biers wird von uns wöchentlich geprüft. Wenn der Geselle die Rezeptur verändert hätte, wäre es uns natürlich aufgefallen. Nein, die durch die Bierlizenz festgelegte Stammwürze des Fastenbiers ist eingehalten worden. Es mag sein, dass nach Aussage des Gesellen Stefan in Bayern ein schwächeres Fastenbier gebraut wird. Wir in Lympurg mögen jedoch das gehaltvolle Dunkelbier. Das war schon zu Lebzeiten des Braumeisters Molitor so – Gott habe ihn selig – und so bleibt es. Wir können dem Gesellen Felix wahrlich keine Verfehlung attestieren. Und dem Gesellen Stefan sei noch geraten, die Stammwürze nicht zu reduzieren nur wegen des höheren Gewinns."

Felix nahm die Aussage ohne jede Rührung hin. Er war sich seiner Sache sicher. Dem Bierkieser zollte er Respekt und nickte anerkennend zu ihm hinüber. Stefan schüttelte derweil ungläubig den Kopf.

„Also ist dieser Vorwurf haltlos. Dem Gesellen Stefan sei angeraten, derartige, aus der Luft gegriffene Anwürfe zu unterlassen", fuhr Hensler fort. „Geselle Felix, wir kennen dich als ehrliche Haut und als tüchtigen, gewissenhaften Brauer. Nun erkläre uns noch, warum du die Arbeit geschwänzt hast."

„Mit Gunst, Meister. Ich habe mich mit dem Gedanken getragen, die Molitorsche Brauerei zu verlassen, nachdem der Geselle Stefan das Erbe seines Oheims antreten soll. Dazu bedurfte es jedoch noch einer familiären Abklärung, die ich an jenem Fehltag durchgeführt habe. Zu diesem Behuf musste ich mich nach Dietz begeben."

„Kannst du uns dies etwas näher erläutern?"

„Mit Gunst, nein. Das tut auch nichts zur Sache. Jedoch kann ich Euch das Ergebnis mitteilen: Ich werde die Brauerei verlassen. Die Meisterin behauptet zwar, meine Kündigung sei zu spät. Dennoch werde ich davonziehen."

„Nun, dein Entschluss scheint festzustehen, aus welchen Gründen auch immer. Ehrlich gesagt, die Zunft bedauert es, einen derart tüchtigen Brauer ziehen zu lassen. Nun ist noch zu prüfen, ob die offizielle Kündigungszeit abgelaufen war. Nach unseren Zunftunterlagen hättest du tatsächlich zwei Tage eher deine Arbeit beenden sollen. Wir haben über diesen Fall ausführlich beraten und sind zu folgendem Urteil gekommen: Der Geselle Felix zahlt 20 Gulden in die Zunftlade ob seiner verspäteten Kündigung. Die Meisterin lässt ihn ziehen und entlohnt ihn mit einer einmaligen Abfindung von 30 Gulden. So ist beschlossen. Die Sitzung ist beendet."

Felix schmunzelte. Er war ohne finanziellen Schaden aus dem Prozess gekommen. Dass er so glimpflich aus dem Streit hervorgehen würde, hatte er sich nicht träumen lassen, war doch der Zunftmeister für seine drakonischen Strafen bekannt.

Sein erster Weg führte ihn hinauf in den Turm der Stiftskirche, um Peter von seinem Erfolg zu berichten.

„Felix, ich gratuliere dir. Sieg auf der ganzen Linie. Da war das Zunftgericht aber sehr gnädig mit dir."

„Das hat mich auch erstaunt. Die hätten mir meine Zukunft auch vermasseln können."

Peter lachte hintergründig, als wisse er mehr.

„Peter, raus mit der Sprache. Hat da jemand hinter meinem Rücken die Fäden gezogen?"

„Siehst du, das ist der Vorteil, wenn man Gevatter bei einer einflussreichen Familie ist. Der alte Trippler hat noch immer großen Einfluss."

64

Felix schnürte sein Bündel. Es war an der Zeit, Abschied zu nehmen. Abschied von Lympurg, Abschied von Mechthildis, Abschied von seinem leiblichen Vater, Abschied vom Grab seiner Mutter. Mit Tränen im Auge stand er vor dem Grabeskreuz und legte einen kleinen Strauß leuchtend gelber Schlüsselblumen für seine Mutter auf die Ruhestätte, den er im Tal Josaphat gepflückt hatte. Hildegard von Bingen hatte sie doch als Schlüssel zum Himmel angesehen. Just als er die Hände zum Gebet gefaltet hatte, verließ der Guardian Johannes das Kloster.

„Gelobt sei Jesus Christus! Felix, das ist wohl Gedankenübertragung. Gerade wollte ich zu dir in die Brauerei. Du willst uns verlassen, habe ich gehört?"

„In Ewigkeit Amen. Bruder Johannes, mich hält nichts mehr in Lympurg. Ich werde mich morgen früh in Elz den Wallfahrern nach Walldürn anschließen. Danach werde ich mein Glück als Brauer in einer anderen Stadt suchen."

Der Guardian legte ihm seine Hand auf die Schulter. Das hatte er noch nie getan. Wie oft hatte Felix als Kind eine tröstende Hand im Kloster vermisst, nachdem der väterliche Bruder Ludolf heimgegangen war. Gab es einen besonderen Grund für diese sorgliche Geste?

„Ich möchte dir ein herzliches ‚Vergelts Gott' sagen für deine großzügige Spende. Gestern hat ein Bote der Hadamarer Barockschule – er war wohl Italiener – ein herrliches Votivgemälde für unsere Klosterkirche gebracht. Eine Gnadenmadonna mit dem Jesusknaben im Arm. Zunächst wollte er den Stifter nicht nennen, doch wenn ich die Hinweise recht deute, kann das Bild nur in deinem Auftrag gemalt worden sein."

„Bruder Johannes, bitte bewahrt Stillschweigen darüber. Ich habe beim Molitor gut verdient. Ihr habt mich im Kloster aufgenommen und wohl erzogen. Seht das Gemälde als Dank an. Ich werde mich in der Ferne stets mit Wohlwollen an die Zeit erinnern."

„Wie ich annehme, hast du noch keinen festen Plan für deine Zukunft. Möchtest du nicht eines Tages wieder zurück nach Lympurg kommen? Du musst wissen, dass ich gerade im Klostergarten eine neue Brauerei bauen lasse. Ich biete dir die Braumeisterstelle an, sobald die Arbeiten abgeschlossen sind. Das wird, sofern es die Finanzen zulassen, etwa in einem Jahr sein. Ich würde mich freuen."

Diese glückliche Wendung hatte Felix weiß Gott nicht erwartet. Plötzlich tat sich ein Lichtblick auf, eine Chance, über die es nachzudenken galt. Liegt nicht in jedem Tiefpunkt ein Neuanfang, schoss es ihm durch den Kopf.

„Bruder Johannes, ich bin überrascht und Euch zu großem Dank verpflichtet. Versteht jedoch, dass ich mich heute noch nicht entscheiden kann. Lasst mich erst einmal ziehen. Ihr werdet von mir rechtzeitig hören."

Bevor er mit seinem Bündel auf dem Rücken zum Dietzer Tor hinauszog, zog es ihn ein letztes Mal zur Obermühle. Wehmütig strich er über das in die Linde geritzte Herz mit den Initialen M und F, als sei das Herz eine Gedenkstätte für seine verlorene Liebe. Adieu, meine geliebte Hilde. Ich hatte mir eine wunderschöne gemeinsame Zukunft vorgestellt, mit einem liebenden Eheweib und fröhlichem Kinderlachen. Mein Schmerz sitzt tief, zu tief, um in der Stadt zu bleiben. Nein, er ging nicht auf Wanderschaft, um ein anderes Liebchen zu finden. Zwei Enttäuschungen reichten.

Im Hause des Baders fand er nur die Baderfrau Anna vor. Die Mädchen seien noch bei der Probe des Kirchenchors, meinte sie.

„Wie ich sehe, hast du dein Bündel geschnürt. Willst du uns etwa verlassen?"

„Morgen früh schließe ich mich den Wallfahrern an. Dann suche ich mir mit Gottes Hilfe eine neue Arbeitsstelle. Mich hält nichts mehr in Lympurg."

Felix griff unschlüssig seine Krisetasche und wollte sich davonmachen.

„Mein Junge, du tust mir wahrlich Leid. Mechthildis weint sich die Augen aus. Sie wird es nicht verkraften, wenn du ohne Abschied verschwindest. Bitte bleib, die Mädchen werden jeden Augenblick zurückkommen. Mein Mann hat mir vom Schicksal deiner Mutter erzählt. Schrecklich, was damals geschehen war. Ich kann ihre Sorgen nachvollziehen. Nein, ich mache dem Francis keinen Vorwurf. Aber er hätte es mir eher beichten sollen, dann wäre es nicht zu dieser bitteren Enttäuschung für Mechthildis und für dich gekommen. Nun, da wir einen Sohn dazubekommen haben, ist unser Heim auch dein Heim. Sei herzlich willkommen, Felix. Die Tür steht für dich immer offen."

Sie ging auf ihn zu und umarmte den völlig überraschten, stocksteifen Felix. Ein wohliger Schauder lief seinen Rücken hinunter. Er spürte die mütterliche Zuneigung, die er nicht kannte und so sehr vermisst hatte.

„Weiß Mechthildis auch Bescheid?"

„Natürlich, deine Schwestern nehmen dich gern als Bruder an. Mechthildis wird darüber hinwegkommen."

Doch sie sollte sich getäuscht haben. Mechthildis stutzte einen Augenblick, als sie in der Tür erschien. Dann drehte sie sich schroff um und rannte mit Tränen im Gesicht in ihr Zimmer. Sophie und Johanna zierten sich noch, dann gaben sie ihm verschämt die Hand. Jetzt übermannte es Felix. Er nahm die Mädchen in seine Arme und drückte sie an seine Brust. Die Schwestern ließen es verlegen geschehen.

„Felix, bitte geh ihr nach. Du musst mit ihr sprechen", bat ihn die Baderfrau.

Mechthildis hatte sich aufs Bett geworfen, das Gesicht ins Kissen gedrückt und weinte herzerbarmend. Felix strich ihr liebevoll über den Rücken.

„Hilde, mir bricht auch das Herz. Aber wir können es nicht ändern. Komm, lass uns reden."

„Ich hasse meinen Vater", stieß sie wutentbrannt hervor. „Er hat unsere Liebe kaputtgemacht."

„Hadere nicht mit deinem Vater. Er hat es nur meiner Mutter zuliebe getan. Das war kein sündhafter Seitensprung. Versetz dich doch mal in die ausweglose Situation meiner Mutter. Ich bin ihm jedenfalls nicht gram. Im Gegenteil, ich bin stolz, dass er mein Vater ist."

„Wirklich? Warum hat er es uns nicht schon eher gesagt? Dann hätte ich mich nicht in dich verliebt. Mein Schmerz sitzt so tief, dass ich mich entschlossen habe, ins Kloster zu gehen."

„Hilde glaube mir, das ist nicht der richtige Weg. Ich kenne das Klosterleben. Das ist nichts für dich. Du hast deine Zukunft noch vor dir. Wir müssen die Gottesfügung annehmen, auch wenn sie noch so weh tut. Hör auf deinen Bruder. Lass dir Zeit. Irgendwann wirst du deinen Liebesschmerz überwinden. Ich möchte, dass du glücklich wirst, dass du einmal eine Familie gründest."

„Nein, ich schaue keinen anderen Mann an. Meine Liebe gilt nur dir."

„Meine Liebe wird immer meiner allerliebsten Schwester Hilde gelten. Geschwisterliebe hat immer Bestand, selbst wenn du einmal einen anderen Mann heiraten wirst."

Sie umarmten sich ein letztes Mal. Dann trocknete Felix ihre Tränen. Sie gesellten sich wieder zur Familie. Francis war inzwischen von der Badstube herübergekommen.

„Mein Sohn, du willst dich verabschieden? Können wir uns noch einmal ungestört unterhalten?" Er zog ihn hinaus zur Haustür und suchte einen ruhigen Platz am Lahnufer.

65

„Felix, da gibt es noch etwas, das du wissen solltest. Nach dem schrecklichen Tod deiner Mutter wurde ich ebenfalls vor Gericht gezerrt. Das hatte ich einer schändlichen, gemeinen Intrige zu verdanken. Man beschuldigte mich, in der Badstube am Lympurger Katzenturm Hübschlerinnen zu dulden und zudem Teufelsamulette zu verkaufen. Alles erstunken und erlogen. Ich habe die Vorwürfe natürlich abgestritten. Der verfluchte Schultheiß Opper hat dennoch eine peinliche Befragung angeordnet. Der verdammte Scharfrichter Nagel hat meinen Körper nach Teufelszeichen untersucht. Mein Feuermal am Hals – du hast es wohl von mir geerbt – und meinen fehlenden kleinen Finger deutete er als klare Zeichen des Teufels. Den Finger habe ich als Kind verloren, weil ich ihn an der Klostertür zur Sebastianskirche gequetscht hatte. Der geile Bock hat dann tatsächlich deine verstorbene Mutter in schändlichster Weise beleidigt und ist lüstern über die peinliche Untersuchung ihres Körpers nach Hexenmalen hergezogen. Das konnte ich nicht ertragen ... Ich habe ihm das Genick gebrochen."

„Du hast Rache geübt? Rache an dem verruchten Henker?"

„So ist es. Ich wurde wegen des heimtückischen Mordes zum Tod durch den Galgen verurteilt. Bei der Henkersmahlzeit ist dann die Anna, meine jetzige Frau, in den Gerichtssaal gestürmt und hat lauthals erklärt, sie wolle mich ehelichen. Nach ungeschriebenem Gesetz wird ein armer Sünder begnadigt, wenn eine Jungfrau bereit ist, den Verurteilten zu heiraten. Der Kurfürst hat mir die Todesstrafe erlassen und mich der Stadt verwiesen. Deshalben darf ich mich jetzt nicht mehr in Lympurg sehen lassen."

Ein leichtes Lächeln huschte über Felix´ erstauntes Gesicht. Sollte er seinem Vater anvertrauen, dass auch er Rache genommen habe? Rache an allen, die für den Tod seiner Mutter zur Rechenschaft zu ziehen waren? Er holte tief Luft, doch dann zögerte er. Nein, das würde sein Geheimnis bleiben. Stumm blickte er seinen Vater an. Schließlich übermannte es ihn. Er umarmte den Francis und hauchte ihm ein „Danke, Vater“ ins Ohr. Der Bader drückte den Sohn fest an seine Brust und strich über dessen blonden Haarschopf.

„Stimmt es, dass der Abdecker Gustav mein Großvater war?“, fragte Felix.

„Wie kommst du darauf?“

„Der Gustav hatte auch ein Feuermal am Hals, so wie wir.“

Francis erblasste. Erst jetzt begriff er, warum sich der Abdecker einst so fürsorglich um ihn gekümmert hatte, als er geschunden im Kerker lag. Die kräftige Statur, die blonden Haare, das Feuermal, sein väterlicher Trost, das alles passte zusammen. Auch, dass er sich damals weigerte, bei seiner Folter Hand anzulegen, und sich anschließend aus tiefer Verzweiflung erhängte.

„Gott sei seiner Seele gnädig“, hauchte Francis und sein Sohn stimmte ihm in Gedanken zu. Mit Tränen in den Augen lagen sie sich in den Armen. Felix schluchzte wehmütig:

„Man sagt, ein Steinmetz habe die Totenmaske Gustavs als Modell für ein steinernes, verzerrtes Gesicht im Lympurger Brückenturm genommen. Man nennt sie Schwedenfratze.“

Epilog

Das Geschäft der Brauerei Molitor litt unter dem Weggang des Braugesellen Felix. Die Lympurger schätzten ein ausgewogenes, gehaltvolles, herbes Schankbier sowie ein kräftiges Fastenbier. Dem neuen Braumeister Stefan warfen sie vor, er braue das Bier zu wässrig und zu allem Überdruss noch süßlich, kurzum, er spare an der Stammwürze. Selbst die Franziskanerbrüder meuterten ob des dünnen Klosterbiers zur Fastenzeit. Stefan verteidigte sich, indem er auf seine Erfahrungen aus München hinwies. Mag ja sein, dass die Bajuwaren ein leichtes Weizenbier vorzögen, gestandene Männer bräuchten jedoch ein herzhaftes, starkes Bier, belehrten ihn die Bierkenner und mieden forthin das Brauhaus Molitor.

Zu allem Verdruss kursierte das Gerücht, Stefan habe die Christina Trippler geschwängert, obwohl nicht einmal eine Verlobung verabredet war. Der alte Trippler schäumte vor Wut. Wie konnte der verdammte, geile Bock eine solche Schmach über seine Familie bringen? In der Not wurde in aller Eile ein Hochzeitstermin ausgemacht, damit das Kind nicht unehelich zur Welt kam. Christina durchlief in dieser Zeit die Hölle. Die geschwätzigen Marktfrauen schnitten sie und zeigten kopfschüttelnd, mit unverhohlener Häme auf den sich langsam abzeichnenden Bauch. Ihr Vater wollte ihr den Spott ersparen und schickte sie zu Verwandten in den Westerwald, wo sie ein Mädchen zur Welt brachte.

Mechthildis zog sich derweil immer mehr zurück und sprach unentwegt vom Kloster. Doch ihr Schicksal sollte sich bald zum Guten wenden. Der Zimmermann Klas Emmerich brachte eines Tages den jungen Advokaten Andreas mit in die Dietzer Badstube. Dort wollten sie sich auf der Schweißbank beraten, denn die Streitigkeiten um das Erbe seines verstorbenen Sohnes

Jacob spitzten sich zu. Der Eisenhändler Haag reklamierte das gesamte Erbe für sich und seine Tochter. Als Bader Francis seinen Freund Klas und den Gast zum Essen in sein Haus einlud, kam es zu einer ersten Begegnung des jungen Advokaten mit Mechthildis. Der gut aussehende, erfolgreiche Andreas verliebte sich Hals über Kopf in die Tochter des Baders. Zunächst ging die Zuneigung nur von ihm aus. Mechthildis bemerkte zwar das Werben des klugen Mannes, erwiderte aber seine sehnsüchtigen Blicke nicht. Doch der Verliebte ließ nicht locker. Immer häufiger suchte er die Stuffa auf. Francis sah es mit schmunzelndem Wohlwollen. So vergingen einige Monate, bis Andreas überraschend um die Hand von Mechthildis anhielt. Sie war wie vom Blitz getroffen, als ihr der Vater die freudige Neuigkeit eröffnete, er habe dem Antrag zugestimmt. Von nun an hatte sie keine ruhige Minute mehr. Ihre Mutter, ihr Vater und ihre Schwestern sprachen beschwörend auf sie ein. Eine solche Chance solle sie nicht verstreichen lassen. Die Liebe zu Andreas werde sich später einstellen. Ihre brüderliche Liebe zu Felix könne sie dennoch immer in ihrem Herzen bewahren. Allmählich fand Mechthildis Zutrauen zum Andreas und akzeptierte als gehorsame Tochter die Entscheidung ihres Vaters. Der Advokat war eine gute Partie, wie man zu sagen pflegte. Schließlich hatte er die Juristerei studiert, war zunächst in der Kanzlei seines Vaters in Hadamar tätig, bis er ein eigenes Anwaltsbüro in Lympurg eröffnete, wo er nun sogar als Notar tätig war. Er galt als sehr erfolgreich und erfreute sich eines hervorragenden Leumunds. Andreas fand den richtigen, behutsamen Weg, das Vertrauen und die Zuneigung von Mechthildis zu erobern. Drei Monate später verlobte sich das junge Paar und nach weiteren sechs Monaten führte Francis seine Tochter in der Hadamarer Ägidienkirche zum Traualtar. Andreas hatte darauf bestanden, die Eheschließung nicht in Lympurg durchzuführen, damit Francis der Hochzeitsfeier beiwohnen konnte. Hadamar zählte nicht zu Kurtrier.

Den Wandergesellen Felix zog es inzwischen bis in die Hansestadt Bremen, eine der Hochburgen der Braukunst. Doch die Walz befriedigte ihn schon lange nicht mehr. Er hatte zwar in den fünfzehn Monaten viel gelernt, aber das Heimweh zermarterte ihn. Er vermisste seine neue Familie in Dietz, die Biergespräche mit Peter im Kirchturm, die Besuche am Grab seiner Mutter und das vertraute Lympurg. Voller Wehmut erinnerte er sich an die glückliche Zeit mit seiner Hilde, als sie noch ein Liebespaar waren. Wie mag es ihr ergangen sein? Mit der Kaiserlichen Reichspost hatte er einen Brief an seinen Vater Francis geschickt, er solle doch dem Guardian mitteilen, dass er sein Angebot annehmen werde und sich auf den Heimweg mache.

Sein erster Weg führte ihn nach Dietz zur Baderfamilie, wo er mit überschäumender Freude aufgenommen wurde. Er verspürte einen Stich im Herzen, als er von der Hochzeit seiner geliebten Hilde hörte. Dennoch freute er sich für sie. Mechthildis schenkte ihm ein engelhaftes Lächeln, in dem auch ein Hauch von Melancholie und Resignation zu entdecken war. Felix spürte eine Beklemmung in seiner Brust. Um seinen aufkeimenden Seelenschmerz zu überspielen, plauderte er wortreich von seiner Wanderschaft. Seine jüngeren Halbschwestern klebten förmlich an seinen Lippen. Sie waren stolz, einen solch tüchtigen Gesellen Bruder nennen zu dürfen. Seine größte Sorge, dass die Meisterstelle im Klosterbräu bereits besetzt sei, zerstreute Francis. Das Brauhaus stehe kurz vor der Vollendung, der Guardian erwarte ihn.

Bruder Johannes begrüßte Felix überschwänglich und bat ihn, ab sofort die Restarbeiten im Sudhaus zu überwachen. Mit dem Zunftmeister Hensler habe er bereits vereinbart, dass er in Kürze den Meistertitel erhalte, auch wenn er die zünftige Walz vorzeitig abgebrochen habe. Mächtige Fürsprecher hätten sich in der Zunft vehement für ihn eingesetzt. Vor allem der Altbürgermeister Trippler und die ehrenwerte Kalkoffen hätten sich für ihn verwendet. Alles sei gerichtet. Er könne im Kloster bei den Laien wohnen oder eine Klosterwohnung in der Stadt beziehen.

Felix dankte ihm für sein Wohlwollen und Vertrauen. In der Ferne habe er genügend Zeit gehabt, über den Sinn seines Lebens und seine Zukunft nachzudenken. Er sei zu dem festen Entschluss gekommen, seine Bestimmung in der klösterlichen Gemeinschaft zu finden. Hier sei der Ort, den ihm Gott zugewiesen habe. Schließlich bat er, in den Konvent aufgenommen zu werden.

So kam es, dass Bruder Felicis, wie er sich fortan nannte, für die weltliche Rechtsprechung für tot erklärt wurde. Nun lebte er in Demut und devoter Frömmigkeit mittellos, aber zufrieden in der Vita communis des Barfüßerklosters und braute das allseits geschätzte Lympurger Franziskanerbier.

Glossar

Amtmann	Vertreter des Kurfürsten
Armarius	(lat) Bibliothekar im Kloster
Balbierer	Barbier
Barett	flache, runde Kopfbedeckung
Behuf	Zweck
Beilager	ehelicher Beischlaf
Berserker	rücksichtsloser Mensch
Bierkieser	Bierbeschauer
Bleizucker	Bleiacetat, Zuckerersatz zum Süßen von Wein
Brutsche	schmollender Gesichtsausdruck
Bumbes	(mdal) Furz
Bursarius	(lat) Verwalter im Kloster
Büttel	Gerichtsdiener
Catechismus Romanus	Buch über die Grundfragen christlichen Glaubens
Creuch	Ort, heute verschwunden, lag vor Offheim
Damast	hochwertiges Gewebe mit eingewebten Mustern
Dibbes	(mdal) Töpfe
Dormitorium	(lat) Schlafraum im Kloster
Druiden	keltische Magier
Duckmäuser	Feigling
Eulengasse	heute: Domstraße
Feuerläufer	zum Löschen verpflichtete Bürger
Fischmerger	Fischhändler
Fitzmarkt	Stoffmarkt („Fitzelchen“)
Flabbes	(mal) leichtsinniger Kerl

Flagellanten	Geißler
Foliant	(lat) großformatiges Buch
Fratres	(lat) Klosterbrüder
Gebäu	Gebäude
Gebück	undurchdringliche Hecke
Geldkatze	Geldbeutel
Gevatter	Taufpate
Gruitbier	stark gewürztes Bier
Guardian	(lat) Klostervorsteher
Gutleuthaus	Siechenhaus
Haaremensch	(mdal) Frau außerhalb der gesellschaftlichen Normen
Haber	Hafer
Hades	Totenreich in der griechischen Mythologie
Häresie	Zweifel an der katholischen Kirchenlehre
Hase über den Weg laufen	verheißt Unglück
Heimberger	Gemeindevorsteher
Heimgerechtigkeit	territoriale Gebietshoheit
Heimlichkeit	Abort, Abtritt
Herrenstrafe	Geldbuße gegen einen Ratsverwandten
Hexenpfeifer	ein Mann, der beim Hexensabbat zum Tanz aufspielt
Hökerin	Marktfrau
Hollpotria	Eintopf aus Essensresten
Homilie	(lat) Predigt
Horen	(lat) klösterliche Stundengebete
Horribilis	(lat) schrecklich
Hortus	(lat) Klostergarten
Humatio	(lat) Beerdigung
Hundsfott	(mdal) verachtenswürdiger Mensch
Hupfauf	deutscher Springtanz
Infirmaria	(lat) Krankenstube im Kloster

Jdm. die Feige zeigen	hier: obszöne Beleidigung mit der geschlossenen Faust
Jeses-Mojan-Juseph	(mdal) Jesus-Maria-Josef!
Kamerad	jemand, der sich mit einem anderen eine Kammer teilt
Kanne	hier: Maßeinheit, 1,7 Liter
Kappes	Weißkohl
Kienruß	Ruß vom schwelenden Holz in Meilern
Klattermarkt	Wollmarkt
Klieskopp	(mdal) Querkopf
Knappsack	Vorratsbeutel für Lebensmittel
Koblenzer Vorstadt	heute: Brückenvorstadt
Krakeel	Streit, Zank
Krimmelkuchen	(mdal) Streuselkuchen
Kukulle	(lat) bodenlanger Habit des Mönchs
Küpe	Farbstoff zum Färben von Tuch
Kurfürst	Fürst mit Privileg zur Königs- oder Kaiserwahl
Laudanum	(lat) Schmerzmittel aus Opium
Laudes	(lat) klösterliches Stundengebet um 6 Uhr früh
Lavatorium	(lat) Waschraum im Kloster
Legat	(lat) Vermächtnis
Lehm und Stroh	hier: Erbsenbrei und Sauerkraut
Lettner	Abtrennung zwischen Altar und Kirchenraum
Levitikus	3. Buch Mose mit Gesetzen über kirchlichen Alltag und Gottesdienst
Leyendecker	Schieferdachdecker
Lohe	gemahlene Eichenrinde als Gerbmittel für die Lederherstellung
Luder	verendetes Tier
Ludimagister	(lat) Schullehrer
Luppen	Roheisenstücke
Magister	(lat) geistlicher Lehrer

Mahlscheffel	Steuer auf Getreide, das zum Bierbrauen bestimmt ist
Maleus Maleficum	(lat) Hexenhammer A. D. 1487
Malus	(lat) schlecht
Malvasierwein	süßer Weißwein aus Kreta
Matula	Uringlas
Medikaster	Kurpfuscher
Mehlworm	Bäcker
Metze	Hure
Miasmen	krankmachende Erddämpfe
Morgensprache	Zusammenkunft der Zunft
Muhme	Tante
Nocturnen	(lat) klösterliche Nachtgebete
Nonnenmacher	Schweinekastrierer
Novize	jemand, der neu ins Kloster aufgenommen wurde
Obere Böhmergasse	heute: Kolpingstraße
Obermann	breitkrempiger Hut des Zimmermanns
Observanzen	(lat) klösterliche Ordensregeln
Oculus	(lat) Auge
Oheim	Onkel
Opus diaboli	(lat) Teufelswerk
O scelera!	(lat) Verdammt noch einmal!
Parrizida	Vatermörder
Pastinaken	Wurzelgemüse
Patenen	Schüssel für Hostien
Patrizier	Angehöriger der städtischen Oberschicht
Pendüle	Pendeluhr
Perpendikel	Pendel
Perzknecht	(mdal) Pferdeknecht
Pfründe	Unterhalt, Vergünstigungen
Pönitent	(lat) beichtender Sünder

Posthum	(lat) nach dem Tod
Puddel	(mdal) Jauche
Quatember	(lat) Bußtage im Kirchenjahr
Ranke	Scheibe Brot
Ratsverwandter	Ratsherr
Refektorium	(lat) Speisesaal im Kloster
Reklamieren	Anstoß nehmen
Richtrad	scharfkantiges Rad, das der Henker auf den Körper des Verurteilten fallen lässt, umdie Beine und Arme zu brechen
Rindspech	Opium
Rotlauf	Erkältung
Rute	hier: Längenmaß, ca. 5 Meter
Salis sapentiae	(lat) geweihtes Salz
Schaube	Mantelumhang
Scheuer	Schuppen
Schintkaut	Acker, auf dem verendete Tiere verscharrt wurden
Schlabbesack	(mdal) feiger Mensch
Schlammbeiser	(mdal) Knecht, der den Stadtgraben sauber hält
Schlegel	Holzhammer
Schwäher	Schwiegervater
Sebastianskirche	heute: Stadtkirche
Sendschöffe	kirchliche Ordnungspolizei
Sester	Hohlmaß ca, 15 Liter
Sintemal	zumal
Skriptorium	(lat) Schreibstube im Kloster
Sorgenstuhl	bequemer Armstuhl
Spanisches Rohr	Rohrstock aus Rattan
Spornstreichs	sofort
Stammwürze	Malz und Hopfen beim Bier
Stiftskirche St. Georg	heute: Limburger Dom

Stuffa	Badstube
Te deum	Kirchenlied: Großer Gott wir loben dich
Testimoni	(lat) Beweis
Totengeld	Zunftabgabe zum Bezahlen der Beerdigung eines Verstorbenen
Totenmemoria	Gedenkgottesdienst am Todestag
Trill (Trullus)	Tagesgefängnis
Unflat	Schmutz
Unglimpf	Schmach, Schande
Vagant	Landstreicher
Vasa sacra	(lat) heilige Gefäße
Versehgang	letzte Ölung
Vigil	(lat) klösterliches Stundengebet um Mitternacht
Vikar	Stellvertreter eines Pfarrers
Vita communis	(lat) gemeinschaftliches Klosterleben
Votivgemälde	der Kirche gestiftetes Heiligenbild
Wäller	(mdal) Mensch aus dem Westerwald
Walz	Wanderschaft eines zünftigen Gesellen
Wasenmeister	Abdecker, Schinder
Weißpfennig	Albus, Silbermünze
Wölkchen im Stern	grauer Star
Zaunreiterin	Hexe
Zausel	Kauziger Mann
Zipperlein	Gicht
Zunftlade	rituelles Möbelstück der Zunft mit allen wichtigen Dokumenten
Zwerchhaus	Dachgiebel, kleine Gaube

Nachwort

Der historische Roman verknüpft reale geschichtliche Begebenheiten und Personen mit schriftstellerischer Fantasie. Wie schon bei dem Roman „Die Schwedenfratze“ haben die erwähnten Amtsträger tatsächlich zu jener Zeit gelebt. Die Details über die historischen Ereignisse in der Region, das Stadtleben, die Zünfte und vieles mehr hat der Autor vor allem im Limburger Stadtarchiv recherchiert. Der Autor ist besonders Herrn Dr. Christoph Waldecker und Frau Monika Jung für die freundliche Unterstützung zu Dank verpflichtet. Auch Herr Arno Baumann vom Stadtarchiv Diez war dankenswerter Weise sehr hilfreich. Einen für den Roman wichtigen Hinweis verdankt der Autor Herrn Erich Hohlwein.

Der Autor empfiehlt dem geneigten Leser nach der Lektüre der „Schwedenfratze“ und des vorliegenden Romans einen aufmerksamen Rundgang durch die Altstadt, um die erwähnten Örtlichkeiten aufzuspüren und so das schöne Limburg neu zu entdecken.

Der Autor

Horst Christian Bracht, Jahrgang 1943, studierte an der Technischen Universität Carolo Wilhelmina zu Braunschweig Maschinenbau und übernahm verschiedene Managementaufgaben in der Industrie. Erst im Ruhestand findet er die Muße für seine wahre Leidenschaft, die Schriftstellerei. Er lebt seit über zehn Jahren mit seiner Frau in einem alten Fachwerkhaus in der Limburger Altstadt, deren spannende Historie ihn für seinen Debütroman „Die Schwedenfratze“ inspirierte. Seinem neuen Roman hat der Autor einen historisch verbürgten Meuchelmord an einem Limburger Stadthauptmann zugrunde gelegt.